KB115259

함께 떠나는 문학관 여행

함께 떠나는

문학관 여행

김미자 지음

차례

둘, 너른 들판에 여유로움을 묻히다

셋, 골짜기마다 꽃 향기가 어리다

넷,
예향의 고을마다 문학이 둥지 틀다

다섯,
물길 따라 뱃길 따라 한길로 흐른다

여섯,

마을을 싸고 물이 돈다, 정신이 스며든다

‘꿈은 이루어진다’는 건 그만큼 열망이 크기 때문이고, 그만큼의 노력이 뒤따르기에 가능하다고 생각됩니다.

오래 전부터 전국을 여행하고 싶다는 바람이 있었습니다. 가까운 문학관들을 다니다 보니 좀 더 의미 있게 전국 문학관으로 확대하여 답사해야겠다는데 생각이 미쳤습니다. 그렇게 계획을 세우고 전국 각지에 흩어져 있는 문학관 주소와 지도를 들여다보며 혼자서 움직일 수 있는 곳부터 돌아다니기 시작했습니다. 가까운 곳부터 스마트폰 지도 앱을 이용하여 뚜벅이로 다니다 보니 대중교통으로는 불편한 곳이 많았고, 외진 곳은 엄두도 못 냈습니다.

어느 날, 남편에게 넌지시 운을 띄웠더니 흔쾌히 응해주었습니다. 그래서 ‘전국 여행’과 ‘문학관 탐방’이라는 두 마리 토끼를 잡게 되었습니다.

남편과 함께 강원도 일대를 누비며 다니고, 또 하루해가 긴 봄에는 충청도와 전라도, 경상도를 돌았습니다. 우리나라 산야가 가장 아름다운 때, 근·현대작가들의 숨결을 따라 여행하며 무척 행복했습니다.

그 후에도 틈날 때마다 열차나 고속버스로 문학관을 찾았습니다. 매달 고향 가는 길에 들렀던 곳들과 문학 스승인 안양 토박이 시인 김대규 선생님까지, 일 년 동안 모두 38곳의 문학관에서 44명의 작가를 만났습니다.

설레는 마음으로 찾아간 문학관은 저마다 다양한 형태로 눈길을 끌었습니다. 공사 중이거나 문이 굳게 닫혀 안타까운 마음으로 발길을 돌린 적도 있지만, 지자체마다 고장의 자랑인 작가를 부각하기 위해 심혈을 기울인 흔적이 역력했습니다. 글 쓰는 사람으로서 자부심을 갖기에 충분했고, 자극도 받아 더 열심히 써야겠다는 사명감이 들었습니다.

1897년생 한용운 시인에서부터 1947년생 최명희 작가에 이르기까지, 작고한 작가들의 고향에 마련된 문학관을 중심으로 탐방하며 작가의 삶과 문학을 담았고, 걸출한 문인이 배출될 수밖에 없는 아름다운 강산까지 마음에 담아왔습니다.

근·현대문학의 흐름을 한눈에 볼 수 있도록 서울, 경기, 충청, 강원, 전라, 경상까지 지역별, 작가출생 연도순으로 정리하였고, 작가와 관련된 일화도 조금씩 넣어 읽는 재미를 더했습니다.

일 년에 걸쳐 달성한 목표를 정리하여 선보이려고 하니 다시 설렙니다. 이 책이 문학의 향기를 찾아 언제든 자유롭게 떠날 수 있는 길라잡이가 되어주고, 누군가에게 문학의 싹을 틔워줄 수 있다면 더할 나위없는 보람이 될 것입니다.

전국 문학관 여행길에 기꺼이 함께해준 남편에게 고마운 마음을 전합니다.

2017. 12월 비봉산 자락에서

매강 김미자

하나

산향을 돌아 시향이 자리하다

윤동주 문학관

종로구에서 인왕산 자락에 버려져 있던 청운수도가압장과 물탱크를 개조해 '윤동주 문학관'을 만들어 2012년7월 25일에 개관했다.

볼거리로는 제1전시실 '시인채', 제2전시실 '열린 우물', 제3전시실 '닫힌 우물'과 휴식공간인 '별뜨락'과 산책로 '시인의 언덕'이 있으며, 해마다 윤동주 문학제 등 다양한 행사가 치러지고 있다.

이용안내

〈하절기 3~10월〉 10:00~18:00

〈동절기 11월~2월〉 10:00~17:00

※매주 월요일 · 명절연휴(1월1일, 설날, 추석)

주소 서울 종로구 창의문로 119(청운동)

문의 02-2148-4175

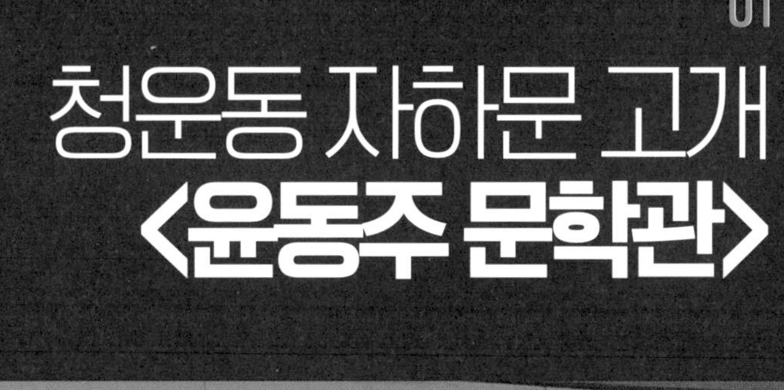

01

청운동 자하문 고개 <윤동주 문학관>

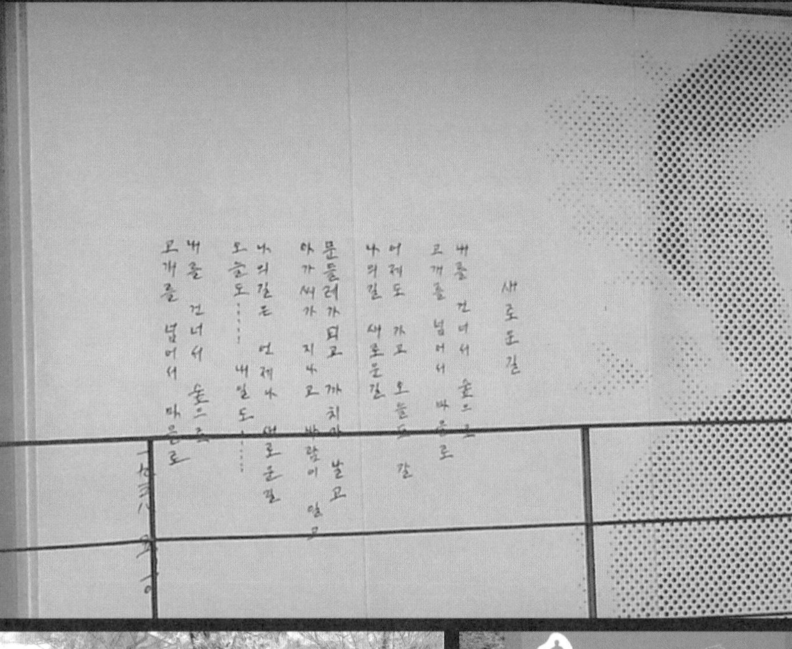

1917년 12월 30일, 중국 길림성 명동촌에서 태어났다는 윤동주 시인의 문학관이 어떤 이유로 청운동 자하문 고개에 마련되었을까.

윤동주尹東柱는 연희전문학교 재학시절, 종로구 누상동 소설가 김송의 집에서 문우 정병욱과 함께 하숙했고, 인왕산에 자주 오르내리며 시상을 다듬었다고 한다. 시인은 그 무렵에 〈십자가〉, 〈별헤는 밤〉, 〈태초의 아침〉, 〈또 다른 고향〉 등 주옥같은 시들을 썼다. 이런 인연으로 종로구에서 인왕산 자락에 버려져 있던 청운수도가압장과 물탱크를 개조해 '윤동주 문학관'을 만들어 2012년에 개관했다.

가압장은 느려지는 물살에 압력을 가해 다시 힘차게 흐르도록 도와주는 곳이다. 윤동주의 시가 영혼의 물길을 정비해 새롭게 흐르도록 만든다 해서 '윤동주 문학관'을 영혼의 가압장이라 한단다. 이름 붙이기 나름이지만 스토리가 그럴듯하다. 지자체의 순기능 덕이다.

학창시절 단골 애창 시로 읊조렸던 〈서시序詩〉, 〈별 헤는 밤〉은 수십 년이 지난 지금도 잊히지 않고 술술 나온다.

죽는 날까지 하늘을 우러러
한 점 부끄럼이 없기를
잎새에 이는 바람에도

나는 괴로워했다.
별을 노래하는 마음으로
모든 죽어가는 것을 사랑해야지
그리고 나한테 주어진 길을
걸어가야겠다.

오늘 밤에도 별이 바람에 스치운다.

윤동주 시인이 24살에 지은(1941. 11. 20) 〈서시〉를 인생의 지침으로 삼아 실천하고자 내 자신을 감독하고 독려하며 살아왔다. 29세란 젊은 나이에 일본 후쿠오카 형무소에서 비명에 갔다는 윤동주 시인은 사춘기 소녀의 가슴에 슬픔과 아릿한 아픔을 각인시켜 줬다.

우리 아이들이 엄마는 꼭 봐야 한다며 추천해준 〈동주〉란 영화를 보고, 내친김에 윤동주 문학관으로 향했다. 전철 3호선을 이용하여 경복궁역에서 내려 4번 출구로 나갔지만 방향감각이 없어 헤맸다. 스마트폰으로 길 찾기하여 경복궁역 버스정류장에서 7022번 버스를 타고 가는데 '자하문고개 윤동주 문학관'이라는 안내방송이 나와 안심했다.

초행길이 어린이처럼 긴장되는 것은 어른이 된 지금도 마찬가지다. 다행히 토요일 오후라 서울 성곽을 돌고 있는 많은 등산객이 물밀 듯 들고나고 해서 마음이 놓인다.

윤동주 문학관 버스정류장에서 내려서 보니 길 건너 모퉁이에 각진 문학관 건물이 눈에 들어온다. 주변에 사람이 많은 걸 보니 등산길에 들러 가는 곳이 된 모양이다. 먼발치에서 문학관 외관을 찍고, 횡단보도를 건너니 문학관 입구에서 윤동주 시인의 시 〈새로운 길〉이 맞아준다.

내를 건너서 숲으로
고개를 넘어서 마을로

어제도 가고 오늘도 갈
나의 길 새로운 길

민들레가 피고 까치가 날고
아가씨가 지나고 바람이 일고

나의 길은 언제나 새로운 길
오늘도… 내일도…

내를 건너서 숲으로
고개를 건너서 마을로

시인은 21세에 서울로 유학 와서 연희전문학교 문과에 입학하여 송몽규(고종사촌), 강처중과 기숙사 생활을 시작한다. 당시 새로운 환경과 문학에 대한 부푼 꿈의 설렘을 〈새로운 길〉로 표현한 것 같다. 인왕산을 오르내리며 시상을 다듬은 흔적이 엿보여서 문학관 앞을 〈새로운 길〉로 장식한 게 아닐까.

유리문을 밀고 들어가자 '시인채'라 부르는 제1전시실 한가운데

윤동주 문학관은 영혼의 가압장에 어울리듯 용도 폐기한 물탱크의 윗부분을 개방하여 만들었다.

〈자화상〉을 탄생시킨 우물이 상징처럼 자리하고, 9개의 전시대에는 육필원고와 영인본, 사진자료 등 시인의 숨결이 느껴지는 일대기가 순차적으로 진열되어 있다.

맞은편 벽면에는 다양한 모양의 빛바랜 시집 표지가 역사의 흔적을 보여주고, 관람하는 모든 것에서 시인의 숨결이 더욱 생생하게 전해오는 것은 〈동주〉란 영화를 미리 보고 왔기 때문이리라.

'열린 우물'이라 명명한 제2전시실은 〈자화상〉의 우물에서 모티프를 얻어 용도 폐기된 물탱크의 윗부분을 개방하여 중정中庭을 만들었다 한다. 조금 억지스러운 느낌이긴 하지만 용도 폐기된 수압장을 활용한 발상에 수긍이 간다.

제3전시실은 열린 우물의 반대로 '닫힌 우물'이라 부르는 또 하나의 용도 폐기된 물탱크를 원형 그대로 보존하여 침묵하고 사색하는 공간으로 조성, 시인의 일생과 시 세계가 담긴 영상물을 감상하도록 만들었다. 창고 같은 곳에 의자 몇 개 놓은 것에 불과한 곳이지만 시인의 시와 영상을 감상할 때만큼은 시설 좋은 영화관처럼 느껴진다.

문학관 뒤에 있는 '별뜨락'은 카페 정원으로 몇 개의 벤치가 있어 오가는 등산객들이 휴식을 취하고 있다. 카페에서만 판다는 시인의 시집 《별 하나에 시》를 사들고 '시인의 언덕'으로 올라간다.

나무계단을 오르고 또 올라 정상에서 내려다보니 윤동주 시인이 하숙했다는 누상동 일대가 한눈에 들어온다. 옛날에는 '산천은 의구하되 인걸은 간데없다'고 노래했지만, 지금은 산천도 변하고 인걸도 간데없다고 노래해야 맞을 것 같다. 시인이 살았던 곳이며 산책하던 곳은 흔적조차 찾을 수 없어 못내 아쉽고 섭섭하다.

청년 윤동주는 이곳을 산책하며 하늘과 바람과 별을 만난 것일까. 시공을 뛰어넘어 아스라이 먼 역사의 뒤안길로 돌아가 1945년 2월 16일, 29세의 짧은 생을 살다가 낯선 일본의 감옥에서 운명했던 그를 생각하니 가슴이 먹먹하다. 몇 개월만 더 살았더라면 그토록 염원하던 조국의 광복을 보았을 터인데….

시인에 대해 더 깊이 알고 싶어 여러 자료를 찾아보았다. 윤동주 시인은 만주 간도 명동촌에서 아버지 윤영석과 독립 운동가이자 교육가로 이름이 높던 김약연의 누이 김용 사이에서 장남으로 태어났다.

명동은 조선인들이 모여 살던 전형적인 농촌으로, 1899년에 외삼촌 김약연 등에 의해 개척된 마을이었다. 기독교와 교육, 독립운동의 중심지로 문화운동이 활발하게 일던 곳으로 할아버지는 기독교 장로였고,

시인이 시상을 다듬었다는 인왕산 시인의 언덕길. 누상동으로 내려가는 길도 가을을 만끽하게 한다.

아버지는 명동학원 교사였다.

유복한 환경에서 자란 귀공자 타입의 시인은 조용하고 사색적인 성품을 지녔으며, 절친한 문우이자 고모의 아들인 송몽규와 함께 문학을 하고 서울 연희전문학교와 일본 유학, 죽음까지도 함께했다.

당시 간도지방 학생들 사이에서는 고국으로 유학하는 게 유행이었다. 1932년 고향 명동을 떠나 용정의 기독교계 은진중학에 다니던 윤동주는 평양 숭실중학교로 전학하여 YMCA 문예부에서 발간한 《숭실활천》에 시 〈공상〉을 발표한다.

100부 한정판인 백석의 시집 《사슴》을 구하지 못하자 학교 도서실에서 시집 전체를 베껴 썼다니 그 열정이 놀랍다. 자신이 좋아하는 일은 누가 시키지 않아도 하기 마련인가 보다.

1936년 신사참배 거부로 숭실중학이 폐교 당하자 다시 용정으로 돌아가 광명학원 중학부에 편입해 2년 동안 중학과정을 더 밟았고, 22세 때 고종사촌 송몽규와 함께 연희전문학교에 입학한다. 당시 송몽규는 동아일보 신춘문예에 콩트 〈숟가락〉이 당선되어 이미 문인으로 이름이 알려진 상태였다.

윤동주도 문학공부를 원했지만 아버지는 의학을 전공하길 원해 한동안 식음까지 전폐하며 뜻을 굽히지 않자, 할아버지 윤하현과 외숙부 김약연이 아버지를 설득해 연세전문학교 문과반에 들어간다. 그래서 '자식 이기는 부모 없다'는 말이 나왔나 보다.

1941년 연희전문 졸업을 앞두고 그동안 쓴 시 19편을 묶어 《하늘과 바람과 별과 시》라는 제목으로 자필 시고집詩稿集 세 부를 만들어 한 부는 자신이 갖고, 한 부는 연희전문 영문과 이양하 교수에게, 나머지 한 부는 후배 정병욱에게 준다.

윤동주는 시집을 출판하고 싶어 했으나 〈십자가〉, 〈슬픈 족속〉, 〈또 다른 고향〉 등 몇 편의 시가 일제의 검열을 통과하기도 어렵고, 일본 유학을 앞두고 있는 윤동주의 신변에 위험이 따를 것을 염려한 이양하 교수가 만류한다.

시집 출판에 미련이 남은 윤동주는 아버지와 의논하지만 돈 문제가 걸려서 결국 출판계획을 접는다. 지금도 책 한 권을 출판한다는 일이 쉽지 않은데 그 시절은 더 어렵지 않았을까.

윤동주, 이양하 교수가 가지고 있던 자필 시고집은 행방을 모르고, 정병욱에게 주었던 시고만 남았다. 정병욱의 어머니가 명주보자기에 싸서 마루 밑 깊숙한 항아리에 감춰둔 덕분에 광복 후, 1948년 1월 30일 드디어 윤동주의 시집 《하늘과 바람과 별과 시》가 빛을 보게 된다. 그렇지 않았다면 그 주옥같은 시들을 구경도 못 했을 텐데….

일본 교토의 도시샤대학 영문과에 입학한 윤동주는 1943년 7월, 여름방학을 앞두고 들떠서 집에 전보도 치고, 귀향준비를 서두르지만 사상범으로 경찰에 검거된다. 교토제국대학에 다니던 송몽규도 함께 잡혀 들어간다. 죄명은 '치안유지법' 위반, 즉 독립운동을 했다는 게 죄명이지만 일본인 교수와 민족문제로 말다툼을 벌인 일 외에는 분명한 증거가 없었다고 하니 억울하기 이를 데 없다.

송몽규는 중국의 난징 쪽에서 독립운동단체에 가입하여 활동한 적이 있어 2년 6개월형, 윤동주는 2년형을 언도 받고 후쿠오카 형무소에 갇힌다. 1945년 '2월 16일 동주 사망, 시체를 가지러 오라'는 전보를 받고 아버지 윤영석과 당숙 윤영춘이 일본으로 떠난다.

후쿠오카 형무소에서 만난 송몽규는 "저놈들이 주사를 맞으라고 해서 맞았더니 이 모양이 되었고, 동주도 그 모양으로…" 하며 말을 맺지 못하고 흐느낀다. 피골이 상접했던 송몽규도 23일 뒤에 세상을 떠났다니 얼마나 가슴 아프고 서러운 민족의 수난사인가.

일본은 태평양전쟁 말엽에 살아 있는 우리의 젊은이들을 상대로 세균실험을 했다니 우리의 선조들이 수도 없이 희생된 역사적 사실을 꼭 알아야 하고 영원히 기억해야 할 것이다.

윤동주 시인은 고요히 자아를 응시하는 내면적 인간형에 속하는 사람, 다정다감한 젊은이, 순결한 영혼의 소유자, 조용하고 사색적인 성품을 지녔던 미남 청년시인으로 알려졌다.

흥미로운 사실은 윤동주 시인의 자생적인 일본인 팬클럽이 세 도시에 있다는 거다. 도쿄는 윤동주 시인이 처음으로 유학한 도시이고, 교토는 전학하여 거주한 두 번째 도시이자 일경에 체포되어 재판을 받은 도시이며, 후쿠오카는 감옥에 갇혀서 복역하다가 옥사한 도시다. 이 세 곳에서 팬클럽이 만들어졌고 회원들은 대부분 여성이란다.

그들이 윤동주 시인을 좋아하는 이유도 다양하고 재미있다. "시가 너무 좋아서, '조선독립운동'이란 죄명으로 우리나라 감옥에서 복역하다가 옥사한 '조선시인'이라 특별한 유대감이 느껴져서, 미남이라서…" 등

윤동주 시인을 너무 좋아해서 한글을 배우고 익혀 한국어로 윤동주 시를 읽는 팬들도 있다 한다. 우리네 정서로는 이해하기 힘들지만 일본인 팬클럽 회원들은 현재까지도 윤동주 시인을 기리며 활동하고 있다니 미력하나마 젊은 나이에 떠난 시인의 넋에 위로가 되지 않을까. ☆

한무숙 문학관

작가가 작고할 때까지 40년 살았던 한옥을 부군 김진홍 선생이 1993년 작가 별세(1. 30) 후, 문학관으로 개조하여 개방하고 있다. 전통 한옥과 3층 양옥이 혼합된 전시공간은 가정집처럼 안락함을 안겨주고, 유품이 많아 박물관을 연상케 한다. 매년 8월이면 '한무숙 소설 독후감대회 작품 공모'를 하고 있다.(고등학생 이상 참여 가능)

이용안내

(월요일~토요일) 10:00~17:00 (12:00~13:00 점심시간 제외)

(온라인 및 전화예약(최소 하루 전 예약, 익일 방문 시 전화예약만 가능)

※일요일, 법정 공휴일

주소 서울특별시 종로구 혜화로 9길 20 **문의** 02-762-3093

02

향기 가득한 혜화동 <한무숙 문학관>

전화로 미리 예약해놓고 4호선 혜화역에서 내려 안내한 대로 4번 출구로 나갔다. 초행이라 여러 번 묻고 물어서 혜화초등학교 쪽으로 걸어가는데 볼거리가 많다. 골목마다 음식점이 즐비하고 극장과 아트홀이 곳곳에 있어 젊은이들이 혜화동으로 몰리는 이유를 알 것 같다.

사방에서 쏟아져 나오는 젊은이들로 활기에 넘친 색다른 분위기를 구경하며 걷다 보니 어느새 아림사문구 앞이다. 왼쪽 골목을 바라보니 한옥이 눈에 들어와 천천히 걸어가 대문 앞에 섰다. 개방되어 있는 줄 알았는데 대문이 굳게 닫혀 있다. 3시쯤 방문할 것이라 했는데 생각보다 빨리 도착하여 벨을 누르지 못하고 밖에서 문학관 전경을 여러 각도로 찍어본다. 인적이 드문 골목이라 한적하고 조용해서 도심 같지 않다.

왔던 길로 내려가 매점에서 선물용 음료수를 사들고 다시 찾아가 벨을 눌렀더니 아주머니 한 분이 대문을 열어주며 반긴다. 마치 친척 집에 들른 기분이라고 할까. 음료수 박스를 내밀었더니 활짝 웃으며 그냥 와도 되는 곳이란다. 물론 그런 줄은 알지만 가정집 같아 빈손으로 방문하기엔 손이 쑥스러워 사들고 갔다. 누구 집을 방문하든지 빈손으로 가는 건 민망한 일이다.

ㄷ자 한옥에 분재처럼 보이는 아담하고 멋스러운 정원에 놀라자, 꽃이 필 때 오면 더 아름답다며 그때 다시 한 번 놀러오란다. 푸근한 인정

이 느껴진다.

작은 연못에 비단잉어가 한가롭게 유영하고, 막 움트고 있는 목단과 고풍스러운 한옥 분위기가 한 폭의 그림이다. 젊은 해설사가 나와 안내하는 대로 몽돌 깔린 마당으로 해서 토방의 댓돌에 신발을 벗어놓고 마루로 올라선다.

'한무숙 문학관'은 작가가 작고할 때까지 40년 살았던 한옥을 부군 김진홍 선생이 1993년 작가 별세 후, 문학관으로 개조하여 개방하고 있다. 전통 한옥과 3층 양옥이 혼합된 전시공간은 가정집처럼 편안하다.

제1전시실은 작가 생전에 크고 작은 행사를 치렀던 대청마루로 육필원고와 저서, 국내외 저명한 분들과 주고받은 편지와 훈장, 생활용품 등이 전시되어 있다. 제2전시실은 응접실로 국내외 문인들과 명사들을 대접했던 곳이다. 오래된 8폭의 민화병풍이며 도자기, 전통 장식장, 액자, 소파, 원탁테이블, 고풍스러운 의자들과 탁자 등에서 포근하고 정감이 묻어나는 느낌이다.

양옥 2층은 작가의 집필실이자 침실이며 거실이다. 집필실에는 작가가 쓰던 널따란 앉은뱅이책상과 필기구, 일상생활용품이 있고, 삼면으로 둘러싸인 서가엔 누렇게 변한 오래된 책들이 빼곡히 꽂혀 있다. 값으로 환산할 수 없는 값진 보물들이다.

한 시대의 대표 여성작가로 우뚝 설 수 있었던 것은 다 그럴만한 이유는 있어서라는 것을 새삼 깨닫는다. 더 분발하여 선생의 그림자 옆이라도 따라가야 하지 않을까 하는 생각이 스쳐간다.

제3전시실인 양옥 3층에는 작가가 직접 그린 그림접시와 도자기, 봉황과 장미를 섬세하게 수놓은 예쁜 방석커버와 수저집, 드라마로 방송되었다는 시나리오와 영상테이프, 작가의 가족사진과 작가 관련기사, 작가의 작품전집, 처녀작 《등불 든 여인》의 친필원고와 영인본 등 작가의 예술과 문학 활동의 단면을 볼 수 있는 소중한 유품들이 전시되었는데 놀라울 정도다.

미모의 한무숙 작가는 1918년 10월 25일, 종로구 통의동 외가에서 출생했지만 부친의 직업관계로 경상도로 이사한다. 그림에 소질을 보여 초등학교 2학년 때 베를린 세계만국아동그림전시회에 입상한 것을 계기로 본격 그림공부를 시작, 김말봉 작가의 장편소설 《밀림》의 삽화를 맡기도 한다. 부산에서 여학교를 졸업한 뒤 1940년에 결혼하면서 그림을 접고 작가생활로 갈아탔다니 중요한 전환기였으리라. 그 당시 사회적 환경이 가정생활하며 그림 그린다는 일이 어려웠을 테지만, 그래도 취미생활로 그린 작품들이 문학관 안에 전시되어 있으니 보기 좋다.

1943년에 잡지 《신시대》의 장편소설 공모에 〈등불 드는 여인〉이 당선되면서 문단에 등단했고, 조선연극협회 희곡 모집에 일막극 〈마음〉과 1944년에는 사막극 〈서리꽃〉이 연달아 당선되면서 연극계의 주목을 받는다. 1948년 〈국제신보〉의 장편소설 공모에 《역사는 흐른다》로 당선되었으나 〈국제신보〉 폐간으로 〈태양신문〉에 연재된다. 1957년에 단편 《감정이 있는 심연深淵》으로 자유문학상 수상, 1993년 75세로 작고하기 전까지 《빛의 계단》, 《생인손》, 《이사종의 아내》, 《우리 사이 모든 것이》,

국내외 문인들과 명사들을 대접했던 응접실. 아담하고 멋스러운 정원이 고풍스런 한옥과 어울린다.

《석류나무집》,《축제와 운명의 장소》 외 수많은 장편과 단편소설집을 출간한다. 특히 장편소설《만남》은 영문, 폴란드어, 불어, 에스토니아어, 체코어 등으로 번역되어 지금까지도 세계 속의 한국여성작가로 이름을 떨치고 있다니 놀라울 뿐이다.

1965년과 1969년에는 한국대표로 국제펜대회에 참가하여 게오르규, 펄 벅, 가와바타 야스나리 등 세계 저명작가들과 교유하며 한국의 위상을 높인다. 일본어뿐만 아니라 독학한 영어실력은 미국 조지워싱턴대학교와 하버드대학교, 하와이 대학교에서 강연할 정도였다니 감탄사가 절로 나온다.

한국천주교 신자들의 순교와 박해 사건을 다산 정약용 일가를 중심으로 그린 대표작인 장편소설《만남》은 대한민국문학상 대상을 안겨주었고, 단편《생인손》은 1986년에 8·15 특집으로 방영되어 더 많이 알려졌다. 표마리아 할머니가 신부 앞에서 고해하면서 시작되는《생인손》은 타고난 운명에 대해서 많은 생각을 하게 한다.

어머니도 종이었던 언년이는 시집가는 작은아씨를 따라 참판 댁으로 가게 된다. 언년이는 함께 자란 동갑내기 작은아씨와 같은 시기에 딸을 낳았고, 작은아씨가 산후조리를 위해 본댁으로 돌아가자 아씨 아기의 유모가 된 그녀는 자신의 딸보다 상전의 아기를 돌보는데 전념한다.

어느 날 언년이는 딸 간난이가 생인손을 앓는 것을 보고 안쓰러워 잠시 돌보기 위해 아씨 아기와 바꿔치기 한다. 상전의 아기로 예쁘게 자라는 딸 간난이를 보고 욕심이 생겨 생인손이 다 나았는데도 되돌려놓지 않았다. 14년 후, 상전의 딸로 자란 간난이는 섭저리의 명문가로 시집가고, 간난이로 자란 상전의 딸은 양인을 따라 서양에 가서 공부하게 된다.

언년이가 몸담고 있던 대갓집은 구한말 역사의 소용돌이를 비껴가지 못하고 풍비박산이 되자 의지할 곳이 없던 언년이는 70의 노구를 끌고 어느 집 대문 앞에서 구걸하다 대문 밖으로 나온 딸과 우연히 해후한다. 대학교수가 된 딸과 좋은 집에서 함께 살며 호강하던 언년이에게 어두운 그림자가 드리운다. 음식을 맛있게 하고, 행동거지가 점잖은 밥상 든 식모의 짧은 손에 눈이 갔고, 생인손을 앓던 친딸 간난이가 떠올랐기 때문이다. 식모살이 하는 여인의 짧은 가운뎃손가락을 보고 그녀가 친딸임을 직감한 언년이, 고향이 '삽저리'라는 말에 까무러친다.

표마리아 할머니, 그러니까 언년이는 친딸의 불행이 자신이 저지른 잘못 때문이라고 통곡하며 신부에게 고해하고, 신부는 그녀의 머리에 성호를 그으며 평화를 빌어준다.

타고난 운명은 바꿀 수 없는가 보다. 결국 타고난 운명대로 돌아가는 걸 보면서 운명이 억지로 바꾼다고 달라지지 않는다는 걸 깨닫게 해주는 작품이었다.

황금찬 시인이 《돌아오지 않는 시간의 저편》에서 들려준 한무숙 작가의 미담이 가슴을 훈훈하게 해준다.

1954~5년 무렵의 우리나라 경제사정은 궁핍 그 자체였다. 6·25 한국전쟁이 휩쓸고 지나간 후는 더 말할 것도 없었다. 오죽했으면 남에게 얻어먹는 것조차 부끄럽지 않았을 때라고 했을까.

한무숙 작가는 어려운 작가들을 초대해 음식대접도 하고, 약간의 찻값을 아무도 모르게 주머니에 넣어주기도 했으며, 밤늦은 시간이면 잠까지 재워 보냈다고 한다.

황금찬 시인도 여러 번 초대받아 갔고, 〈귀천〉으로 유명한 천재시인 천상병 시인은 단골손님처럼 자주 초대되어 가곤했단다. 어느 날, 술에 취해 쓰러져 자던 천상병 시인이 물을 마시려고 새벽에 일어나서 봤더니 한무숙 작가의 화장대 위에 작은 양주병이 있더란다. 애주가였던 천 시인은 웬 양주인가 싶어 마셨으니…. 그 작은 병에 든 것은 양주가 아니라 향수였던 것이다. 곧바로 병원으로 가서 위를 세척했으나 숨 쉴 때마다 입과 코에서 향수 냄새가 진동했다나. 그 후 천 시인은 향수 마신 최초의 시인이라 놀림 받았고, 낙천적인 시인은 향수도 양주 맛과 같다며 해맑게 웃었단다.

한무숙 작가의 호가 '향정香庭'이고, 당호가 '향정헌香庭軒'이다. 향기로운 뜰, 향기가 가득한 집이라 이해해도 좋을 것 같다.

여느 문학관과는 달리 보고寶庫로 가득한 향정헌은 작가의 체온과 향취가 곳곳에 배어 있다. 집 안 구석구석에 빈 공간이 없을 정도로 그림과 책, 유품 등 값진 보물로 둘러싸여 있어서 관리가 쉽지 않음을 느낄 수 있다. 예약제로 방문객을 받는다는 설명이 이해된다.

들을수록 재미있고 끝나지 않을 것 같은 작가의 얘기가 너무나 훌륭해서 자꾸 왜소해짐을 느꼈지만, 한무숙 문학관 '향정헌'에서 느낀 작가의 향기와 숨결이 자극제가 되었다.

'단아한 한국 여성의 기품과 자신의 문학세계를 조화시키며 모범적인 문학인의 길을 걸었던 작가'라 불렸다니 귀감으로 삼아야겠다. ☆

김수영 문학관

시인의 본가와 묘, 시비가 있는 도봉구에서 시인을 기리고 도봉산으로 이어지는 북한산 둘레길과 더불어 자연과 문학이 어우러지는 문화공간을 제공하고자 '김수영 문학관'을 건립하여 2013년 11월 27일에 개관했다. 문학관에서는 김수영 문학상, 김수영 청소년문학상, 김수영 시 낭송대회를 주관하고 있다.

이용안내

관람시간 : 09:00~17:40

※ 매주 월요일 (월요일이 공휴일인 경우 그 다음 날/1월 1일, 설날, 추석 당일)

주소 서울특별시 도봉구 해등로 32길 80 **문의** 02-2091-5673

03

도봉산 아래 자리한
<김수영 문학관>

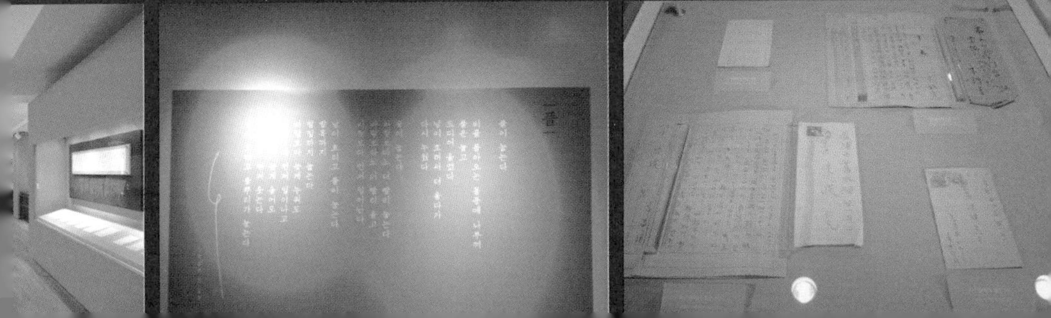

여고시절에 읊조리고 다녔던 애송시 〈풀〉, 그 시의 작가를 만나러 가는 데 사춘기 소녀마냥 설렌다.

풀이 눕는다
비를 몰아오는 동풍에 나부껴
풀은 눕고
드디어 울었다 (중략)

전철 4호선을 타고 쌍문역에서 하차하여 2번 출구로 나갔다. 몇 미터 앞에 있는 마을버스 정류장에서 06번을 타고 종점에서 내렸더니 '현대 문학 산책'이라는 현수막이 눈에 띈다. 옳게 찾아왔다는 안도감에 마음이 편안해진다.

버스기사에게 〈김수영 문학관〉을 물으니 친절하게 알려준다. 친절한 분을 만날 때마다 나도 누군가에게 친절해야겠다는 생각이 든다. 아파트로 둘러싸인 동네가 조용하고 한적해 시골에 간 기분이었다고 할까.

길을 건너가는데 한 떼의 여인들이 골목에서 몰려나온다. 분명 그쪽일 것 같은 예감을 따라갔더니 골목 초입에 현수막과 '김수영 문학관'이 반겨준다. "도봉산으로 이어지는 북한산 둘레길과 더불어 자연과 문학

도봉산 아래 자리 잡은 문학관은 자연과 문학이 어우러지는 문화공간이다.

이 어우러지는 문화공간을 제공하고자 2013년 11월 27일에 개관했다" 더니 과연 세련된 새 건물이다.

1968년 6월 16일에 돌아가신 걸 생각하면 늦은 감은 있지만, 시인의 숨결을 느낄 수 있는 문학관이 도봉산 아래에 자리 잡은 것은 다행이고 환영할만한 일이다.

밖에서 구도를 잡아 사진을 찍고 문학관 안으로 들어가는데 시인을 직접 만나러 가는 듯 두근거린다. 낯선 곳의 방문은 항상 긴장되고 설레기 마련인가 보다.

제일 먼저 반긴 것은 그 좋아하던 시 〈풀〉이다. 벽에 걸린 시 앞에 서서 다시 한번 음미해본다. 안내인에게 사진을 찍어도 되느냐고 조심스럽게 물으니 얼마든지 찍으라고 해서 편안한 마음으로 사진도 찍고 김수영 시인의 발자취를 따라간다.

시인은 1921년 11월 27일, 서울 종로2가 관철동 158번지에서 아버지 김태욱과 어머니 안형순 사이에서 8남매의 장남으로 태어난다. 증조부와 할아버지가 벼슬을 하여 경기도와 강원도 등에 상당한 토지를 소유했으나 일제강점기 때 토지조사 여파로 가세가 급격히 기운다. 아버지는 종로 6가 116번지로 이사하여 지전상을 경영한다.

시인은 조양유치원과 계명서당에서 공부하고 어의동 공립보통학교(현 효제초등학교)에 들어간다. 폐렴과 뇌막염을 앓아 요양생활을 했으나, 선린상고에서 우수한 성적으로 공부했으며 주산과 미술에 재질을 보인다.

도쿄 조후쿠 고등예비학교에 다니다가 그만두고 연극을 공부했던 작가는 귀국한다. 태평양 전쟁으로 서울생활이 어려워지자 집안이 만주 길림성으로 이주하고, 연극에 관심이 많았던 시인은 길림극예술연구회 회원인 임헌태, 오해석 등과 연극 일을 한다.

광복을 맞아 가족이 다시 서울로 돌아오고, 시인은 문학으로 전향하여 시 〈묘정廟廷의 노래〉를 발표하면서 시인의 길로 들어선다. 시인은 연희전문 영문과에 편입했으나 그만두고 이종구와 함께 성북구 영어학원에서 강사, 박일영과 함께 간판 그리기, ECA 통역 등을 한다.

1946~47년에 김경린, 김병욱, 박인환, 양병식, 임호권, 김경희 등과 친교하며 〈신시론新詩論〉동인을 결성하고, 동인 외 배인철, 이봉구, 박태진, 박기준, 김기림, 조병화, 김윤성, 이한직, 김광균 등과 교유하며 문단 활동을 하지만 한국전쟁의 소용돌이에서 헤어 나오지 못하는 비운을 겪는다.

문화공작대라는 이름으로 의용군에 강제 동원되어 평남 개천으로 끌

작가의 흉상이 전시관을 지키고 있는 것처럼 보인다.

려갔으나 유엔군과 인민군의 혼전을 틈타 야간탈출에 성공한다. 서울 충무로의 집 근처까지 내려왔으나 경찰에 체포당해 거제도 포로수용소로 갔지만, 영어실력을 인정받은 시인은 그곳에서 미 야전병원의 통역관이 된다.

미 군의관들을 따라 거제도 포로수용소에서 부산 거제리(현 부산 거제동) 수용소로 이동, 미 군의관 피스위치와 가깝게 지내다 1953년(33세) 거제리 포로수용소에서 석방된다.

피난지 부산으로 가서 박인환, 조병화, 김규동, 박연희, 김중희, 김종문, 김종삼, 박태진 등과 재회하고, 《자유세계》 편집장 박연희의 청탁으로 〈조국에 돌아오신 상병傷病 포로동지들에게〉를 쓴다.

모교인 선린상업학교에서 영어교사도 하고, 〈주간 태평양〉에서도 근무한다. 경기도 화성군 조암리로 피난 갔던 아내가 돌아와 성북동에 둥지를 틀고, 〈평화신문사〉 문화부 차장으로 6개월가량 근무하다가 1955년 6월 마포 구수동으로 이사하여 번역일과 양계장을 한다. 한강이 보이고 밭으로 둘러싸인 구수동 집에서 전쟁으로 지친 심신이 안정되자 〈여름뜰〉, 〈여름 아침〉, 〈눈〉 등을 발표하며 안수길, 김이석, 유정, 김중희, 최정희 등과 가깝게 지낸다.

김종문, 이인석, 김춘수, 김경린, 김규동 등과 앤솔로지 《평화에의 증

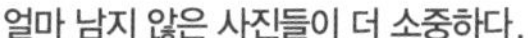

얼마 남지 않은 사진들이 더 소중하다.

언》에 〈폭포〉 등 5편의 시를 발표, 1958년 11월에 제1회 '한국시인협회상'을 수상한다. 1959년에 개인시집 《달나라의 장난》을 출간하고, 1960년 4·19와 1961년 5·16, 1965년 6·3 한일협정 반대시위에 동조하여 박두진, 조지훈, 안수길, 박남수, 박경리 등과 함께 성명서에 서명한다. 신동문과 친교하는 등 역사의 소용돌이 속에서도 왕성한 집필활동을 한다.

잡지, 신문 등에 〈기도〉, 〈육법전서와 혁명〉, 〈푸른 하늘은〉, 〈허튼소리〉, 〈나는 아리조나 카보이야〉, 〈거미잡이〉, 〈가다오 나가다오〉 등을 발표하며 시를 넘어서 자유에 이르고자 한다.

1968년 《사상계》 1월호에 발표했던 평론 〈지식인의 사회참여〉가 발단이 되어 〈조선일보〉 지면에서 3회에 걸쳐 벌였던 이어령 선생과의 뜨거운 지상논쟁은 문학계에 큰 반향을 불러일으킨다.

4월, 부산에서 열린 펜클럽 주최 문학세미나에서 '시여 침을 뱉어라'라는 제목으로 주제 발표하고 서울로 돌아오는 길에 펜클럽 강연팀과 경주에 들러 청마 유치환 시인의 시비를 찾는다. 시인은 시비에 술을 부으면서 감정이 북받치는 듯 울기 시작한다. 함께 간 모윤숙, 이헌구 작가가 달랬으나 듣지 않고 시비를 부둥켜안고 흐느꼈다는 얘기다.

그 이후 6월 15일, 밤늦게 귀가하다 구수동 집 근처에서 버스에 부딪혀 서대문 적십자병원 응급실로 실려 갔지만, 안타깝게도 16일 새벽에

육필원고에서는 시인의 고뇌가 느껴진다.

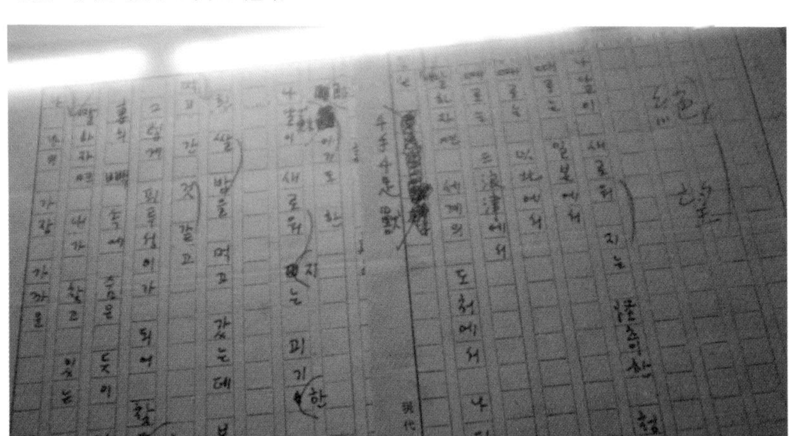

영영 돌아오지 못할 길로 떠난다.

6월 18일에 예총회관 광장에서 문인장文人葬으로 장례를 치르고, 유해는 서울 도봉동에 있는 선영에 안장되었다. 1969년 6월 1주기를 맞아 문우와 친지들에 의해 묘 앞에 시비詩碑가 세워졌다는 시인의 일대기가 숙연하게 만든다.

아무도 없는 조용한 전시관을 한 바퀴 돌며 벽에 전시된 빛바랜 원고지들과 지인에게 받은 편지를 들여다보지만 한문이 많고 글자가 희미해서 알아볼 수 없음이 안타깝다.

많지 않은 사진들이 더 소중하게 느껴지고, 단어들을 발처럼 엮어 만든 시작詩作 코너가 인상적이다. 시를 짓기란 쉽지는 않겠지만 연습하고 또 연습하면서 연마하면 언젠가는 한 편의 시가 나오지 않을까.

'김수영의 시를 읽고서' 코너와 '김수영 시인을 만나보세요'가 눈길을 끈다. 시인의 작품집과 유품을 감상하자니 글 쓰는 사람으로서 많은 생각이 오락가락한다. 책을 출간할 때마다 원로선생님들께서 보내주신 친필편지를 스크랩해서 보관하고 있는데 더 소중히 간직해야겠다는 생각이 든다.

도봉산 아래에 자리 잡은 '김수영 문학관'을 탐방하고, 민음사에서 출간한《김수영 전집》을 사들고 나오는데 가슴 뿌듯함이 느껴진다. ☆

노작 홍사용 문학관

근대 낭만주의 문학과 신극운동을 이끈 노작 홍사용 선생의 문학사적 업적을 발굴하고 계승하기 위해 건립하여 2010년 3월18일에 개관했다. 문학관에서는 노작 홍사용의 정신을 기리기 위해서 문예 강좌, 작가 특강, 여름방학 청소년문학교실, 문학현장답사, 노작문학제, 산유화극장 정기공연, 우리동네작은영화관, 반석산 에코트래킹, 연극동아리, 영화동아리 등의 프로그램을 운영하고 있으며 노인 일자리 창출을 위해 '노老노No카페 커피&_홍사용문학관점'도 운영하고 있다.

이용안내

개관 : 화요일~일요일, 국경일 개관 (매주 월요일 · 추석 · 설날 당일 휴관)

주소 경기 화성시 노작로 206 **문의** 031-8015-0880

04

화성 반석산 노작공원 <노작 홍사용 문학관>

스마트폰 앱 지도를 따라 안양역에서 1호선을 타고 병점역에서 내렸지만, 어느 길로 가야 병점사거리 버스정류장인지 알 수가 없다. 아는 길도 물어가라는 속담처럼 물어보고서야 정류장을 찾았다.

27번 마을버스를 타고 동탄1동사무소 앞에 내려서도 두리번거린다. 사방으로 둘러싸인 초고층 아파트와 빌딩 사이 어디쯤에 문학관이 있는지 짐작도 못하겠다. 다시 앱 지도를 꺼내어 큰 건물부터 찾아가는데 표지판이 눈에 들어온다.

'노작 홍사용문학관'은 큰길 사거리 초입인 반석산 근린공원 입구에 자리 잡고 있다. 도심인데도 앞마당의 널따란 주차장이 시원하고, 봄이라 새싹이 움트고 있는 노작공원과 이제 막 벙글어지고 있는 벚꽃이 한눈에 들어온다. 문학관을 카메라에 담으며 가까이 가니 독특한 양식의 옆모습이 공원과 조화를 이뤄 건축미가 돋보인다.

공원 곳곳을 장식하고 있는 시비의 넓은 면에 다양한 모양으로 기록한 장시 〈나는 왕王이로소이다〉, 수필 〈청산백운〉, 〈해 저문 나라에〉, 〈봄은 가더이다〉가 완만한 경사를 따라 한 편씩 자리하고 있어 천천히 산책하며 감상하기에 안성맞춤이다.

가만히 〈나는 왕이로소이다〉를 읊조려본다.

반석산 근린공원 입구의 문학관 건물이 시원스럽다. 독특한 측면 외관이 아름답다.

나는 왕이로소이다. 나는 왕이로소이다.
어머니의 가장 어여쁜 아들, 나는 왕이로소이다.
가장 가난한 농군의 아들로서…
그러나 시왕전十王殿에서도 쫓기어 난 눈물의 왕이로소이다. (중략)

아-, 뒷동산 장군바위에서 날마다 자고 가는 뜬구름은
얼마나 많이 왕의 눈물을 싣고 갔는지요.
나는 왕이로소이다. 어머니의 외아들 나는 이렇게 왕이로소이다.
그러나 그러나 눈물의 왕! 이 세상 어느 곳에든지
설움 있는 땅은 모두 왕의 나라로소이다.

《백조白操》 3호, 1923년 9월

작품 한 편씩 감상하며 계단을 오르니 작가연보와 작품연보가 나란히 서 있는데 마치 쌍둥이 같다. 노작공원 상단에서 내려다보니 시비가 있는 공원과 문학관이 그림처럼 펼쳐진다.

작가의 숨결이 깃든 노작공원을 한 바퀴 돌아 문학관 안으로 들어간다. 내부 한가운데 2층으로 올라가는 계단이 퍽 인상적이다. 중앙계단을

노작공원에 있는 시비 〈해저문 나라〉와 사진이 이채롭다.

기준으로 1층 오른쪽 입구의 작은 도서관을 지나자 '홍사용의 삶'을 담은 전시실이 보인다.

제1전시실에 길게 펼쳐진 연보를 보니 홍사용은 1900년 5월 17일, 경기 용인군 기흥면 농서리 용수골에서 아버지 홍철유와 어머니 능성구씨 사이에서 외아들로 태어난다. 부친은 경기 용인과 화성 일대에 많은 농토를 가진 지주여서 어린 시절은 남부럽지 않게 유복한 환경에서 자란다. 아기 때 부친을 따라 서울로 상경했다가 9세 때 백부 승유의 양자로 들어가면서 본적지인 경기도 화성군 동탄면 석우리(돌모루)로 이사한다. 노작 홍사용 문학관이 '경기 화성시 노작로 206'에 자리한 이유다.

작가가 문학과 연극계에서 활동하며 1947년 1월 7일 47세의 일기로 작고할 때까지의 발자취와 유품이 ㄱ자 벽면과 유리관에 전시되어 있다. 전시실 옆에는 중앙무대, 조명, 음향, 냉난방기, 빔 프로젝트를 갖춘 90석의 '산유화소극장'도 있다. 이 소극장은 '토월회'에서 연극 활동했던 작가의 삶을 기념하기 위한 것이리라.

조용한 분위기에 누가 될까 조심스레 가운데 계단으로 올라간다. 2층에 '메나리 나라' 라는 전시실이 있는데 그 뜻이 궁금하다. 작가는 수필

〈조선은 메나리 나라〉(1928. 5.《별건곤別乾坤》발표)에서 '메나리'는 '민요'를 지칭하는 것이라 했다.

제2전시실에는 작가와 관련된 '백조와 토월회', '기억의 방', '추모의 방'으로 나눠 문학 활동과 유물들을 전시했다. 학창시절 공부하면서 수없이 암기했던 내용을 전시실에서 만나니 감회가 새롭다.

당대 최고의 작가들인 현진건, 박종화, 박영희 등과 활동하며 발표한 작품들과 '토월회'에 참여하여 연극인으로 활동한 사진, 연극에 올린 작품, 희곡 등을 감상하며 한 바퀴 돌았다.

1922년 작가 홍사용은 우리나라 최초의 순수문예 동인지이자 근대 낭만주의 문예종합지《백조》를 창간한다. 이《백조》는 홍사용과 김덕기가 돈을 대고, 홍사용이 편집을 맡아 1921년에 발간준비를 마쳤으나 등록과정에서 발행인이 한국인이라 문제가 되어 다시 외국인 명의로 허가를 받아 1922년 1월에야 출간한다. 일제강점기의 수모受侮가 그대로 드러나는 대목이라 가슴이 아프다.

문학 활동 이전에 홍사용은 휘문고 동창인 박종화, 정백과 함께 급우지《피는 꽃》을 만들고, 1919년 〈푸른 언덕 가으로〉 등의 시를 습작, 졸업 후에는 고향에서 자연에 묻혀 독서로 소일하며 뜻을 키운다. 1920년에 박종화, 정백과 동인지《문우文友》를 펴내고 〈커다란 집의 찬밤〉이라는 시를 발표한다.

1층 전시실은 홍사용 삶의 발자취가 한눈에 보인다. 1916년 휘문의숙 시절의 1등 시험지.

본격적인 문단생활은 《백조》 창간 때 편집을 맡아 글을 싣게 되면서부터다. 《백조》 창간호에 〈백조는 흐르는데 별 하나 나 하나〉, 〈꿈이면은?〉, 〈통발〉, 〈푸른 강물에 물노리치는 것은〉을 발표한다. 2호에 〈봄은 가더이다〉를, 3호에 〈나는 왕이로소이다〉외 3편을 발표하며 《백조》의 지면을 장식한다. 이 외에도 소설 〈저승길〉과 수필 〈그리움의 한 묶음〉 등을 발표하며 장르를 넘나든다.

《백조》 폐간 이후에는 연극에 관심을 가져 '토월회'와 '산유화회' 등에 가담하여 '토월회' 빚을 갚아주는 등 지출이 많았다. 《백조》와 연극 활동에 지출한 자금 때문에 쪼들리게 된다. 1930년 전후로는 거의 작품을 쓰지 않고 방랑 생활하다 얻은 폐병으로 작고했다는 작가의 말로가 가슴 아프다. 계보를 이으며 발전한다는 것은 이렇듯 희생하는 분들이 있기에 가능한 일이지 않은가.

'기억의 방'에는 친필이 많다. 원고지에 쓴 수필 〈청산백운青山白雲(1919)〉, 휘문의숙 재학시절 1등 시험지인 붓글씨(1916)와 경시대회에서 수상했다는 붓글씨는 어제 쓴 듯 금세 먹물이 묻어나올 것 같다. 마치 컴퓨터로 인쇄한 것처럼 명필이다. 글씨에서 생명력이 느껴져 캘리그래피로 활용할 수 있다면 참 좋겠다는 생각이다.

1940년에 춘원 이광수 선생이 주례선 작가의 큰아들 결혼사진이 눈길을 잡아끈다. 이미 고인이 되셨지만 흑백사진 속에서 훌륭한 분들을 만나니 마치 살아계신 분을 만나는 듯 가슴이 떨린다.

'기억의 방' 유물은 문학관 개관에 맞춰 종손인 홍승준 씨가 보관해오던 것을 기증했다고 한다. 가치로 환산할 수 없는 소중한 유물들을 기증한다는 일은 쉽지 않다. 그렇지만 개인이 소장하는 것보다 공공기관에 기증하여 여러 사람이 볼 수 있다면 더한 가치가 있지 않을까. 전국에 흩어져 있는 문학관의 전시물들도 그렇게 기증 받아 빛을 보고 있다.

'추모의 방'은 감동 자체다. 중앙에 커다란 작가의 사진이 있고, 양쪽 벽면에 작가의 삶을 기리는 유치환 시인의 추모 시와 조지훈 시인의 추모사가 더할 나위 없이 감동적이다. 과연 나는 작가로서 어떤 삶을 살아왔고 문우들에게 어떤 모습으로 비춰질까 자문해본다.

방문 기념으로 작가의 작품집을 구입하고자 했지만, 아쉽게도 생전에 남긴 작품집이 한 권도 없단다. 장르를 넘나들며 지면에 발표한 작품만 모아도 족히 한 권은 될 텐데 아쉽다.

안타까운 마음으로 돌아서다 관계자의 묵인 하에 문학관 안에서 사진 몇 장을 찍었다.(촬영을 금하고 있었다)

2010년 3월에 개관한 화성 반석산 근린공원 입구에 자리 잡은 '노작 홍사용 문학관'은 시민이 자유롭게 찾을 수 있는 위치여서 좋고, 근린공원에 산책로까지 조성되었다니 더 많은 시민이 찾지 않을까.

따뜻한 봄날, 의미 있는 하루를 보내고 돌아서는 발길이 가벼웠던 것은 한 작가를 만나고 간다는 뿌듯함 때문이다. ☆

황순원 문학촌

황순원 작가가 경희대학교에서 23년 동안 재직했던 인연으로 경희대학교와 〈소나기〉의 배경인 양평군이 의기투합하여 2009년 6월 13일 '소나기마을'을 개장했다. 문학관에서는 매년 황순원 문학상, 소나기마을 문학상, 황순원 문학제 등을 주관하여 시행하고 있다.

이용안내

〈하절기 3~10월〉 09:30~18:00 (입장 17:30까지)

〈동절기 11월~2월〉 09:30~17:00 (입장 16:30까지) 관람료: 유료

※매주 월요일(월요일이 공휴일인 경우는 그 다음날), 신정 · 설날 · 추석 당일 휴관

주소 경기도 양평군 서종면 소나기마을길 24 **문의** 031-773-2299

05

양평 소나기마을 〈황순원 문학촌〉

작가의 고향이 평안남도인데 왜 하필 양평에 '소나기마을'이 들어섰을까? 몹시 궁금했는데 독자들의 사랑을 받아오고 있는 작품 〈소나기〉에 나오는 '소녀네가 양평읍으로 이사 간다'는 내용에 착안하여 이름을 '소나기마을'로 했다는 건립취지 배경이 재밌다.

황순원 작가가 경희대학교에서 23년 동안 재직했던 인연으로 경희대학교와 〈소나기〉의 배경인 양평군이 의기투합하여 '황순원 문학촌'을 건립하는데 3년이 걸렸단다. 124억이란 돈을 투자했다는 소나기마을은 2009년 6월 13일에 개장, 서울에서 30분 거리에 있는 국내 최대 규모의 문학관이라고 자부심이 대단하다.

단체로 몇 번을 방문했지만 수박 겉핥기식으로 둘러보았던 '소나기마을'을 다시 찾는데 의외로 교통이 복잡했다. 집에서 가까운 시외버스정류장에서 잠실행 1650번을 타고 잠실역에서 하차, 양수리행 버스 2000-2번을 기다리는데 시간이 많이 걸린다. 다행히 정류장 없는 강변도로를 씽씽 달려 양수리 두물머리까지 가는데 기다렸던 시간이 보충되었고, 한강을 바라보며 덤으로 얻은 여행 기분을 만끽, 목적지에서 내리니 몇 번 방문했던 세미원이 바로 옆에 있다.

정류장 노선표에 안내한 버스 번호가 안 보여 시간버스를 기다리고 있는 할머니 두 분께 여쭈니 소나기마을로 들어가는 버스는 없다며 길

원뿔형 건물과 연결된 문학관 3층 건물이 이색적이다.

건너로 가보란다. 양수리 시장 쪽으로 갔더니 버스정류장에서 몇 분이 기다리고 계셨다. 그곳에서 기다리면 버스가 오지만 소나기마을까지 가는 버스는 없으니 문호리 종점에서 내려 택시를 타라며 할아버지 한 분이 친절하게 알려주신다.

그 할아버지와 함께 문호리행 버스에 올랐다. 버스는 강변로를 따라 만개한 벚꽃 터널 속으로 달리고, 옆에 앉은 할아버지는 어렸을 적 배타고 강 건넌 얘기며 먼발치에 보이는 수종사에 놀러 다닌 얘기를 들려주신다. 집 한 채 없던 강변에 집들이 빼곡하게 들어섰다며 옛 시절이 그리운 듯 추억에 젖는 할아버지를 보니 돌아가신 아버지 생각에 콧날이 시큰하다. 할아버지는 도중에 먼저 내리며 종점에서 꼭 택시를 타라고 당부하신다. 문호리 종점에서 내렸더니 바로 옆에 택시회사가 있다. 택시는 금세 소나기마을 주차장까지 데려다 준다.

돌에 새긴 커다란 '소나기마을' 표지석이 반갑다. 소나기마을 입구로 향하는데 하얗게 핀 조팝꽃 향기가 코끝을 스치고, 살랑대는 보드라운 봄바람을 맞으며 천천히 걸어 올라가는데 더할 수 없이 좋다.

경기 북부여서인지 벚꽃이 한창이고, 노란개나리와 백목련, 자목련,

산당화, 종지꽃, 금낭화, 민들레에 한눈을 팔며 오르는 길이 여유롭다. 입장료 2,000원을 내고 안으로 들어간다. 대부분의 문학관은 무료지만, 입장료를 받는 곳도 몇 군데 있다.

햇살 좋은 봄날, 한적하고 조용한 문학관을 둘러보며 꼼꼼하게 관찰한다. 몇 년 전에 왔을 때는 눈에 띄지 않던 3층 건물 중앙에 원뿔형 건축물과 널따란 잔디밭에 세워진 수숫단과 원두막, 분수대가 한눈에 들어온다. 그때는 왜 보이지 않았을까. 단체로 방문한 까닭에 시간 체크하고 인솔하며 다녀야 하는 부담감 때문에 시설물들이 전혀 눈에 들어오지 않았지만, 이번엔 혼자만의 자유로운 방문이다.

계단으로 올라가 건물 안으로 들어가니 아무도 없는 실내에서 이따금 들러 가는 관람객의 움직임이 느껴진다. 원뿔형 중앙에 '한눈으로 보는 작가의 연대기'가 마주 보여 그곳으로 가본다.

황순원 작가는 1915년 3월 26일, 평안남도 대동의 명문가에서 태어나 일곱 살 때 평양으로 이사하고, 소학교 시절엔 스케이트며 축구, 바이올린 레슨까지 받으며 유복하게 자란다. 소학교 때부터 체증을 다스리기 위해 어른들의 허락 하에 소주를 마시기 시작해 애호가가 된다.

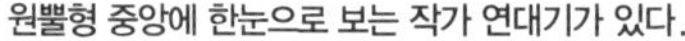
원뿔형 중앙에 한눈으로 보는 작가 연대기가 있다.

1929년 정주의 오산중학교에 입학하여 그곳 교장 출신 남강 이승훈 선생을 흠모한다. 1931년부터 시를 쓰기 시작한 작가는 7월 《동광東光》

작품의 산실인 서재에서 작가의 체취가 느껴진다. 작품집과 육필원고도 보인다.

을 통해 〈나의 꿈〉으로 등단한다. 1934년 숭실중학교를 졸업하고, 일본으로 건너가 와세다대학 제2고등학원에서 수학한다. 여기서 이해랑, 김동원 등과 극예술 연구단체인 '학생예술좌'를 창립해 활동하면서 첫 시집 《방가放歌》를 출간했으나, 조선총독부의 검열을 피하기 위해 도쿄에서 이 시집을 간행한 혐의로 평양경찰서에 29일 동안 구류를 당한다.

1935년 1월 학생신분이었음에도 평양 숭의여고 문예반장 출신의 일본 유학 중이던 동갑내기 양정길과 결혼한다. 황순원 작가 스스로 작품활동에 문학적 조예가 깊은 아내의 도움이 컸다고 술회할 정도였으니 남편의 재능을 알아본 부인의 남다른 안목과 식견 또한 예사롭지 않다.

1936년 와세다대학 영문과에 다니면서 두 번째 시집 《골동품》을 출간한다. 귀국하여 중·고등학교 교사로 재직하면서 소설 창작에 몰두, 첫 단편집 《늪》과 단편 〈별〉, 〈그늘〉 등을 발표하며 본격적으로 소설을 쓰기 시작하여 1940년에 《황순원 단편집》을 출간한다.

1946년 작가는 가족과 함께 고향을 떠나 월남, 6·25와 피난살이 등 역사적인 소용돌이 속에서도 김동리, 손소희, 김말봉 등 문인들과 교유하며 많은 작품을 발표하여 소설가로서의 역량을 맘껏 발휘한다.

1957년 만 42세 때 경희대학교 국문과 조교수로 전직, 퇴임할 때까지 수많은 작품을 선보였는데 그 중 여러 작품이 국어교과서에 수록되어 지금까지도 회자되고 있다.

황순원 작가는 명문가 태생의 기질 때문이었는지 일제강점기, 전쟁과 분단, 개발 독재시대를 거치는 동안 한 번도 품격을 훼손한 적이 없는 작가로 알려졌다. 올곧은 삶을 유지하며 고집스럽게 '인간성 옹호'와 '인간 중심주의'의 문학 세계를 추구함으로써 후학들에게 '작가 정신의 사표師表'로서 존경 받았다. 역사적 소용돌이에 휘말리지 않고 살기란 힘든 일인데도, 꿋꿋하게 살다 떠난 작가로 길이길이 회자될 것 같다.

중앙에서 왼쪽 '작가와의 만남' 전시실에는 '출생과 시적 서정성의 세계', '양평, 자연 그리고 황순원', '문학과 인품이 함께한 작가정신의 사표'란 주제로 정리되었고, 누렇게 변한 작가의 육필원고, 오래된 책들과 액자, 습작노트, 안경, 펜, 각종 도장, 시계 등이 전시되어 있다.

가장 눈에 띄는 것은 작가의 서재다. 생전에 쓰시던 책상과 서가, 두루마기, 모자, 코트, 옷걸이, 병풍 등에서 작가의 인품과 향기가 느껴진다.

전시실 반대편 '남폿불영상실'에서는 애니메이션 〈소나기〉를 감상할 수 있고, '마타리꽃 사랑방'에선 작가의 작품을 영상과 e북이나 오디오북으로도 감상할 수 있다.

'작품 속으로' 전시실에는 단편소설 《별》, 《독 짓는 늙은이》, 《목넘이 마을의 개》, 《카인의 후예》, 《학》, 《나무들 비탈에 서다》, 《일월》, 《움직이

〈소나기〉의 상징인 수숫단들이 이채롭다. '너와 나만의 길'에서 시골의 정취가 물씬 풍긴다.

는 성》 등을 다양한 방법으로 전시해 관람객에게 체감하도록 했는데 독특하고 인상적이다.

전시실 밖으로 나오니 봄 햇살이 따사롭다. 활짝 핀 자목련, 무리지어 핀 돌단풍과 화사한 벚꽃으로 둘러싸인 작가 부부의 묘역이 보인다. 고즈넉한 묘역을 지나자 단편소설의 배경에서 이름을 딴 아기자기한 길들이 나온다. 소녀를 업고 건넜던 개울은 한참을 올라가야 하는데 적막이 감도는 산길을 혼자 갈 자신이 없어 내려오는 길로 들어선다. 야산에 핀 진달래와 싸리꽃, 산벚꽃이 산책길을 더 운치 있게 한다.

소나기마을은 〈소나기〉의 배경이 주를 이루고 있지만, 작가의 다른 작품을 딴 테마들도 있다. 《목넘이 마을의 개》의 배경인 '목넘이 고개'가 있고, 《학》의 배경인 '학의 숲'이 있으며 《카인의 후예》의 배경인 '고향의 숲', 《일월》의 배경인 '해와 달의 숲', 《별》의 배경인 '별빛마당'이 조화롭게 조성되어 작가의 작품을 생각하며 산책하기에 안성맞춤이다.

깊은 산골짜기 기슭에 펼쳐진 테마 길을 따라 걸으며 작품 속으로 들어가 본다. 작품에 나타난 인물들의 순박함과 순수함이 독자의 마음을 정화시켜주고, 배경은 향수를 불러일으키게 한다.

소나기마을을 한 바퀴 돌고 났더니 경제적으로는 궁핍했지만 자연 속에 묻혀 지내던 유년시절이 그립다. 세태가 급변할수록 그리움의 크기도 배가 되나 보다. ☆

박두진 자료실

박두진 시인이 어린 시절에 뛰어놀던 안성시립보개도서관 입구에 시비 〈고향〉이 1998년 건립되었고, 2004년 보개도서관 3층에 혜산 박두진 시인의 자료실이 문을 열었다. 자료실에는 시인의 작품집, 청록집, 유품, 수석, 시화작품 등이 전시되었고, 삶의 발자취와 시 세계를 한눈에 볼 수 있도록 했다.

이용안내

이용시간 : 09:00~18:00 ※매주 금요일 · 공휴일 휴관 (일요일 제외)

주소 경기 안성시 보개면 종합운동장로 205 **문의** 031-678-5330

박두진 문학관 : 2018년 11월 정식으로 문학관이 개관됨

주소 경기도 안성시 보개면 남사당로 198-11 **문의** 031)678-2466~7

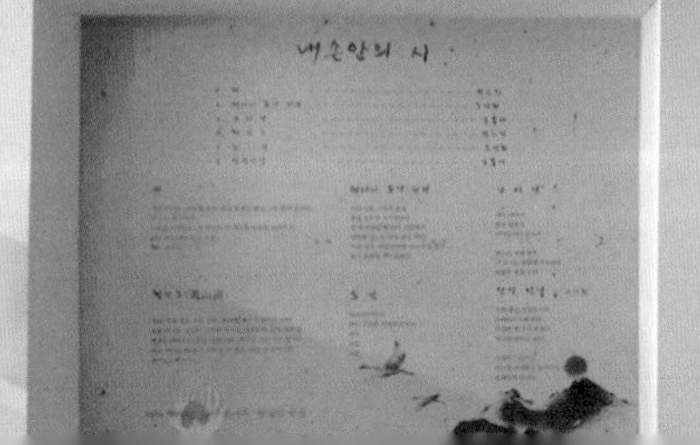

06

안성시립보개도서관 <박두진 자료실>

집에서 가까운 곳인데도 가장 늦게 이곳을 찾았다. '박두진 문학관'을 건립한다고 해서 기다렸던 것인데, 말처럼 쉽게 이뤄지기가 힘든지 벌써 해를 넘기고 있다.

한국문학사에서 빠트릴 수 없는 청록파 시인 중 한 분을 간과해서는 안 될 것 같아 '박두진 자료실'에라도 들를까 하여 집을 나섰다. 안성은 지리적으로 안양에서 가까운 곳이지만 교통상 길이 막히는 곳으로 유명하다. 그래도 청록파 시인을 만난다는 목적이 있어서 그런지 마음은 가뿐하다.

'박두진 자료실'은 안성시에서 조금 떨어진 '안성시립보개도서관' 3층에 자리하고 있다. 보개도서관은 오래된 건물로 주변의 우거진 나무와 조화를 이루고 있다. 도서관 입구에 들어서면 먼저 커다란 시비가 눈에 띄고, 조금 안쪽에는 시인의 자화상이 그려진 어록비가 보인다.

> "시는 모든 것 위에서 최고의 비판이자 최고의 도덕적 이상 미학이며 가장 높은 단계의 인간성을 실현해야 한다."

박두진 시인의 함축적인 이 글은 시에 대한 자신의 신념이고 철학이지 않을까 싶다.

한적한 마을 입구의 보개도서관 3층에 박두진 시인의 자료실이 있다.

도서관 입구의 안내판이 '박두진 시인의 자료실'은 3층에 있음을 알려줘 곧바로 올라갔다. 일요일이라 그런지 인기척도 없고 찾아오는 사람도 없어서 도심과 달리 한가롭고 여유로운 분위기다.

3층 문학테마자료실은 1실- 박두진 자료실, 2실- 안성문인실, 3실- 테마전시실로 나눠져 있다. 1실 '박두진 자료실' 안으로 들어가려는데 어두컴컴하다. 절전하기 위해 관람객이 직접 불을 켜고 끄도록 안내표시가 있다. 문 안으로 들어가 전기 스위치를 찾아 불을 켠다. 낯선 시스템이지만 절약하려는 의지가 돋보인다.

자료실은 아주 아담하고 소박하다. 그래서 문학관이 아니라 '자료실'이라 했나 보다. 정면에 시인의 작품 〈해〉를 상징하듯 태양이 떠오르는 배경 앞에 시인 부부의 커다란 사진이 보이고, 기둥 벽마다 시화 작품이 걸려 있다.

좁은 공간을 세 부분으로 나누어 나름 알차게 전시했다. 오른쪽 초입에는 박두진 시인의 자화상이, 작은 서가에는 작품이 실린 빛바랜 책들이 진열되어 있다. 크고 작은 액자 속 작품을 감상하며 안으로 들어가니 타원형 벽에 작가연보와 문학연보를 설명한 사진이 한눈에 들어온다.

초입에 시비 〈고향〉이 수호신처럼 서있다. 어록비가 시에 대한 신념과 철학을 보여준다.

바로 아래에는 한국문학사를 시대적으로 분류해 놓았고, 벽면 앞에는 작가의 흑백사진들을 보면대 위에 전시했다.

박두진 시인은 1916년 3월 경기도 안성에서 출생, 1939년 5월 정지용 시인의 추천을 받아 〈향현〉, 〈묘지송〉으로 등단한다. 1946년 6월 조지훈, 박목월 시인과 공저로《청록집》을 발간하면서 청록파 시인으로 불리게 된다. 이후 1949년 5월 시집《해》, 1954년 6월 시집《오도》, 1961년 4월 시집《거미와 성좌》를 발간한다. 1955년 4월 연세대학교 전임강사, 1959년4월 연세대학교 조교수로 계시다 1998년 9월 16일 83세로 돌아가실 때까지 일목요연하게 간추린 시인의 발자취를 더듬었다.

전시실 유리관에는 시인이 생전에 취미생활로 모은 다양한 모양의 수석이 보인다. 시인은《수석열전》을 집필할 정도로 수석애호가다. 여러 종류의 연적은 서예에 조예가 깊었다는 걸 전해주고, 육필원고와 유품인 안경과 볼펜, 엽서, 편지, 귀한 시집 등이 유리관에 전시되어 있다.

ㄱ자 벽면에는 시인의 작품세계가 한눈에 보이도록 '청록파 1930~40년대 제1기 자연自然, 1950~60년대 제2기 인간(역사), 1970~90년대 제3기 신앙信仰(기독교)으로 나눠 설명했는데, 이해 전달이 잘된다.

박두진 시인이 안양에 살았던 적이 있다. 2008년 출간된《안양문학

60년사》를 교정보면서 알게 된 사실이다.

청년시인 박두진은 1942년 8월 안양에 이사와 금융조합원 사무원으로 일하면서 시작詩作에 몰두한다. 25세를 갓 지났을 때 가족이 안양으로 이주했고, 우리교회 교인이 되어 1944년 8월에 가족 모두 세례를 받았다고 한다.

시인은 1948년 장로로 취임한 뒤 6·25 전시기까지 안양중앙교회에 다니며 전도전략, 선교전략을 구상하고 실천하는 독실한 기독교 시인으로 살았다. 시심의 원천은 그리스도의 신앙에 바탕하고 있음을 고백하며 많은 신앙시를 남겼다.

> 당신의 옷깃을 만지게 하십시오.
> 내 마음 어디가 상하였습니까. (중략)

《안양문학 60년사》에 소개되었던 시인의 신앙심이 깃든 〈기도〉란 시의 앞부분이다.

또 하나, 청록파 시인들이 탄생하게 된 얘기가 재미있다.

을유문화사에서 발행하던 《주간 소학생》 잡지사에 근무하던 박두진의 전보를 받고 경주에 사는 박목월이 상경했고, 그 자리에서 박두진이 말한다.

작은 서가에 작품이 실린 빛바랜 책들이 진열되어 있다. 《청록집》과 등단작이 나란히 보인다.

"조풍연 선생이 시집을 내라는데, 우리 몇이 어울려 봅시다."

그때《문장》지의 기자였던 조풍연 선생은 을유문화사의 편집책으로 있었다. 박목월은 조지훈을 떠올렸고, 의견일치를 본 두 시인은 곧바로 성북동에 사는 조지훈의 집으로 찾아가 뜻을 전달한다.

의기투합한 세 사람은《청록집》을 내기 위해 뜬눈으로 밤을 새우며 '작품은 각각 15편 내외, 교정은 두진 책임'이라 결론을 내린다.

그 다음 해인 1946년 6월, 세상에 나온《청록집》은 시단을 온통 청록파의 물결로 뒤덮이게 한다. 당시 주류를 이루었던 프로 문학권의 시보다 전통적이고 서정적인 그들의 시를 평론가들은 '한국문학의 전개 방향을 설정한 것'이라고 극찬한다. 독자들의 호응도 뜨거워 재판, 3판이 간행될 정도로 인기가 많았다.

평론가나 문인, 지식인들은 그들을 개별적인 시인으로 보지 않고 '청록파'라는 이름으로 불렀으며, 문학권 이외에서도 동일시하여 함께 초청하는 경우가 많았다니 얼마나 신났겠는가.

세 시인은 해군 초청으로 진해에 갈 때도 함께였고, 4·19 때《사상계》에서 기념 특집을 할 때도 3인이 함께 연작시를 썼고, 신춘문예 심사 때도 함께 다닌다. 청록파 시인들은 함께 어울려 다니기를 좋아했으니 그만큼 서로를 잘 알게 되고 정도 들었으리라.

1950년대 말《학생계》라는 잡지를 박두진 시인이 관장했을 때도 '소년의 서'는 조지훈에게, '소녀의 서'는 박목월에게 연재하게 했다니 청록파 시인들의 친밀도를 가늠할 수 있겠다.

1960년대 말 어느 출판사에서《청록집》을 재판하고자 했을 때 조지훈 시인은 "《청록집》만 재판할 것이 아니라, 이 기회에 '청록문학선집'을 내지 그래. 우리 회갑이 되면 '백록집'을 낼 원고를 따로 모아 두어야 한다"고 해 박목월 시인도, 박두진 시인도 동의했건만….

'청록문학선집'이 《청록집 기타》란 이름으로 간행되기도 전에 조지훈 시인이 세상을 떠났다는 얘기가 안타깝다. 남은 두 시인의 충격이 얼마나 컸을까. 슬픔을 조시弔詩로 달랠 수밖에 없었을 것 같다.

청록파 시인들은 그렇게 시문학사에 획을 긋고 떠났지만 후진들에게는 귀감이 되고 있다.

박두진 자료실을 한 바퀴 돌고 바로 이어져 있는 '2실- 안성문인실'에 갔더니 안면 있는 작가들이 환하게 웃으며 반긴다. 오세영, 김진식, 김완하, 고 공석하, 장석주, 윤재천, 윤수천, 허영자, 한광구, 지성찬, 얼마 전에 돌아가신 정진규 작가의 사진이 한 벽면을 차지하고 있다. 그 옆면엔 시인 조병화, 소설가 이봉구, 평론가 안막, 소설가 안국선이 병풍처럼 나란히 있어서 다시 국문학 공부하는 기분으로 자세히 들여다보았다.

그 많은 작가들이 안성 출신이라는 사실이 놀랍고, 수필의 스승인 윤재천 선생님을 만나서 더 반갑다. 사진이었을 뿐이지만 사무실이 아닌 타지에서 만나니 감회가 남달랐다고 할까. 여러 작가를 뵙고 돌아오는데 어찌나 뿌듯하던지 돌아오는 발길이 깃털처럼 가볍다. ☆

조병화 문학관

조병화 문학관은 문화관광부에 의해 난실리 마을이 문화마을로 지정되면서 국고의 지원을 받아 1993년 지은 건물로 조병화 시인 관련 기획전시물, 저작도서 및 유품을 전시하고 있다. 2004년부터 매년 5월에 개최하고 있는 '조병화 시 축제'를 통해 '꿈나무 시 낭송대회'와 '편운문학상 시상식', '편운 시 백일장'이 열리고 있다.

이용안내

이용시간 : 〈3~11월〉 10:30~17:00 〈동절기 12월~2월〉 10:30~16:00

※ 매주 월요일 · 추석 · 신정 · 설날 · 성탄절 휴관

관람료 : 유료

주소 경기도 안성시 양성면 난실길 14-1

문의 02-762-0658, 031-674-0307

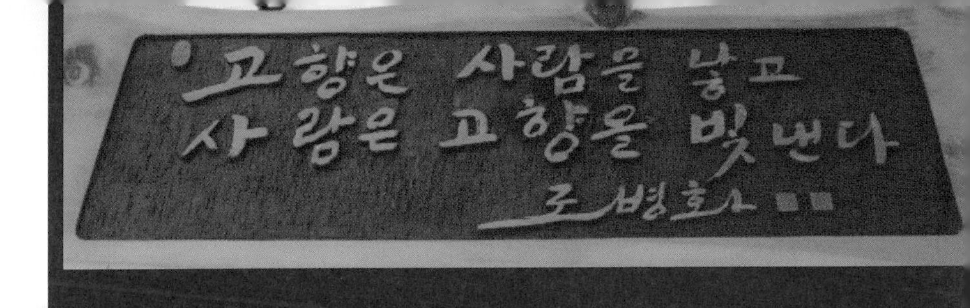

07

다시 찾은 안성 난실리 <조병화 문학관>

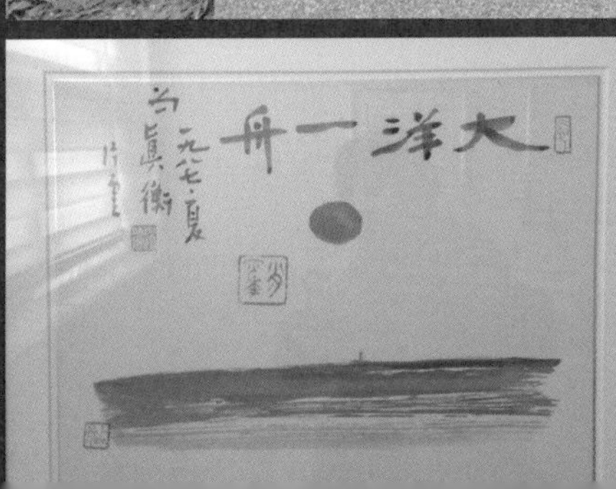

'조병화 문학관'과는 특별한 인연이 있다. 조병화 시인의 애제자인 김대규 선생님 문하에서 20여 년 공부하면서 조병화 선생님 얘기를 수없이 들었다. 조병화 선생님은 '문향文鄕 김대규 시인의《가을의 소작인小作人》 환갑 출판기념회(2001. 5. 31)'에 오셔서 축사로 제자 사랑을 확인시켜 주었으며 자리도 빛내주셨다.

그런저런 인연으로 안성시 양성면 난신리에 소재한 '조병화 문학관'을 여러 번 방문했다. 화요문학회 동인들과 함께 가보았고, 현대수필문인회에서도 문학기행으로 방문했다. 조병화 선생님이 돌아가신 후에는 김대규 선생님을 따라 추모행사에도 참석했다.

단체로 방문할 땐 문학관을 제대로 관람하지 못한 아쉬움이 남아 있던 차에 작정하고 홀로 집을 나섰다. 대중교통을 이용하여 찾아가는 길이 새롭다. 안양 범계시외버스정류장에서 8839번 버스로 용인터미널까지 가서 그곳에서 22-1 시내버스로 갈아타고 시골풍경을 감상하며 몇십 분 가다보니 '난실리'라는 안내방송이 나온다.

맑은 햇살이 양지바른 마을을 환하게 비추고, 문화마을로 지정된 난실리 입구의 안내표지판을 따라 가니 낯익은 길이 나와 반갑다. '청와헌' 옆 〈꿈의 귀향〉이란 시비 앞에서 김대규 선생님과 동인들이 기념촬영했던 기억이 생생하다.

대지는 시인이 제공하고 국고 지원 받아 지은 문학관 건물이 아담하다.

들판에서 들려오는 개구리 소리를 듣는 곳이라 하여 붙여진 이름이 '청와헌'이고, 뒤쪽엔 '편운재'가 있다. 어머니 묘소 옆에 세운 묘막으로 생전의 어머니 말씀인 "살은 죽으면 썩는다"를 벽에 새겨 놓을 만큼 어머니에 대한 각별한 효심이 배인 집으로 생전의 작업실인 혜화동 서재를 그대로 옮겨놓은 것이란다.

편운재에서 계단으로 내려가니 햇살을 듬뿍 받고 있는 시인의 선영이 고요하다. 정갈하게 관리된 선영엔 시인의 조부모님, 부모님, 시인 부부가 다정하게 한곳에 모여 생전의 단란함을 보여주는 듯하다.

시인의 효심이 묻어나는 묘역을 지나니 너른 잔디밭 가운데 나앉은 2층 건물인 '조병화 문학관'이 보인다. 4, 5월이면 죽은 듯한 식물들이 생명의 싹을 선보여 아름다운 동산으로 치장하련만, 3월이라 쌀쌀한 바람만 맴돌아 나도 모르게 몸이 움츠러든다.

해설사의 안내를 받아 문학관 안으로 들어가는데 시인의 인생을 〈나의 생애〉란 한 편의 시로 표현한 시화작품이 걸음을 멈추게 한다.

럭비는 나의 청춘

시는 나의 철학

그림은 나의 위안

어머니는 나의 고향 (중략)

시인은 청년시절엔 럭비를 좋아했고, 53편의 시집을 출간했으며, 그림도 잘 그려 직접 그린 시화작품을 많이 남겼다. 어머니에 대한 효심과 가족에 대한 사랑 또한 지극했던 모습이 작품 곳곳에 배어 있다.

'조병화 문학관'은 1993년에 대지는 시인이 제공하고 국고 지원을 받아 지었다. 1층 전시실엔 시인의 많은 저서와 시인이 직접 그린 시화작품이 진열되었는데 벽면을 모두 장식할 정도로 많다.

럭비선수 시절의 운동복과 럭비공이 보여주듯이 26세인 1946년부터 1963년까지 대한럭비축구협회 이사를 지냈다니 놀랍다. 더욱 놀란 것은 시인으로만 알고 있었는데 수학과 물리를 가르치기도 하셨단다.

세계여행하면서 모은 아기자기한 수집품과 시인의 트레이드마크인

'청와헌'은 들판에서 들려오는 개구리 소리를 듣는 곳이라 해서 붙여진 이름이다.

대문 안에 편운 동산과 편운 문학관이 있고, 시비 〈꿈의 귀향〉이 청와헌 옆에 자리하고 있다.

여러 종류의 베레모와 파이프, 글과 그림에 사용했던 펜, 예술원 회장시절의 상패와 훈장들, 세계시인대회에서 계관시인으로 추대 받고 썼던 월계관, 동료 문인들과 자녀들과 주고받았던 편지들, 시인의 숨결이 배어 있는 유품들, 어느 것 하나 소중하지 않은 것이 없다.

호가 '편운片雲(한 조각의 구름)'인 시인은 1949년 첫 시집 《버리고 싶은 유산遺産》을 선보이고, 같은 해 《신천지》에 시 〈해녀〉를, 1950년 《문예》에 〈귀가 커서〉, 〈낙엽에 누워 산다〉를 발표한다.

두 번째 시집 《하루만의 위안》을 펴낼 즈음 6·25가 터지고 1·4후퇴 때 부산에서 고단한 피난생활을 하면서도 세 번째 시집 《패각의 침실》을 발간한다. 전쟁의 소용돌이 속에서 시집을 출간한 시인이 또 있을까 싶으니 경이롭다 할 수밖에.

환도 후 1954년에 네 번째 시집 《인간고도人間孤島》에 이어 《사랑이 가기 전에》, 《서울》, 《석아화石阿花》, 《기다리는 사람들》 등 해마다 한 권꼴로 시집을 내어 한국 시단 누구도 따를 수 없는 전설적 기록을 남긴다.

시인은 1960년 제7회 아세아문학상을 시작으로 1997년까지 각종 문학상, 예술원상, 3·1문화상, 5·16민족상, 서울시문화상 등으로 받은 상금과 원고료로 1991년에 '편운문학상片雲文學賞'을 제정하여 시상해오고

작가의 트레이드 마크인 베레모와 파이프, 계관시인으로 추대받고 쓴 월계관이 자랑스럽다.

있다니 역시 대가는 다르다.

편운문학상을 시상하는 장소이면서 교육 세미나실이 있는 2층의 전시실 벽면엔 편운문학상 수상자들의 사진이 붙어 있고, 그 속에 반가운 이름이 있다. 39년째 안양여성문인회(화요문학회)를 지도하고 계신 문향 김대규 시인이 2006년 제4회 수상자로 기록되어 있다.

조병화 시인은 평생 놀라울 정도로 왕성한 필력을 보이셨다. 시집과 수필집, 화집, 번역서, 시 이론서 등 160여 권을 출간했다는 것은 그만큼 시작활동에 성심을 다하신 게 아닐까.

1921년 5월 2일, 경기도 안성군 양성면 난실리 322에서 태어나 1929년 송전공립보통학교 입학하였으나 서울로 이사하면서 미동공립보통학교 2학년에 편입한다. 1936년에 경성사범학교 보통과에 입학하고 교내 조선어연구회 회지에 시를 발표한다. 1941년 졸업 후 연습과에 입학, 1943년 졸업 후 일본 동경고등사범학교 이과에 입학, 1945년 3학년 재학 중 일본의 패전으로 귀국한다. 1945년 9월 경성사범학교 물리와 수학 강의, 경성여의전 졸업반인 김준과 결혼했을 때가 24세 때이다. 이후 인천중학교, 서울중학교 교사로 계셨고 1959년부터 경희대, 1981년부터 인하대 교수로 재직하다 정년퇴임하셨다.

1974년 중화학술원中華學術院에서 명예철학박사, 1982년 중앙대학교에서 명예문학박사, 1999년 캐나다 빅토리아대학교에서 명예문학박사 학위를 받았다. 2003년 3월 8일 83세로 별세하신 시인이 인생을 한마디로 표현한 명작, 시화작품 〈대양일주大洋一舟〉가 눈에 확 들어온다.

그렇다. 우리네 인생은 파란 하늘에 떠가는 한 조각 구름이요, 고요한 바다에 떠 있는 한 편의 배이지 않은가. 바로 그게 인생이라는 말에 백배 공감하며 다시 찾았던 안성 난실리 '조병화 문학관'을 나왔다.

3월의 쌀쌀한 바람이 구름을 몰고 떠내려간다. '청와헌' 옆에 세운 시비 앞에서 '어머님 심부름으로 왔다가 심부름을 마치고 어머니께 돌아간다'는 〈꿈의 귀향〉을 재음미해 본다.

단 몇 줄의 시가 큰 울림으로 다가오도록 명시를 쓰는 조병화 시인을 우리는 대시인이라 부른다.

안성의 난실리 '조병화 문학관'은 낯설지 않아서 좋다.

나의 문학 스승은 김대규 시인, 김대규 시인의 스승은 조병화 시인!
인연은 이렇게 이어져 친근감을 준다. ☆

문향 김대규

태어난 집터에서 지금까지 77년째 살며 어떤 이유로든 안양을 떠난 적이 없고, 지금도 안양을 떠나면 불편하다는 시인의 안양 사랑과 지역 발전에 헌신한 공이 많아 안양 토박이 시인으로 불린다. 많은 시집과 작품집을 잉태케 한 서재가 문학의 산실이고, 시와 문학의 세계이니 삶의 터전이 곧 문학관인 셈이다.

이용안내

주소 안양시 만안구 양화로 36번길 25(안양동)

※ 문향 김대규 시인은 2018년 3월 24일 작고하셨다. 이후 유고시집 《간추린 자서전》이 출간되었으며 생가에 문학관 건립이 추진 중이다.

08

안양 토박이 시인 <문향 김대규>

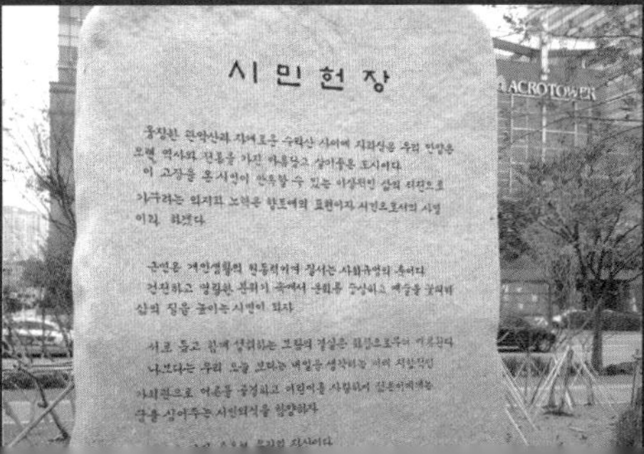

어느 날, 화요문학회에 따라다니던 세 살배기 막내가 물었다.

"엄마 선생님은 왜 할아버지야?"하고.

그때 50대 후반이었던 선생님은 이젠 진짜 할아버지가 되셨다.

문학예술계에서 '안양=김대규 시인'이라 통하고, 안양 토박이 시인으로 불리는 것은 태어난 집터에서 지금까지 77년을 살며, 어떤 이유로든 안양을 떠난 적이 없음이다. 지금도 안양을 떠나면 불편하다는 시인의 안양 사랑과 지역 발전에 헌신한 공이 많다.

지금까지 많은 문학관을 다녀봤지만 고향에서 평생을 사신 분은 한 분도 없었고, 앞으로도 만나기는 힘들 것 같다. 유년시절 고향에서 잠시 살다 떠났음에도 지역마다 그들을 기리기 위해 문학관을 세워 자랑스럽게 홍보하고 있다.

안양에 토박이 시인의 문학관이 없는 것은 무척 안타까운 일이지만, 시인이 평생 살고 있는 집이 진짜 문학관이지 않을까 싶다. 많은 시집과 작품집을 잉태케 한 시인의 서재가 문학의 산실이고, 시의 세계이니 그보다 값진 문학관이 어디 있을까. 삶의 터전이 곧 문학관인 셈이다.

'안양 토박이 문향 김대규 시인'은 경기도 시흥군 안양읍 안양리 양지동 946번지에서 1942년 4월 20일에 태어난 것으로 되어 있지만 실제로는 1년 전 1941년에 태어났다. 시 〈슬픈 예수〉를 보면 태어나자마자 폐렴에 걸려 살아날 것 같지가 않아 호적에도 올리지 못했다가 돌이 다 되어 출생신고를 했기 때문에 42년생이 되었다 한다.

시인은 안양초등학교, 안양중학교, 안양공업고등학교, 연세대 국문과, 경희대 대학원 국문과를 졸업했다. 대학시절에 교복과 교모 대신 작업복과 밀짚모자와 흰 고무신을 신고 다녀 교내에서 안양의 명물이 되었고, 거기에서 파생된 학창시절의 일화들이 재미있다.

안양 토박이 중에는 안양공고 출신이 많다. 1950년대 당시엔 안양읍에 고등학교라곤 안양공고 뿐이었기 때문이다.

시인은 안양공고 졸업 기념으로 1960년 3월 시집《영靈의 유형流刑》을 간행했다. 시 쓰기로 보낸 고교시절을 기념하기 위해 나이 수만큼 추려낸 시 19편을 묶어 출간한《영의 유형》은 문단의 주목을 끌었을 뿐만 아니라 시인으로 인정받았으니 등단작인 셈이다. 한하운 시인이 쓴 서문을 보면 당시 문단의 반향이 어땠는지 알 수 있다.

> 이 조숙한 '무서운 소년'은 아마 현 세계 시단의 최연소 시인이라 하겠고, 천성天成의 시인이라 하지 않을 수 없다. (중략)
>
> 이 무서운 소년 김대규 시인의 시고를 내 눈으로 볼 때, 나는 깊은 충격을 받았다. "어쩌면…" 무조건 감탄하였다.

시인은 시집《영의 유형》을 시작詩作생활에서의 '첫사랑'이라며 남다른 애정을 갖고 있다. 안양공고 염색과에서 연세대 국문과에 입학한 것은 '시가 쓰고 싶어서, 사람의 마음에 물을 들이기 위해서, 시는 사람의 마음에 아름다운 감동의 염색을 하는 것'이라는 신념이 확고해서다.

나의

고향은

급행열차가

서지 않는 곳

친구야,

놀러 오려거든

삼등객차를

타고 오렴.

이 시 〈엽서〉는 연세대학 시절에 쓴 작품으로 고향 사랑의 정서가 최초로 표출된 시라며 엽서로 만들어 애용하고 계신다. 시인을 알고 있는 문학인들은 친필로 쓴 이 엽서를 한번쯤 받았을 것이다. 작품집을 출간하면 꼭 친필로 써서 보내기 때문이다.

김대규 시인에게서 제일 많이 들었던 얘기는 조병화 시인을 만난 일화다. 조병화 시인을 만난 것은 '인생에서 운명적인 사건'이라 했고, 조병화 시인을 무척 따르며 존경하였음은 문학수업에서 수없이 들었다.

시인이 태어나 지금까지 77년째 살고있는 터전은 문학의 산실이기도 하다.

두 분의 특별한 인연은 문단에서도 많이 알려져 있다. 조병화 시인도 "내가 대학생활 중에 김대규를 만난 것은 행운"이라 할 정도로 많이 아꼈다.

조병화 시인은 '대학에 입학한 것은 시인의 실수'라고 생각하는 김대규 시인에게 당신의 근무처인 경희대 대학원에 입학하라고 강권하여 조건부로 입학, 제4시집인 《현자見者에의 길》로 석사학위를 받게 했다. 지금으로서는 불가능한 얘기지만 1970년에는 가능했다는 얘기다.

어딘지 인간적인 냄새가 솔솔 풍겨 훈훈하다. 조병화 시인은 애제자를 대학 강단에 세우려 무척 애쓰셨지만 김대규 시인은 '시인의 길'을 택했고 그 결정에 후회는 없다고 하신다.

조병화 시인은 대학생이던 김대규 시인과 주고받은 편지를 묶어 1977년 《시인의 편지》라는 제목으로 간행해 주셨고 그 단행본이 베스트셀러가 되었으며, 시인은 스승의 능력과 베스트셀러의 효력을 실감했다고 회고하셨다.

시인은 안양여고 교사, 연세대·덕성여대·경기대 강사, 안양대학교 겸임교수로 후진 양성에 힘썼고, 또 안양상공회의소 사무국장을 비롯 한국문인협회 안양지부장, 예총안양시지부장, 중부일보 논설위원, 한국문인협회 경기도지회장, 안양문화예술재단 이사 등 지역사회 활동과 직함에 걸맞은 애향심도 보여주셨다.

10대 시인에 선정되기도 했던 김대규 시인은 시집 《영의 유형》을 시작으로 《이 어둠 속에서 지향》, 《양지동 946번지》, 《현자에의 길》, 《흙의 사상》, 《흙의 시법》, 《어머니, 오 나의 어머니》, 《별이 별에게》, 《작은 사랑의 노래》, 《하느님의 출석부》, 《짧은 만남 오랜 이별》, 《흙의 노래》, 《사랑의 노래》 외에도 많은 작품이 독자들의 마음을 물들였다. 놀라운 것은 2016년에 출간한 《시인열전》이다. 현대시인 721명을 1인 1매에 담아 그려냈다는 사실도 놀랍고, 무려 763쪽이나 되는 분량이라면 누구도 흉내낼 수 없는 거대한 단행본을 묶어낸 것이다.

산문집 《시인의 편지》, 《시인의 에세이》, 《젊은이여 사랑을 이야기하자》, 《사랑의 팡세》, 《살고 쓰고 사랑했다》, 《나의 인생, 팡세》, 《사랑의 비밀구좌》와 같은 작품은 독자들의 마음을 흠뻑 적셨고, 《사랑의 팡세》는 베스트셀러로 돌풍을 일으키기도 했다.

2016년 12월에 출간한 김대규 시인의 시 자서전 《시는 내게 과분한 축복이었노라》는 시에 얽힌 이야기들이 재미있게 술술 읽히고 한 권만 읽어도 시인이 어떤 분인지 알 수 있다.

3권의 평론집 《무의식의 수사학》, 《안양문학사》, 《해설은 발견이다》를 간행했고, 이 주옥같은 작품집들은 시인에게 연세문학상, 흙의 문예상, 경기도문학상, 안양시민대상, 경기도예술대상, 경기도문화상, 경기도민대상, 편운문학상, 한글문학상, 후광문학상, 한국시인정신상 등 명예로운 상들을 안겨주기도 했다.

토박이 시인이 안양에 남긴 업적은 셀 수 없을 정도다. 안양에 뿌리내리고 30년 이상 살면서 문학의 스승인 김대규 시인을 만난 것도 시인이 안양지역 문화예술 발전에 남긴 업적과 연관이 있다.

시인은 1966년부터 1972년까지 〈시와 시론〉 동인회 주간, 1971년 안양문인협회 창립, 1971 관악백일장주관·주최, 1978년 안양여성백일장 심사·주관, 안양여성문인회(화요문학회)창립·지도, 1980년 글길문학회(구 근로문학) 창립·지도, 1990년 안양예총 창립, 1996년 문향동인회 창립 · 지도하면서 문학인들의 발판을 마련하셨다. 그 덕에 안양여성백일장에 나갔다가 안양여성문인회 회원이 되었고, 지금까지 20여 년 동안 한 달에 한 번씩 김대규 시인을 뵙고 있다. 39년째 우리 안양여성문인회를 지도하고 계신다는 것은 고무적인 일이다.

안양시 곳곳에 김대규 시인의 조형물과 문안이 있는데 안양시민이라면 한번쯤 시인의 작품을 만났으리라.

안양시민헌장비(안양시청), 현충탑 진혼시(현충탑), 독립유공자기념탑 헌시(자유공원), 6·25 참전공적비 헌시(평촌도서관 옆 공원), 베트남참전용사기념탑 헌시(운곡공원), 안양정기(예술공원) 등이 시인의 작품이다. 〈안양시민의 노래〉를 비롯 지역 학교들의 교가와 사가社歌는 물론 안양 토박이 시인으로서 그의 숨결이 담겨있다.

맑고 순수한, 남에게 싫은 소리 한번 못하는, 상처를 안으로 새기는, 세속적이지 않은 시인이니 시가 맑을 수밖에 없다. 시인의 글과 삶과 인품이 같음은 마땅히 본받아야 할 문학인의 표상이다.

미발표 시 〈간추린 자서전〉을 감상하면 시인의 일생이 그려진다.

> 열심히 마셨고, 열심히 피웠다.
> 열심히 읽었고, 열심히 썼다.
> 열심히 사랑했고, 열심히 방황했다.
> 열심히 홀로였고, 열심히 외로웠다.
> 열심히 아팠고, 열심히 거듭났다.
> 열심히 살았고, 열심히 죽는다. ☆

둘

너른 들판에 여유로움을 묻히다

심훈 기념관

당진시에서 심훈의 계몽정신을 선양하고 기리기 위해 심훈가의 후손과 여러분들이 기증, 위탁한 유물을 한자리에 모아 2014년 9월 16일 〈심훈 기념관〉을 개관했다. 해마다 '심훈상록문화제'를 통해 심훈문학상 시상, 문예대회, 추모행사 등을 해오고 있다. 〈심훈 기념관〉 주변에 계몽소설 《상록수》의 산실인 '필경사'(충청남도 기념물 제107호)와 문화전시관, 문예창작실, 수장고, 학예연구실이 있다.

이용안내

이용시간 : 〈하절기 3~10월〉 09:00~18:00 〈동절기 11월~2월〉 09:00~17:00

※ 매주 월요일 · 추석 · 설날 당일 휴관

주소 충남 당진군 송악읍 상록수길 97 (부곡리) **문의** 041-360-6883, 6892

09

《상록수》의 산실
당진 <심훈 기념관>

이번 문학관 탐방은 좀 수월했다. 고향 가는 길에 들를 수 있어서 좋았다. '가는 날이 장날'이란 말처럼 많은 차량이 좁은 길로 들고나는데 학생 봉사자들이 곳곳에서 안내한다. 바로 '심훈상록문화제'가 열리는 날이었다. 토요일이라 행사에 참가하는 학생도 많고, 차량 이동이 많아 북새통이다. 대중교통이 불편하니 그럴 수밖에 없겠다는 생각이다.

지금까지 문학관을 스무 곳 넘게 가 보았지만 이번처럼 축제와 맞닥뜨린 것은 처음이라 기대도 되고 설레는 마음이다. 사방에 꽂혀있는 커다란 시 깃발 펄럭이는 소리가 축제분위기를 고조시킨다.

기념관 앞에서 제일 먼저 전경사진을 찍는데 참 특이한 형태의 기념관이다. 멀찍이 떨어져서 보니 펜대 모양 위에 '심훈기념관' 글판이 보인다. 그 아래로 계단 몇 개를 오르니 확 트인 옥상에 1930년 3월 1일 쓴 작가의 대표 시 〈그날이 오면〉 시비와 작가의 동상이 있다.

그 뒤쪽에 책을 펼친 모양의 문학비 〈7월의 바다〉는 작가의 옛집에서 내려다보이는 섬을 두 번 다녀와 쓴 산문인데 그 섬이 바로 당진 부근의 '행담도'란 휴게소다. 그래서 그 기념으로 문학비를 세웠나 보다.

옥상에서는 축제마당이 한눈에 보인다. 중앙무대에서는 음악을 연주하고, 각 협회별로 세운 천막들, 소나무 아래와 초가 둘레에서 뭔가에 몰두하고 있는 학생과 가족들의 모습이 우리 고장 '안양예술제'와 닮았다.

펜대 모양 위에 쓴 '심훈기념관' 글판. 직접 설계하여 지은 필경사에서 《상록수》를 집필했다.

기념관은 어디에 있을까 궁금해서 찾아보았다. 독특한 건물이라고 했던 것은 전시실을 곧바로 찾을 수 없어서다. 옥상으로 갈 때는 몰랐는데 나오면서 보니까 '기념관 입구' 표시가 눈에 들어온다. 옥상으로 가기 직전 아래로 내려가는 계단이 있었던 것을 왜 못 봤을까. 특이하게 옥상이 지상과 연결되어 있고, 기념관은 지하에 있다.

기념관 안내데스크 옆에 있는 '심훈 예술세계로의 여행'을 시작했다. 계몽소설 《상록수》의 작가가 영화인이고 언론인이며 독립운동가라는 사실이 새삼스러웠음은 오랜 세월 잊어버린 망각의 힘 때문이리라.

'늘 푸르고자 했던 항일 민족문학의 영원한 청년' 그의 삶을 만나고자 왼쪽으로 들어갔더니 작가의 연보가 한눈에 들어온다. 천장에 닿을 정도로 크고 긴 펜대가 세워져 있어 눈길을 끈다.

펜대가 여중·고시절의 추억을 불러온다. 잉크로 얼룩졌던 흰 춘추복과 하얀 책상보, 조심을 해도 누군가에 의해 엎질러진 잉크로 교실은 늘 왁자지껄했는데…. 문학관의 펜대는 그 시절의 상징물이고 문화의 한 단면이기도 하다. 이병주 문학관에 세워진 대형 만년필과는 또 다른 느낌인 것은 시대적 문화차이를 엿볼 수 있어서다.

작가 심훈은 1901년 9월 12일에 현 서울시 동작구 흑석동에서 태어나 서울에서 명문인 교동보통학교, 경성제일고보를 다닌다. 본명은 심대섭. 1919년 3·1운동에 가담했다가 겨우 18살에 감당하기 어려운 옥고를 치른다. 그 후 어려움과 좌절의 시간을 극복하고 기자와 언론인, 영화인, 문학인으로 활동하며 최초의 영화소설 〈탈춤〉을 동아일보에 연재하면서 필명 '훈'을 쓰기 시작한다.

작가는 1926년 4월 20일에 순종의 장례가 국장으로 준비되고 있는 돈화문 앞에서 〈통곡 속에서〉를 지었고, 영화 〈먼동이 틀 때〉를 집필·각색·감독하여 단성사에서 개봉한다. 영화 포스터와 단성사 사진이 작가의 이력을 잘 설명해 주고 있다.

1930년 3월 1일엔 그 유명한 시 〈그날이 오면〉을 집필했고, 《동방의 애인》과 《불사조》를 〈조선일보〉에 연재하다 검열에 걸려 중단하고, 부모님이 계신 당진으로 내려온다.

장편소설 《영원의 미소》를 〈중앙일보〉에 연재하기 위해 상경해 있다가 1933년에 다시 당진으로 이사하여, 본인이 직접 설계한 '필경사'를 짓고 창작에 몰두한다.

심훈 작가와 작품에도 많은 일화들이 숨어있다. 1935년 8월, 동아일보사에서는 창간 15주년을 기념하는 장편소설을 현상 공모했다. 상금이 5백 원으로 그때 당시는 무척 큰돈이었다. 작가는 그 공모에 응모할 생각을 하면서 글의 내용에 대해 고민하고 있던 중, 어느 날 〈동아일보〉에

옥상에 시비 〈그날이 오면〉과 동상이 있다. 연보 앞 대형 펜대는 글의 위력을 의미한다.

실린 아주 슬프고도 귀한 기사를 보게 된다.

> 한 처녀가 농촌에서 배움에 굶주리고 있는 어린이와 청년들을 위해 일하다 과로로 죽었다. 그 주인공은 최용신. 신앙심이 깊은 그녀는 원산 루씨여고를 졸업하고 청석골이라는 곳에서 이런 고귀한 사랑을 실천하며 헌신하다 꽃다운 나이에 생을 마감했다.

작가는 그 기사가 실린 신문 한 장을 들고 바닷가로 가서 많은 생각을 하게 된다. 이 가슴 뭉클한 감정을 어떻게 할까 고민하다 최용신을 주인공으로 소설을 써야겠다고 마음먹는다. 그가 결심하고 이 소설의 구성을 짜기까지 한 시간 정도 걸렸고, 그 북받친 감정의 그 결과물이 바로 《상록수》다.

작가는 〈동아일보〉에서 받은 상금 일부를 야학당에 후원하여 '상록학원'을 세운다. 주인공 채영신의 사상을 조금이나마 보전하고 싶은 마음이 작용했을 터이니 이것만으로도 당진에 '심훈 기념관'이 건립된 이유가 충분하지 않을까. 이 외에도 작가는 베를린올림픽의 마라톤 경기에서 손기정 선수가 금메달을, 남승룡이 3위로 동메달을 땄다는 〈동아일보〉 호외 기사(1936년 8월 10일 새벽)를 보고 감격하여 그 이면에 즉흥시 〈오오, 조선의 남아여!〉를 썼다.

그 시절은 일제의 감시로 행동이 부자유스러운 데도 이 시 한 편을 통해 억압받는 국민들의 속을 후련하게 해줬던 것이다. 작가는 그 즉흥시를 마지막으로, 1936년 9월 16일 36세의 젊은 나이에 장티푸스로 작고했다. 마음이 아픈 것은 꼭 해야 할 일과 하고 싶은 일이 많았을 텐데 너무 일찍 이 세상을 떠났다는 사실이다.

그래서 할 수 있을 때 열심히 하고, 작은 일이라도 최선을 다해야겠다고 스스로 다짐하곤 한다. 내일 일을 기약할 수 없기 때문에.

문학관 초입의 작가 연보가 특이하다. 시각효과가 돋보이는 입체적 장식이 눈에 쏙쏙 들어와 읽기에 편하다. 내부엔 작가의 삶과 문학의 발자취를 더듬어 볼 수 있는 자료들이 나열되어 있다.

3·1운동에 참여한 자료, 체험 가능한 창살 있는 좁은 감옥, 책상에 앉아 있는 실물 크기의 디오라마, 영화관 단성사, '통곡 속에서'의 순종 장례행렬의 신문도보 내용, 가족사진과 작가의 보도자료 등에서 작가의 숨결이 전해오는 듯하다.

오늘의 '심훈 기념관'을 당진에 있게 한 '상록수의 시간 속으로'엔 농촌계몽운동가의 흔적이 묻어 있는 책과 사진이 소박하게 전시되었고, 그 뒤편에는 영화와 계몽운동의 그림들이 있다.

'당진, 농촌에서 희망을 찾다'에 있는 소설 속 실제 주인공인 심훈의 조카 심재영과 안산 반월 출신 최용신의 사진 등 관련 자료들이 친근하게 다가온다. 《상록수》를 재미있게 읽고 영화로 봤던 기억 때문일지도 모르겠다.

마루와 격자문이 있는 입체물은 '필경사'를 떠올리게 하고, 소설을 들을 수 있게 만든 오디오 감상과 〈그날이 오면〉의 작품 영상실, 심훈문학 체험실 등을 돌아보고 나오니 맑은 햇살에 눈이 부시다.

행사장을 가로 질러 '상록수문화관'에 들어간다. 그 안에도 작가의 당진 정착기와 문학 활동사진, 심훈 기념비, 상록문화제 사진, 시화작품이 전시되어 있다.

문화관 앞에는 〈그날이 오면〉 시비가 있고, 옆쪽엔 작가가 설계하고 지은 집인 '필경사'가 있다. 필경사 뒤로는 대숲이 우거져 있으며 앞마당에는 곳곳에 조각 작품들이 설치돼 있다.

초가집에 교실처럼 유리 창문이 있는 게 특이하다. 그 유리문을 통해 안을 들여다보니 그 옛날 생활모습이 한눈에 들어오는데 낯익은 광경이다. 그을음이 많았던 호롱불, 조금만 앉아 있으면 다리가 저렸던 앉은뱅이책상, 빛바랜 고서적, 낡은 방석들을 보고 있자니 끈끈한 정이 묻어나던 그 시절이 그리움으로 다가와 콧날이 시큰해진다.

작가는 필경사에서 《상록수》를 집필했고, 그곳에 살면서 농촌계몽운동도 했다. 집이 여느 초가와 다르게 학교처럼 유리창이 많은 것은 다 이유가 있을 거라는 생각이 들었다. 다양한 용도로 사용하지 않았을까. 야학당이나 교회, 공동경작회 모임 장소로 사용했을 수도 있겠다. 그러고 보니 교실과 비슷하기도 하다. 마루는 아예 옆 모퉁이에 나 있고.

한 가지 놀라운 것은 필경사 옆에 작가의 묘역이 있다는 점이다. 소나기 마을인 황순원 문학관에도 작가 부부의 묘역이 바로 옆에 있었지만, 이곳 초가 옆 묘역은 문학비처럼 느껴져서인지 이질감이 없어서 좋다.

'심훈 기념관'은 작가의 셋째 아들 심재호 씨가 미국에 거주하면서 평생 모은 육필원고 사본과 유품 전사본 4,000여 점, 그리고 유족인 심천보 씨가 기증한 유품 800점을 전시하여 2014년 9월 16일 개관했다.

아주 너른 터에 소나무와 잔디, 소설 《상록수》의 주인공인 박동혁과 채영신의 실물크기의 모형, 학교 종, 책 읽는 작가와 소녀의 디오라마, 포토존 등에서 작가와 소설 《상록수》의 향기가 진하게 풍긴다. ☆

정지용 문학관

옥천군에서 정지용 시인의 문학세계와 삶의 흔적을 한눈에 볼 수 있도록 생가 옆에 문학관을 건립하여 2005년 5월 개관했다. 생가는 〈향수〉 등 주옥같은 작품을 탄생시킨 문학의 산실로 문학관과 이웃하고 있으며, 매년 5월 시인 정지용을 추모하고 시문학정신을 이어가며 더욱 발전시키자는 뜻에서 청소년문학상, 지용문학상, 지용신인문학상, 전국지용백일장, 지용문학포럼, 가족시낭송회 등의 문학행사가 치러지고 있다.

이용안내

이용시간 : 〈연중〉 09:00~18:00 (※단체 관람 시 사전 예약)

※ 매주 월요일 · 추석 · 신정 · 설날 당일 휴관

주소 충북 옥천군 옥천읍 향수길 56 (하계리39) **문의** 043-730-3408

10

차마 꿈엔들 잊힐 리야
옥천 <정지용 문학관>

보은에서 옥천으로 가는데 모내기가 끝난 들판과 싱그러움으로 가득 찬 산야가 어찌나 예쁘던지, 그 옛날 흐르는 물과 아름다운 산천을 보면서 죽어야만 하는 인생을 한탄했던 공자와 제경공이 생각났다.

정지용 시인이 그토록 잊을 수 없다던 '옥천'이란 지명이 눈에 들어오는데 무척 반가웠던 것은 목적지가 다가오고 있다는 표시여서다. 한 개의 표지판에 '육영수 생가와 정지용 생가'가 함께 있는 걸 보니 서로 가까운 거리에 있는 모양이다.

'정지용 문학관'은 다른 문학관과는 달리 찾아오는 관람객이 많아 주차할 공간이 부족할 정도다. 비교적 사람이 적은 곳부터 들러야 사진 찍기가 편해 물레방아 곁으로 난 사립문을 통해 생가로 들어갔다.

초가 두 채가 마주하고 있는데 장독대, 우물 등은 여느 작가의 생가와 크게 다르지 않다. 울안의 나무들이 우거진 걸 보니 복원한 지 오래된 듯하다. 기록을 보니 생가는 1974년에 허물어지고, 1988년 새집이 들어섰다는 초록동판이 부엌 쪽 벽에 붙어 있다. 마루 건너편 안방에는 시인의 동시 〈할아버지〉와 〈호수〉가 걸려 있고, 그 옆으로 시인의 사진, 한약 보관함, 5단 서랍장이 정갈하게 있으며, 윗방에도 작품 몇 편이 단출하게 자리하고 있다.

2005년 5월에 개관한 문학관이 돌담 너머로 보였으나 여전히 관람객이 많아 그 옆으로 난 개천가로 발길을 돌렸다. 옛날에는 실개천이었을까? 잡풀로 덮여 물은 보이지 않았지만 천변 너머 담벼락에 작가의 시들이 쓰여 있다.

아, 그런데 더 놀라운 것은 개천가 울타리가 경계선인 줄로만 알았는데 모두가 디자인된 작품이다. 길게 이어진 개천가 돌기둥과 돌기둥 사이에 작은 원형이 있고, 그 원형과 사각 돌기둥에 시들이 적혀 있었던 것이다. 개천가 산책로를 시로 디자인해 작가의 시향을 느낄 수 있도록 한 참신한 아이디어가 퍽 인상적이다.

사람들이 한바탕 빠져나가고 드디어 정지용 동상을 지나 문학관 안으로 들어갔다. 정면 안내데스크와 오른쪽 전시실 입구의 포토존이 보인다. 작가의 트레이드마크인 검정두루마기를 입고 앉아 있는 디오라마 옆에서 사진을 찍는데 가슴이 두근거린다. 훌륭한 분 옆에 앉는 것조차 송구스러운 기분이었다고 할까.

전시실에서 제일 먼저 만난 것은 연보가 아니라 시 〈향수〉를 적은 5개의 커다란 서예작품이다. 그만큼 사랑을 많이 받고 있다는 증거다.

1902년 5월 15일, 옥천군 옥천읍 하계리 40번지에서 태어난 정지용은 약재상을 운영하던 아버지 덕에 유복한 유년시절을 보낸다. 그러던 어느 여름 홍수로 모든 재산을 잃으면서 가세가 기울어 휘문고보 재학시절엔 학비를 못내 쫓겨날 정도가 된다.

마당에 우뚝 서있는 동상이 실개천을 바라보고 있다. 새로 지은 생가는 향수를 불러 일으킨다.

다행히 작가는 공부를 잘해서 담임의 추천으로 교비 장학생이 되었고, 일본유학까지 다녀와 모교에서 교사생활을 한다. 일본으로 유학 갈 때 모교에서 근무하는 조건으로 학비를 지원받았기 때문이다.

얼굴 하나야
손바닥 둘로
폭 가리지만,
보고 싶은 마음
호수만 하니
눈 감을 밖에

이 〈호수〉는 작가의 작품 중에서 가장 많이 애송되고 있는 시가 아닐까. 나도 이 시를 무척 좋아해서 지금까지 외우고 있는데도 정작 작가는 깜빡 잊고 있었다. 이젠 확실하게 오래오래 기억할 것 같다.

정지용 시인은 한국근대문학에 큰 획을 그은 분으로 알려져 있다. 문학활동을 하면서 《문장》지를 통해 청록파 시인 조지훈, 박두진, 박목월과 김종한, 이한직, 박남수 등을 등단시켰다. 이 작가들이 훌륭한 작가로 우뚝 서서 훗날 한국문학의 계보를 이어간다.

전시실에는 '지용의 삶과 문학, 향수, 바다와 거리, 나무와 산, 산문과 동시, 정지용의 시·산문집·시화, 정지용 연구서' 등 볼거리가 많다.

작가는 17세 휘문고 시절 유일한 소설 〈삼인三人〉을 《서광》에 발표하고, 동인지 《요람》 창간을 주도한다. 일본 유학시절에는 유학생회지 《학조》 창간호에 시 〈카페 프란스〉, 〈슬픈 인상화〉, 〈파충류 동물〉 등 시조와 동요를 발표하면서 문학의 범주에서 다양한 가능성을 시험한다.

《신민》과 《문예시대》에 〈홍춘〉, 〈따리아〉, 〈산엣색시 들녘사내〉, 〈갑판우〉 등을, 《조선지광》에 〈바다〉, 〈향수〉 등을, 《근대풍경》에 투고한 시가 호평을 받고 일본 문단에 이름이 알려진다.

1930년 박용철, 김영랑과 함께 '시문학' 동인이 되어 《시문학》 창간호에 〈이른 봄 아침〉, 〈경도 압천〉, 2호에 〈바다2〉, 〈피리〉, 〈저녁햇살〉을 발표한다. 1933년에는 김기림, 이태준과 함께 '구인회'에 가입, 회지 《시와 소설》에 관여하며 현대시의 새로운 지평을 열었다.

가톨릭에 심취했다는 작가는 《가톨릭 청년》의 편집을 맡았고, '방제각'이라는 세례명으로 〈은혜〉, 〈별〉, 〈임종〉, 〈불사조〉 같은 신앙시를 발표했으며, 둘째 아들은 사제서품을 받았다.

1935년 첫 번째 시집 《정지용 시집》을 출간하자마자 커다란 반향을 일으키며 시인으로서 입지를 다졌고, 1941년에는 《백록담》이란 시집을 내놓는다.

'한국 현대시의 흐름과 정지용'을 보면 우리나라 근·현대문학을 이해하는데 큰 도움이 된다. 이미 학창시절 국어시간에 배웠지만 다시 보니 새롭다. 거론되는 작가들이 전국 문학관을 통해 만났던 작가들이라 더 반갑고, 같은 시절에 활동했던 작가들이 일목요연하게 떠올라 문학사 공부를 다시 하는 느낌이다.

작가와 함께 사진을 찍을 수 있는 포토존. 작가 연보에 삶의 흔적이 남아있다.

또 한 가지 알게 된 사실은 납북이건, 월북이건 작가들의 해금조치가 '88올림픽 서울개최' 영향인 줄 알았는데, 일선에서 48명의 문인과 각계 인사들이 회복운동을 벌인 결과였다는 것이다.

해금조치 이후 정지용 시 〈향수〉를 작곡하여 1989년 10월 3일, '정지용흉상제막기념공연'에서 가수 이동원과 테너가수 박인수가 불러 국민들에게 알려지게 되었다.

안타까운 것은 1948년 이후 《문장》의 속간호와 소년 잡지 《어린이나라》를 주관하던 중 1950년 6·25때 북으로 끌려간 작가의 행방이 불확실하다는 점이다. 서대문 감옥에 있다가 평양감옥으로 이감되어 이광수, 계광순 등 33인이 함께 폭사 당한 것으로만 추정할 뿐이란다. 당시 작가 나이 49세 때다.

1930년대 당시 '시는 정지용, 문장은 이태준'이라 할 정도로 두 문인이 쌍벽을 이뤘고 이름도 날렸다. 한 살 많은 정지용이 "나는 시집을 두 권 냈지만 나도 산문을 쓰면 쓴다. 쓰면 태준 만치 쓴다. 산문 쓰기 연습으로 시험한 것이 책으로 한 권은 된다"고 한 걸 보면 알게 모르게 두 사람이 서로 경쟁의식이 있었던 같다. 선의의 경쟁은 활력소가 되고 생산적이기도 하니 꼭 나쁘다고는 할 수 없다.

정지용은 명성만큼 돈이 따라주지 않았지만 이태준은 《조선중앙일보》에 낸 연재소설이 장안의 인기를 모으고, 김해 부자가 성북동에 고래등 같은 기와집도 지어 주었으며, 문예지 《문장》을 창간할 때 자금까지 대줄 정도였단다.

이태준은 성북동 집 뒤편 언덕배기에 초가 정자를 하나 지었는데 내로라하는 예인들이 드나들었다. '성북학파'라 불리던 그 예술가들은 초가 정자에 모여 술도 마시고 예술 이야기도 하며 교유하곤 했다.

가끔 정지용 시인도 초대되어 가곤 했는데, 이상의 작품을 제외하곤 여러 시인의 시 한두 편씩 외우고 있어 반드시 자신의 시 〈향수〉와 〈고향〉을 포함, 시 몇 편씩을 낭송했다니 역시 대가답다.

정지용 시인은 이태준 작가 집 안의 초가 정자가 제일 부러웠는지 경향신문사에서 나온 퇴직금과 《지용문학독본》 출판계약금, 견지동 집을 팔아 녹번동으로 옮기고 남은 돈으로 정자를 지었다. 그 정자에 앉아 정종 한 잔을 마시며 주변의 풍광과 저녁 해가 붉게 타오르는 모습을 보면서 매우 흡족해 했다니 그때만큼은 이태준 작가가 부럽지 않았으리라.

정지용 시인에 대한 일화들은 퍽 인간적이어서 더 호감이 가고, 마음이 포근해지는 것 같다.

작가의 숨결을 음미하며 돌아 나오니 맞은편 벽에 '지용문학상 수상작'들이 눈에 띄고, 그 앞에는 문학교실이 있다. 작가의 영향을 받아 후배 작가들이 많이 나오길 기대해본다. 〈향수〉를 흥얼거리며 밖으로 나왔다. 파란 하늘과 실개천에서 불어오는 맑은 바람이 또 다른 향수를 불러와 고향생각이 난다.

넓은 벌 동쪽 끝으로
옛이야기 지줄대는 실개천이 휘돌아 나가고,
얼룩백이 황소가
해설피 금빛 게으른 울음을 우는 곳,
그곳이 차마 꿈엔들 잊힐리야. (하략) ☆

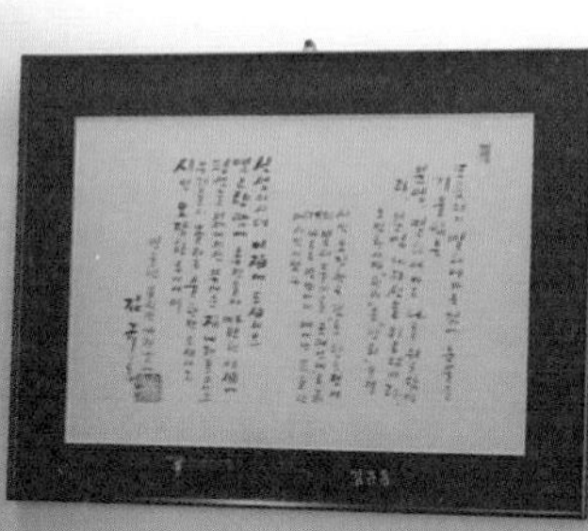

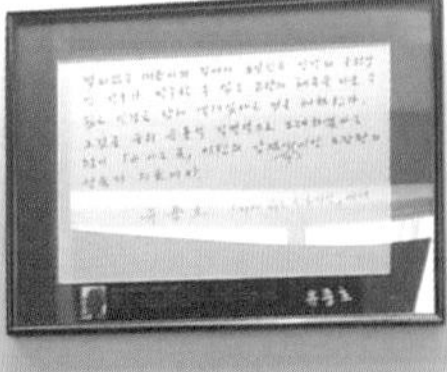

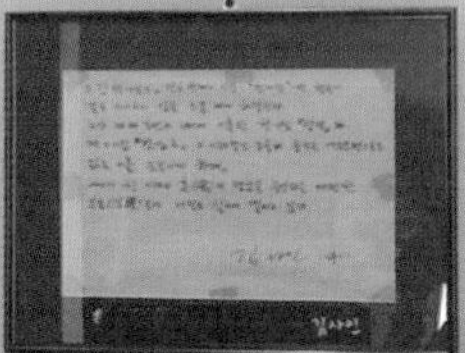

오장환 문학관

고장에서 태어난 천재시인을 기리고, 그의 시 세계와 발자취를 찾아볼 수 있도록 2006년 9월 30일에 생가(충북 보은군 회인면 중앙리 140번지) 옆에 문학관을 개관했다. 해마다 9~10월 문학관에서 백일장, 시 그림그리기 대회, 시낭송대회, 문학 강연 등의 '오장환문학제'가 열리고 있다.

이용안내

관람시간 : 09:00~17:00

※ 매주 월요일 · 추석 · 신정 · 설날 당일 (연휴포함) 휴관

주소 충북 보은군 회인면 회인로 5길 12 (중앙리 140) **문의** 043-540-3776

11

보은에서 만난 <오장환 문학관>

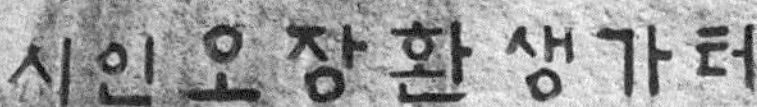

4박 5일의 탐방일정에 따라 제일 먼저 찾은 곳이 보은이다. 참 부끄러운 얘기지만 솔직히 '오장환' 작가에 대해 별로 아는 바가 없어 내심 어떤 작가일까 호기심이 생겼다.

화창한 봄의 끝자락, 눈앞에 펼쳐진 전경이 어찌나 평화롭던지…. 녹음이 우거진 숲 앞 독특한 단층건물과 담장이 있는 초가(생가)가 포근하게 다가온다. 축복받은 기분으로 초록잔디를 밟으며 천천히 초가 앞으로 걸어갔다.

> 시인 오장환吳章煥은 1918년 5월 15일
> 이곳에서 태어나 시집《성벽城壁》,《헌사獻詞》
> 〈병病든 서울〉, 〈나 사는 곳〉 등으로
> 한국 시사에 큰 족적을 남겼다

표지석을 보니 어떤 작가인지 짐작이 간다. 생가 싸리문 안으로 들어갔더니 어렸을 때 살던 집이 생각나게 하는 마당, 토방, 마루, 방들과 정지, 작은 텃밭과 장독대, 우물, 화단, 쌓아놓은 장작 등이 정겹다.

초가 맞은편엔 〈나의 노래〉가 새겨진 커다란 시비가 있는데 잘 보이지 않아 눈을 부릅떠야 했다.

나의 노래가 끝나는 날은
내 가슴에 아름다운 꽃이 피리라

새로운 묘에는
옛 흙이 향그러

단 한번
나는 울지도 않았다 (중략)

작가의 대표 시를 음미하며 문학관 안으로 들어가서 보니 아담한 실내다. 안내데스크 오른쪽엔 영상실과 문학사랑방이, 왼쪽엔 전시실이 있다. 전시실로 들어가기 전 젊은 작가의 디오라마가 실물크기로 있어 그 옆에 앉았는데 기분이 묘했다. 디오라마지만 젊은 낯선 남자와 앉아서 기념사진을 찍는데 어색하고 낯설고 쑥스러웠다.

오장환 작가는 어떤 분일까. 휘문고등보통학교에서 문예반 활동을 하면서 시를 쓰기 시작한다. 1933년 2월 학교문예지 《휘문》에 〈아침〉과 〈화염〉, 11월 《조선문학》에 〈목욕간〉을 발표하면서 문단에 데뷔, '시인부락' '낭만', '자오선' 동인으로 활동한다.

해방 후 조선문학가동맹에 참가하여 활동, 1947년 제2차 미소공동위원회가 결렬된 직후 문화예술인에 대한 대대적인 검거와 테러가 시작되자 이를 피해 북으로 간다. 신장병으로 남포적십자병원과 모스크바 볼킨병원에서 치료를 받았으나 병이 악화되어 한국전쟁 중 사망한 것으로 알려졌다.

5권의 시집 《성벽》, 《헌사》, 《병든 서울》, 《나 사는 곳》, 《붉은 기》와 번역시집 《에세닌 시집》이 있다. 〈전쟁〉, 〈수부〉, 〈황무지〉와 같은 장시 등 22편의 산문과 44편의 동시를 남겼다.

작가의 짧은 생애가 한눈에 들어오는 것은 천재성 때문일까. 보은군 회북면 중앙리 140번지에서 출생하여 10세 때엔 경기도 안성에서, 14세 땐 휘문에서 공부한다. 16세 때 글을 발표하며 문단에 데뷔, 17세 때 동시 발표, 18세 때 동경유학, 19세 때 동인활동 시작, 20세에 첫 시집 《성벽》을 간행한다. 21세 '남만서방'이란 서점 운영, 28세 신장병으로 입원, 30세 결혼, 31세에 월북, 34세(1951년)에 지병인 신장병으로 사망한다.

1988년 6월에 납북되거나 월북한 작가에 대한 해금조치가 이뤄진 후부터 오장환 작가를 재조명하면서 알려지기 시작한다.

'오장환의 문학 친구들'을 보니 박두진 시인과 안성에서 동문수학했고, 이중섭 화가는 《나 사는 곳》의 속표지를 그려줄 정도였으며, 정지용 시인은 휘문고등보통학교에서 만난 스승이다. 이육사 시인은 '자오선' 동인, 서정주 시인도 '자오선'과 '시인부락' 동인이었으며 서정주 시인의 첫 시집 《화사집》을 오장환이 운영하던 '남만서방'에서 간행한다.

김광균 시인도 '자오선' 동인으로 오장환과 자주 만나 문학을 논하며

독특한 단층건물과 담장이 있는 생가가 그림처럼 보인다.

작가를 잘 설명해주고 있는 생가 앞 표지석. 시 〈나의 노래〉가 커다란 자연석에 새겨져 있다.

가깝게 지낸 친구사이였고, 한국전쟁 중에 만나 북쪽의 고달픈 생활을 털어놓으며 마지막 시집인 《붉은 기》를 전해주었다는 얘기가 아릿한 통증을 느끼게 한다. 월북이 잘못된 선택이었음을 깨달았을 때는 이미 늦었다는 회의감이 그대로 전달 된 기분이다.

오장환 작가가 교유한 작가 대부분이 선이 굵은 작가들이었고, 그 시대에 훌륭한 작가들이 많았다는 것도, 많은 작품들이 그 암울한 시대에 잉태되어 나왔다는 사실도 놀라울 뿐이다.

'나의 길, 해설이 있는 시집'에선 스승 정지용 시인에게 천재시인이라 인정받은 내용과 월북 후 남포적십자병원에서 투병하며 어머니와 고향을 그리워하는 단막극 형식의 영상과 대표 시 12편을 감상할 수 있었다.

인간을 위한 문학, 한국 근대문학 최초의 장시 〈전쟁〉, 오장환의 시집 《성벽》에서 《붉은 기》까지, '오장환의 산문, 오장환 문학의 재발견, 시각적 아름다움이 돋보이는 초기 시, 교과서 속 오장환의 시, 오장환의 동인 활동' 등이 눈에 쏙쏙 들어오는 것은 그만큼 관심이 있어서다.

'오장환의 동화적 상상 동시'엔 삽화가 재미있게 그려진 〈섬골〉, 〈종이비행기〉, 〈바다〉, 〈기러기〉, 〈정거장〉, 〈애기꿈〉, 〈내 생일〉 등이 동심의 세계로 이끌어준다. '오장환의 작품이 수록된 자료, 나의 노래는 당신의 것입니다!'를 돌아보며 감동, 감화를 받은 것은 몰랐던 것을 알고 난 기쁨이 컸기 때문이다.

복도 벽과 문학사랑방 안에도 휘문고 시절의 작가 사진과 이육사에게 보낸 엽서, 육필원고, 어릴 때와 젊은 시절의 사진, 성적표, 가계도 등의 액자가 걸려 있다. 곳곳에 작가의 숨결이 깃든 전시실을 다시 한 번 돌아 보고 나오며 시집 《병든 서울》을 한 권 샀다. 작가를 더 가까이 느끼고 싶어서다.

'오장환 문학관' 탐방 후 많은 사실을 알게 되었다. 해금조치 이후 출간된 오장환 작가에 대한 논문과 평전, 연구서 등을 통해 문학관에서 얻지 못한 정보를 얻었고, 궁금증도 해결할 수 있었다.

보은군 회인면에서 출생한 작가가 왜 안성에 있는 학교에 다녔을까 궁금했다. 서자였던 작가는 전장田莊이 있는 회인에서 어머니와 살다가 본처가 죽은 2년 후, 열 살 때 안성으로 이사했던 거였다.

출생의 콤플렉스를 안고 반항적이고 우울한 소년으로 자란 작가는 학창시절은 물론 훗날 문단에서 활동할 때도 다양한 형태로 굴절되어 나타난다. 〈향수〉에서 "어머니는 무슨 필요가 있기에 나를 만든 것이냐!" 했고, 〈성씨보姓氏譜〉에서는 오吳 씨라는 성을 무겁게 느끼며 "내 성은 오吳씨, 어째서 오吳 가인지 나는 모른다. (중략) 나는 성씨보가 필요치 않다. 성씨보와 같은 관습이 필요치 않다"라고 고백하기도 한다.

시집과 귀한 작품집들이 잘 진열되어 있다. 천재시인은 재능을 다하지 못하고 34세에 떠났다.

오장환 작가를 가장 인기 있는 시인으로 올려놓은 시가 〈The Last Train〉이라고 한다. '리듬이 통곡과도 같아서 낭송에 가장 적합한 시로 젊은이들의 절망적이고 허무적이고 퇴폐적이고 병적인 정서를 가장 잘 표현했기 때문에 어느 술자리에서나 자주 낭송되는 시였다며 이봉구의 소설에 나오는 얘기'라고 신경림 시인이 밝혔다.

저무는 역두에서 너를 보냈다.
비애야!

개찰구에는
못 쓰는 차표와 함께 찍힌 청춘의 조각이 흩어져 있고
병든 역사歷史가 화물차에 실리어간다.
대합실에 남은 사람은
아직도
누굴 기다려
나는 이곳에서 카인을 만나면
목 놓아 울리라.

거북이여! 느릿느릿 추억을 싣고 가거라
슬픔으로 통하는 모든 노선路線이
너의 등에는 지도처럼 펼쳐 있다. ☆

신동엽 문학관

부여군에서 시인의 문학세계를 널리 알리기 위해 시인의 부인 인병선 씨 등 유족들이 기증한 육필원고 737점, 편지, 사진, 책 등 모두 2,114점을 모아 문학관을 2013년 5월에 개관했다. '신동엽 문학상' 수상자 선정과 시인의 정신을 기리기 위해 매년 봄에는 전국 고등학생을 대상으로 '신동엽 시인 전국 고교 백일장'을, 가을에는 '가을 문학제'를 개최하고 있다.

이용안내

〈하절기 4~10월〉 09:00~18:00 〈동절기 11월~3월〉 09:00~17:00

※매주 월요일(월요일이 공휴일 또는 연휴일 경우 다음날) · 추석 · 설날 · 신정 휴관

주소 충청남도 부여군 부여읍 신동엽길 12 **문의** 041-830-6827, 833-2725

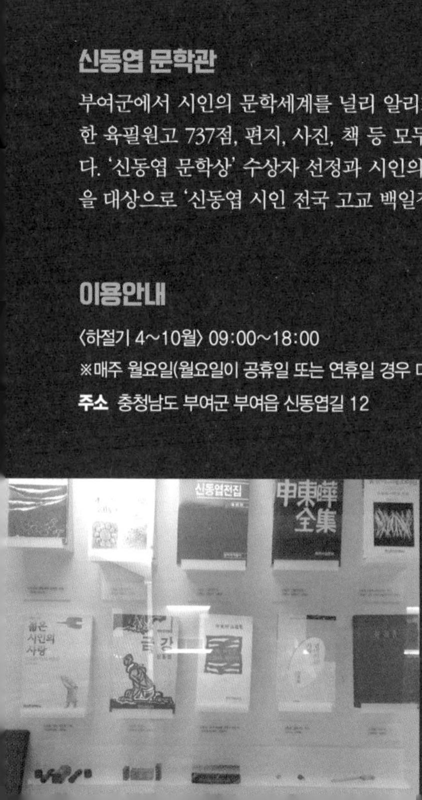

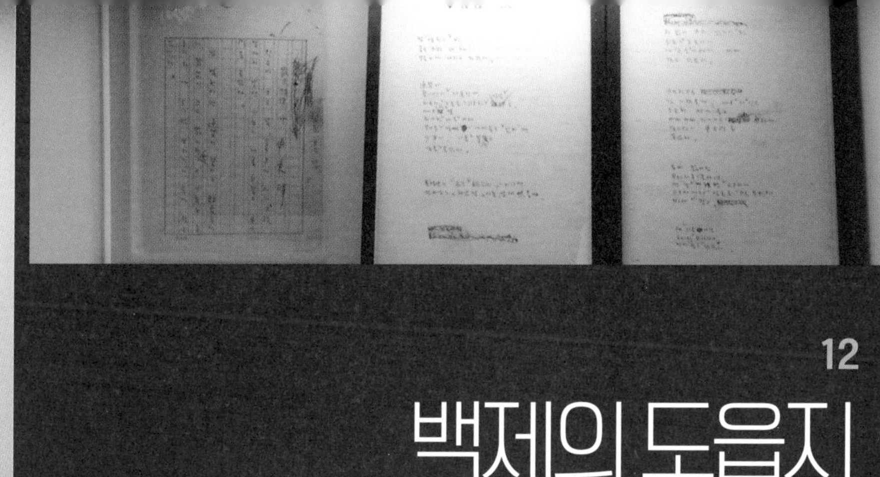

12

백제의 도읍지
부여 <신동엽 문학관>

낯선 곳으로의 여행은 항상 마음을 설레게 한다. 싱그러움이 넘치는 5월, 사당동 버스정류장에서 1500-2번으로 갈아타고 남부터미널까지 가는데 남부순환도로가 주차장을 연상케 할 정도로 막혔지만 느긋한 맘으로 기다렸다. 자유여행의 장점이라면 시간에 구애받지 않는다는 점이다.

터미널에 도착하자마자 표를 끊어 막 출발하려고 시동 건 우등고속버스에 올라탔다. 참 오랜만에 타보는 고속버스는 서울 시내를 벗어나자 달리기 시작한다. 아카시아 꽃으로 만발한 산야가 스쳐 지나가는데 아름다운 수채화를 보는 듯하다. 매번 느끼는 감상이지만 우리나라만큼 아름다운 곳이 또 있을까. 해외여행도 해보지 않고 우물 안 개구리처럼 우리나라 예찬론자가 되었다고 핀잔을 준다 해도 계절에 따라 변하는 산천의 아름다움을 예찬할 것이다.

이십 년 넘게 매달 두 어머니를 뵈러 고향에 다니면서 느꼈던 감상은 지금도 변함이 없다. 스쳐가는 봄 풍경을 바라보며 상념에 젖어 있는 동안, 달리던 버스가 2시간 만에 백제 도읍지에 진입했다. 유유히 흐르는 백마강, 백제문화단지, 구드레잔디공원, 읍내 초입에서 반겨주던 백제의 상징 '금동대향로' 모형 등이 목적지에 도착했음을 알려준다.

처음 방문하는 낯선 곳에서는 아는 길도 물으며 가랬다고 묻는 게 상책이다. '신동엽 문학관' 보다 '부여성당'을 묻는 게 빠를 것 같더니 역시

문학관과 생가가 나란히 이웃하고 있다.

문학관은 모른다며 아저씨 한 분이 손가락 끝으로 성당을 가리킨다.

버스터미널에서 10분쯤 걸었을까. '신동엽 문학관'과 '신동엽 생가'의 안내 표지판이 눈에 들어온다. 부여성당 옆 골목은 인기척 하나 없이 조용하고, 사람대신 봄바람이 신나게 놀고 있다.

휘익 대는 봄바람을 가르고 어디쯤일까 두리번거리며 골목 안쪽으로 들어갔다. 대문과 담벼락에 신동엽 시인의 시가 적혀 있어서 그곳인가 봤더니 게스트하우스와 문화발전소였지만 문학관이 가까이 있다는 증거이기도 하다.

아니나 다를까 '신동엽 생가'와 '신동엽 문학관'이 근처에 있었다. 먼 길 달려온 보람을 느끼며 사진 촬영부터 했다. 청기와가 얹힌 옛 담장과 시골집이 향수를 불러일으킨다. 어렸을 때 많이 보았던 전경이 따뜻하게 다가온다. 담 모서리에 있는 '신동엽 가옥 터'란 돌비석 안내문과 대문 앞 '시인 신동엽 생가' 안내문을 읽고 대문 안으로 들어갔다.

봄빛이 가득한 생가는 너무나 조용해서 적막감이 감돌았고, 본채와 별채가 있는데 아주 깨끗하다. 티끌 하나 없는 잔디마당, 토방과 흰 남자 고무신, 마루와 반쯤 내린 문발, 밀짚모자가 있는 시인의 서재, 재래식

본채와 별채로 나뉘어 있는 생가. 스테인리스 스틸로 만든 시 깃발이 참신하다.

부엌 안의 가마솥과 키, 소쿠리 등을 보고 모퉁이로 이어진 문학관으로 향했다.

문학관 역시 고요한데 어디선가 깃발 펄럭이는 소리가 들린다. '신동엽 문학관' 이라고 쓴 깃발이 어서 오라고 재촉하는 것 같아 발길을 그쪽으로 옮겼다. 생가 뒤뜰 담장 너머에 있는 문학관 정원이 아담하고 소박하다. 왼쪽 건축물 벽에 붙은 신경림 시인의 〈신동엽 시인의 옛집에서〉를 감상하고, 눈길을 잡아끄는 '시의 깃발' 이란 조형물 앞으로 갔다. 시인의 시를 스테인리스 스틸로 오려 만든 깃발이 바람에 춤을 추고 있다. 부여 출신의 설치예술가 임옥상의 작품이라는데 창공에 글씨 깃발들이 나부끼다니 참 독특하고 참신하다.

'시의 깃발' 조형물을 뒤로 하고 옥상마당으로 가는 길 역시 특이하다. 건축가 승효상의 작품으로 부여의 3대 건축물 중 하나라는데 마구잡이식이 아닌 하나하나에 의미가 있고, 뻥 뚫린 옥상이 예술작품이다. 옥상에서 바라본 생가와 문학관의 정취가 포근하게 느껴진다.

옥상에서 한 바퀴 돌고 전시관으로 내려가는데 앙증맞은 봄맞이꽃이 불러 세운다. 봄바람에 파르르 떠는 하얀 들꽃을 옥상에서 만나니 더 귀하게 느껴지고 무척 사랑스럽다.

드디어 전시관 안으로 들어가 시인을 만났다. 먼저 펜을 굳게 쥔 시인의 흉상과 대면하고, 시인의 일대기를 사진과 설명으로 장식한 복도형 벽면부터 살폈다. 〈서둘고 싶지 않다〉는 시인의 인생관을 대변하는 발자취라 생각된다.

> 내 인생을 시로 장식해 봤으면,
> 내 인생을 사랑으로 채워 봤으면
> 내 인생을 혁명으로 불질러 봤으면
> 세월은 흐른다.
> 그렇다고 서둘고 싶진 않다.

시인 신동엽은 식민지 시대인 1930년 8월 18일 충청남도 부여군 부여읍 동남리 269번지에서 신연순의 장남으로 태어난다. 고향에서 부여국민학교를 졸업, 전주사범시절을 보내고, 20세에 한국전쟁을 겪는다.

27세에 '풀잎 사랑'이 결실을 맺어 인병선과 결혼한다. 29세에 〈이야기하는 쟁기꾼의 대지〉로 〈조선일보〉 신춘문예 등단, 30대에 시인의 길을 걸으며 주옥같은 작품을 담은 시집 《아사녀》를 출간한다.

31세 때 서울 명성여자고등학교 교사로 부임하여 작고할 때까지 재직한다. 37세인 1967년 1월 저 유명한 "껍데기는 가라/ 사월도 알맹이만

천장에 모빌처럼 매달린 책들이 인상적이다.

남고/ 껍데기는 가라"는 시 〈껍데기는 가라〉를 발표, 펜클럽 작가기금으로 장편 서사시 《금강》을 발행, 〈향기로운 흙가슴만 남고〉 등을 발표한다. 39세인 1969년 3월에 간암 진단을 받아 투병하다 4월 7일 서울 동선동 집에서 세상을 떠난다.

오늘날에 비하면 아주 짧은 인생을 산 것이다. 작가들 중에는 애석하게도 일찍 세상을 떠난 분들이 많아 안타깝다. 다행히 지자체마다 작가들의 고향에 문학관을 지어 조명하고 있어서 이렇게나마 발자취를 돌아볼 수 있는 것이다.

작가의 일대기를 돌아보고 맞은편 전시관으로 갔다. '시인 신동엽과 부인 안병선의 편지' 전시관에는 시인의 성적표, 연애편지, 각종 민증, 결혼청첩장, 결혼사진, 시인의 장례식 사진 등이 생생함을 더해준다. '신동엽이 읽었던 한국 시집'의 전시관엔 김소월 시집, 신석정의 《슬픈 목가》, 정지용의 《백록담》, 오장환의 《병든 서울》 등 귀한 시집이 보여 반가웠던 것은 문학관 탐방에서 이미 만났던 작가들이어서다.

시인이 읽었던 책들은 나도 학창시절에 읽었던 책이 대부분이었고, 문인들과 함께했던 기록들, 시인의 시집들, 사후에 받은 훈장, 육필원고, 발표한 여러 시들로 장식하고, 영상으로 보여주는 작품 등은 작가의 향기를 더 강하게 전해준다.

작가에 대한 일화가 생각난다. 작고한 박봉우 시인과 특별한 관계로 지냈는데 만남의 인연 또한 특별하다.

1959년 신동엽 시인의 장시 〈이야기하는 쟁기꾼의 대지大地〉가 〈조선일보〉에 입선했을 때, 예심을 본 박봉우 시인이 흥분해서 "굉장한 장시입니다. 문단이 깜짝 놀랄 겁니다"하며 본심에 넘겼고, 본심에서 입선이 되어 시상식 날 신동엽 시인을 처음 만났다. 박봉우 시인은 바지저고리에 조끼를 입은 촌놈 차림의 신동엽 시인을 자취방으로 데리고 가서 재웠는데, 혼자서는 도저히 여관에 찾아들어갈 것 같지가 않아서였단다.

"대학도 이름을 잘못 알고 찾아갔다가 귀찮아서 그냥 그 학교 원서를 사가지고 온 인간이랑께" 했다는 일화들이 마음을 훈훈하게 한다.

문학평론가 구중서 교수도 신동엽 시인과 가깝게 지내며 그의 시를 널리 알리는데 일조했다고 한다. 체구가 작으면서도 대범하고, 겉으로는 유순해 보이면서도 안으로는 강한 사람이라고 인물 평한 걸 보면 외유내강外柔內剛형이었나 보다.

전시관 옆 북카페엔 1982년에 제정한 '신동엽문학상' 수상자들의 사진과 수상자 작품 등이 천장에 모빌처럼 매달렸는데 퍽 인상적이다. 아무도 없는 북카페에서《선생님과 함께 읽는 신동엽》이란 판매용 책 한 권을 골라 책값은 뚜껑 있는 항아리에 넣고 들고 나오며 생각했다. '환경이 좋은 곳에 자리한 문학관의 영향을 받아 후배 문인들이 나온다면 얼마나 좋을까' 하고.

문학관 정문으로 나와서 보니 '신동엽 문학관'이란 글판이 이색적이다. 서체와 스테인리스 스틸로 만든 글판이 여느 문학관에서는 찾아볼 수 없는 특이한 형태로 이것 역시 예술작품이다. 문학관 정원 한편에 설치된 조형물 '시의 깃발' 설치작가의 작품인 듯하다. '신동엽 문학관'에서 가장 인상적이었던 것은 '시의 깃발'과 옥상의 구조였다고 할까.

백제의 도읍지였던 부여에서 신동엽 작가의 숨결을 맘껏 향유하고 돌아오는데 마음이 어찌나 뿌듯하던지 포만감을 느꼈다. ☆

셋

골짜기마다 꽃 향기가 어리다

만해마을

만해의 민족정신을 기리고 문학정신을 계승하기 위해 노력해온 사재단법인 만해사상실천선양회가 2003년 설립된 만해마을을 동국대학교에 기부했고, 기증된 시설은 문인의 집(숙박과 문인집필시설, 객실 47실 200여명 동시 수용), 만해기념관(박물관), 만해학교(교육시설), 서원보전(사찰), 만해수련원, 청소년수련원(500여명 수용가능 수련시설) 등 건물 6개동과 종각, 부대시설 '님의 침묵 광장' 등이다. 만해마을에서는 매년 만해축전을 열어 만해대상, 전국고교생백일장, 님의 침묵 서예대전, 님의 침묵 전국 백일장, 문예행사, 축전대동제 등 축전행사가 이뤄지고 있다.

이용안내

관람시간 : 오전9시~오후5시 ※ 매주 월요일 · 추석 · 설날 당일 휴관 (숙박시설 예약 이용가능)

주소 강원도 인제군 북면 만해로 91 동국대학교 만해마을 **문의** 033-462-2303

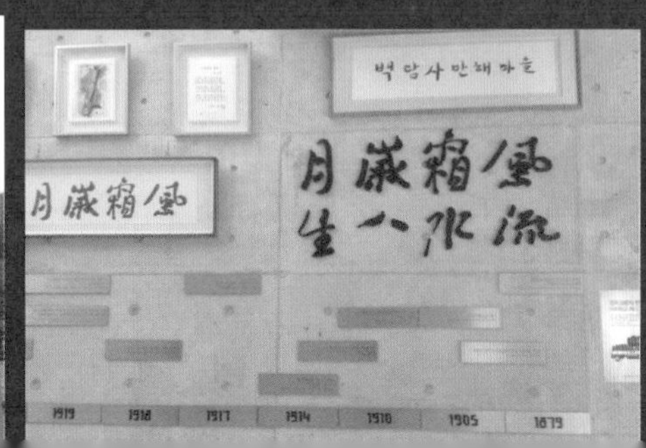

13

내설악에 둘러싸인 한용운 <만해 마을>

드높은 산의 능선이 아득하게 보이는 청정한 '만해마을'에서 하룻밤 자고 났더니 마음이 정화된 듯하다. 창문으로 보이는 아름다운 봄 풍경이 한 폭의 명화랄까. 그래서 사람들이 설악산을 좋아하는 모양이다.

그나저나 궁금한 것은 만해 한용운 시인은 충남 홍성 출신인데 왜 강원도 백담사 아래에 '만해마을'이 생겼을까. 알고 보니 18세에 출가한 시인이 20세 때 설악산 백담사에서 수련하고, 시집 《님의 침묵》을 집필한 인연으로 2003년에 만든 것이란다.

〈님의 침묵〉, 〈알 수 없어요〉가 지금도 교과서에 나오는지 모르겠지만 학창시절 무척 재미있게 공부했다. 《님의 침묵》이란 시집을 사서 읽고 외운 시가 많았다. 〈나룻배와 행인〉, 〈떠날 때의 님의 얼굴〉, 〈사랑하는 까닭〉, 〈길이 막혀〉 등을 인용해 친구들에게 편지를 많이 썼다. 그 영향을 받아 나 자신도 모르는 사이에 영혼이 살쪘는지도 모르겠다.

〈님의 침묵〉은 내 인생에 커다란 전환점을 안겨주기도 해서 유독 애정이 간다. 남자는 뮤지컬 〈님의 침묵〉을 보고 난 뒤, 두 번째 만남에서 청혼했고, 우리는 맞선본 지 40여 일만에 결혼했다. 그것도 인연이고 운명이라 부부의 연을 맺어 30년을 넘게 살면서 삼남매 낳아 키우고 엄마로, 아내로, 종가의 맏며느리로, 작가로 열심히 살고 있다.

갑자기 〈님의 침묵〉의 시가 그립다.

님은 갔습니다. 아아, 사랑하는 나의 님은 갔습니다.
푸른 산빛을 깨치고 단풍나무 숲을 향하여 난 작은 길을
걸어서 차마 떨치고 갔습니다. (중략)

우리는 만날 때에 떠날 것을 염려하는 것과 같이
떠날 때에 다시 만날 것을 믿습니다.
아아, 님은 갔지마는 나는 님을 보내지 아니하였습니다.
제 곡조를 못 이기는 사랑의 노래는 님의 침묵을 휩싸고 돕니다.

인제군 북면 용대리에서 다리를 건너자 바로 '만해마을' 표지판이 눈에 들어온다. 처음이라 모든 게 경이롭다. 주차장에서 건물 쪽으로 보니 '평화의 시벽'이란 조형물이 눈에 들어온다. 가까이 가서 봤더니 철판에 새긴 작가들의 글이 벽 양면에 빼곡하다. 글씨가 선명하지 않아 답답했지만 '평화의 시벽'은 만해마을의 상징일 거라는 생각이 든다.

만해마을에는 여러 건물이 있는데 주 건물은 '문인의 집'인가 보다. 그곳 안내데스크에서 예약을 확인했다. 그 건물은 문인을 위한 레지던스룸, 게스트룸, 숙소, 강당, 식당이 있어서 휴식처로는 안성맞춤이다.

동국대학교에서 관리하고 있는 만해마을의 입구.

만해마을의 상징 '평화의 시벽'은 쉼터이기도 하다.

'맞은편 북카페 '깃듸일 나무'는 가보진 못하고, 문인의 집 옆 '님의 침묵' 야외광장은 봄 햇살을 받으며 걸었다. 내설악의 자연을 배경삼아 냇가에서 흐르는 청랑한 물소리, 바람소리가 들린다. 만해선사를 기리는 법당 '서원보전'은 예불, 참선, 발우공양, 사물치기 등 다양한 체험을 할 수 있는 곳으로 눈으로만 감상한다.

만해마을의 핵심 건물은 '만해문학박물관'이다. 만해마을을 찾은 목적이기도 해서 그곳부터 들렀다. 초입에 서 있는 만해의 흉상이 박물관을 안내하는 것처럼 느껴진다. 문을 열고 들어가자 장식 없는 민낯의 오른쪽 벽에 만해의 사상을 집약해 놓은 글이 보인다.

"自由는 萬有의 生命이요, 平和는 人類의 幸福이라."

1층 상설전시실 벽면에도 만해의 인생을 알려주는 글귀가 눈에 들어오고, 친필로 쓴 "風霜歲月 流水人生 (풍상세월 유수인생)" 이란 붓글씨가 '풍상을 겪은 오랜 세월, 흐르는 물처럼 흘러간 인생'을 말해 주듯 작가의 세세한 연대기가 한 면을 다 차지했다. 건물 중앙의 커다란 스크린에 있는

'만해 한용운 선사'를 설명하는 글이 시인을 이해하는데 큰 도움이 된다.

> 만해 한용운은 한국 문학사의 대표적 시인이자 불교의 대선사, 민족운동가로 일제강점기 암흑시대에 겨레의 가슴에 영원히 꺼지지 않을 민족혼을 불어넣어 주신 분이다.
>
> 만해 선사의 문학성, 자유사상, 진보사상, 민족사상은 오늘날까지 스님이 이 겨레에 남긴 민족정신과 세계화정신의 원형으로 남아 있다.

만해만큼 굵직한 명함을 가지고 있는 분도 드물다. 1897년 8월 29일, 충남 홍성에서 태어나 해방 전 1944년 6월 29일 66세로 심우장에서 입적한 시인은 민족정신이 투철한 작가, 불교의 개혁을 주장한 민족지도자, 1919년 3·1운동 민족대표 33인의 한 사람으로 독립선언식에 참석하여 주도했다가 일제에 피체되어 옥고를 치른 것으로 알려졌다.

만해 한용운의 단호하고 직선적인 성격을 대변해 주는 일화가 속을 후련하게 해준다. 독립선언서를 기초했으면서도 변절한 육당 최남선과 탑골공원 근처에서 마주쳤을 때 최남선이 반갑게 인사를 했단다.

"만해, 오랜만이올시다."

"당신 누구시오?"

"나, 육당 아니오."

"육당이 누구시던가?"

"육당 최남선이오. 그새 잊으셨을 리는 없고."

"내가 아는 육당은 벌써 죽어서 장송해버렸소."

최남선의 면전에서 이렇게 쏘아붙이고 등을 돌렸다는 얘기다. 대쪽

같은 성격이 그대로 드러나는 대화다.

만해 한용운은 독립선언서를 발표한 사건으로 체포되어 3년형을 선고 받고 갖은 고문을 당하지만 끝내 굴복하지 않고 옥중에서 〈조선독립의 이유서〉를 집필해 비밀리에 상하이로 보낸다. 인류의 자유와 평등을 위한 진보의 길을 가로막는 일제의 군력軍力, 철포鐵砲 정치는 결국 무력의 덫에 걸려 스스로 패망하게 되리라는 예언을 담은 〈조선독립의 이유서〉는 독립선언서 못지않은 명문이었다고 전해진다.

옥고를 치르고 나온 뒤에도 저항정신은 굽힘이 없었고, 반일 모임이나 강연에는 빠짐없이 참가하여 청중을 압도하는 연설가이기도 했다니 놀랍다. 어릴 때 서당에 다닌 것이 학력의 전부였지만 철학과 문학을 스스로 공부하고 동인 활동도 전혀 하지 않았음에도 1918년 교양잡지《유심》에 〈심心〉을, 1922년《개벽》에 〈무궁화 심으라〉를 발표, 1926년에는 주옥같은 시 88편을 묶어《님의 침묵》을 펴냈다는 얘기다.

《신인문학》과《삼천리》에 시 〈꿈과 근심〉, 〈실제實際〉,《조광》에 수필 〈최후의 5분간〉, 〈조선일보〉에 장편 소설 〈흑풍〉, 〈박명薄命〉, 〈조선중앙일보〉에 미완성 연재소설 〈후회〉와 중편소설 〈죽음〉 등 여러 종류의 글을 남겼다.

만해문학박물관의 벽마다 시가 있고, 족자와 액자, 오래된 서적, 만해와 언론활동, 66년 동안의 족적들로 가득 차 있어 문학박물관다운 면모

높게 걸린 스크린에서 시인을 알 수 있다. 불교 관련 고서적에도 시인의 흔적이 남아있다.

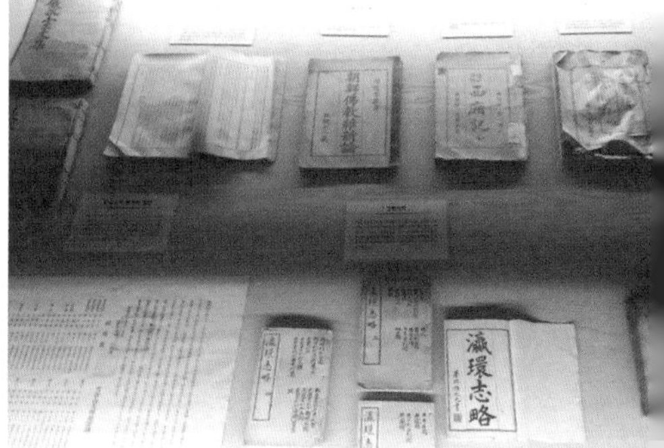

를 보여주었다. 2층 기획전시실은 '시와 그림으로 보는 현대시 100년'과 만해와 관련된 행사에서 수상한 서예대상작품, 시화작품, 병풍, 각종 전시작으로 공간을 메웠다.

문학박물관 건너편 '만해평화지종'이 불교를 상징하고, 위쪽에 있는 설악관은 단체 연수, 세미나를 위한 강당과 식당, 숙박시설을 갖추었다. 금강관은 합숙하면서 단체수련, 집중학습, 퍼포먼스 등 특화된 프로그램을 할 수 있는 최적의 공간이라는 설명이다. 해마다 7월이면 '만해축전'이 열리는데 유용하게 활용되는 부속 건물로 보인다.

'백담사'라는 절에도 꼭 가보고 싶었는데 뜻을 이루지 못했다. 관광명소라 행락객들로 북새통을 이룰 줄 알았는데 이상하다 싶을 정도로 조용했다. 즐비한 음식점들도 문을 닫아 식사할 곳이 없어 인제읍까지 다녀와야 했다. 알고 보니 우리가 찾아갔던 4월은 산불예방 차원의 입산금지 기간이었던 것이다.

예약했던 숙소는 아주 맘에 들었다. 봄꽃이 만개한 설악산자락이 한눈에 보이고, 시냇물소리와 계곡에 스치는 골바람 소리가 음악처럼 들렸다. 시끌벅적한 곳보다 자연을 체감할 수 있는 고요함이 더 좋아 하룻밤 휴식은 곧 힐링의 시간이 되었다.

아름다운 풍광, 청전지역에 자리 잡은 만해마을, 휴식공간으로 손색이 없는데도 바쁜 일정 때문에 만끽하지 못하고 서둘러 떠나야 하는 아쉬움이 남는다. 처음 오기가 어렵지 한 번 길을 트면 자주 찾기 마련이라고 스스로를 위로하며 다음 목적지로 향했다. ☆

김 동 명

는 호수湖水요
어 오오
의 흰 그림자를 안고, 옥玉같이
전에 부서 지리다.

는 촛燭불이오
문을 닫어 주오
의 비단 옷자락에 떨며, 고요히
한방울도 남김없이 타오리다.

는 나그네요
를 불어 주오
아래에 귀를 기우리며, 호젓이
새이오리다.

낙엽 이오

김동명 문학관

시인의 업적과 문학 혼을 기리고, 선양하기 위해 건립된 문학관은 시인의 삶과 작품세계를 감상할 수 있도록 2013년 7월 3일에 개관하였고, 김동명의 대표 시 〈내마음〉에 나오는 호수와 돛단배를 형상화하여 만들었으며 주요시설 문학관 1동(전시실, 세미나실 등), 생가 1동이 있다. 각종 문학 단체에서 주관하는 문학회 정기 모임 및 문학 행사, 문인 협회 주최 백일장, 북콘서트, 가곡의 밤 등 문화 행사, 시화 일러스트의 교육 프로그램, 그리고 매월 마지막 주 수요일 영화 상영 등 프로그램이 진행되고 있다.

이용안내

관람시간 : 09:00~18:00 ※ 매주 월요일 · 화요일 · 추석 · 설날 당일 휴관

주소 강원도 강릉시 사천면 샛돌1길 30-2(노동하리 71) **문의** 033-640-4270

14

소박하고 아담한
강릉 <김동명 문학관>

인제에서 강릉으로 넘어가는 길이 얼마나 험준하던지 운전하는 남편이 고생 많았다. 말로만 듣던 강원도 두메산골에서 빠져나와 동해고속도로를 달려 미시령계곡, 양양, 하조대, 주문진을 거쳐 2시간 만에 북강릉 톨게이트로 들어왔다.

학창시절 암송하여 읊조리고 다녔던 〈파초〉를 재음미하며 강원도 강릉시 사천면 노동리에 위치한 '김동명 문학관'으로 가는데 목적지가 나올 법도 한데 여전히 시골길이다. 고향집 가는 것처럼 논밭 사이로 난 좁은 길로 들어서니 한과마을이 나온다. 집집이 한과 이름표를 달고 서로 잘 봐달라고 보채는 것 같다. 명절 때라면 분주했을 한과마을이 고요 속에 묻혀 있다.

조국을 언제 떠났노
파초의 꿈은 가련하다 (중략)

1938년에 쓴 시 〈파초〉는 '남국의 식물인 파초가 겨울 뜨락에 외롭게 서 있는 걸 보고 조국을 잃어버린 민족의 비애를 되새기는 내용'이란다. 오랜 세월이 흘렀는데도 마음에 와 닿는 감성에는 변함이 없다. 이렇듯 좋은 시란 시공을 초월하여 감동과 감화를 주는 것일 게다.

호수에 띄운 돛단배를 형상화하여 만든 문학관이 아담하다.

또 '김동명' 하면 가곡 〈내 마음〉이 떠오른다.

내 마음은 호수요,
그대 노 저어 오오, (중략)

가슴 울리는 노래와 시가 사랑을 전할 때 단골메뉴로 등장했던 시절이 있었다고 하면 요즘 젊은이들은 진부하다 할지 모르겠다.

드디어 '김동명 문학관' 표지판이 보이기 시작했다. 이번엔 어떤 모습의 문학관을 만나게 될지 기대하며 마을의 좁은 길로 들어갔다. 마을 안쪽의 초가는 분명 작가의 생가일 거라 짐작했는데 역시였다. 좁은 주차장에 차들이 꽉 차 있는 것을 보니 행사가 있는 모양이다. 쩌렁쩌렁 울리는 마이크 소리에 방문객도 놀라고 인근의 초목도 놀랄 것 같다.

단출하게 서 있는 아담한 초가 한 채가 생가의 전부이고, 마루도 없는 일자형 겹집 방과 부엌, 광이 있고, 안방구석에 있는 '코쿨'이 눈길을 끈다. 처음 보는 굴뚝 모양의 코쿨은 화전민들이 사용한 것으로 방과 부엌 사이 구석 벽에 만들어 난방과 조명 역할을 함께했다는 설명이다.

김동명의 수필 〈어머니〉에 등장하는 코쿨은 작가와 그의 어머니를 떠올리며 재현한 거고, 방안에 맷돌과 궤짝과 수놓은 병풍, 옛날 검은 두루마기, 호롱불이 있는 탁자가 전부인 초가는 작가가 태어난 생가를 복원해 놓은 것이란다.

2013년 6월, 호수에 띄운 돛단배처럼 자연 속에 문학을 담아 시민의 작은 쉼터를 만들었다는 최명희 강릉시장의 안내문이 있고, 문학관 안은 행사가 한창 무르익고 있어 활력이 넘쳤다고 할까.

관계자를 찾아 먼 곳에서 왔노라 했더니 담당자가 《초허 김동명 대표시선집》, 《관동문학》, 《강릉문학》, 작가의 시로 만든 엽서 몇 장을 챙겨준다. 낯선 곳에서 누군가가 반기며 환영해준다는 것은 참 고맙고 감사한 일이다.

안내데스크 옆 '초허 김동명 문학관' 안으로 들어가 '김동명 시인의 문학세계'를 돌아보았다. 시인의 일대기와 시세계를 한눈에 볼 수 있도록 초기·중기·후기의 시세계로 나눠 설명했고, 그 아래에 작가 연보가 길게 나열되었다. 문학관의 공통점이지만 살아온 세월과 삶이 다르기 때문에 의미 있게 살펴봐야 한다.

시인의 발자취(1900~1968)를 따라 한 바퀴 둘러본다. 암담한 현실을 퇴폐주의에 담아낸 초기 대표 시 〈당신이 만약 내게 문을 열어주시면〉, 〈나는 보고 섰노라〉, 〈애닯운 기억〉과 시대정치에 펜 끝을 날카롭게 세운 후기 대표 시 〈백설부〉, 〈진주만〉, 〈산역〉이 족자 형태로 각각 다른 위치에 전시되어 작가의 시세계를 쉽게

난방과 조명역할을 한 코쿨.

단출한 초가는 생가를 재현했다. 입구에서 시 〈내 마음〉과 작가의 얼굴이 반갑게 맞는다.

이해하도록 했다.

행동하는 시인, 정치 평론가로서 남긴 산문문학, 정치평론 작품 아래에 친필원고가 전시되어 있다. 문학 창작실은 작가의 서재를 재현해 놓은 것이라는데 아주 소박하고 단아하다.

서가와 책상을 보면 작품에 몰두하는 작가의 모습이 선하게 떠오르곤 한다. 지금이야 편리한 시설이지만 옛날에는 앉은뱅이책상 앞에 가부좌하고 앉아 그 긴 시간을 보내야 했으니 그것도 수양이라면 수양이 되었을 것이다.

시인은 1900년 2월 4일, 강원도 강릉시 사천면에서 태어나 신식교육을 받기 위해 원산으로 이사한다. 원산과 함흥에서 학창시절을 보내고 교편생활을 시작한다. 일본 유학을 다녀온 후 1923년 《개벽》 10월호에 시 〈당신이 만약 내게 문門을 열어주시면〉으로 등단, 1930~40년대에 주옥같은 시를 발표하고 문단의 주목을 받지만 일본이 조선어 말살정책을 펴자 작품을 발표하지 않는다.

김동명 시인은 다른 문인들과 달리 이재에 밝고 사업 수완이 뛰어나 1938년 무렵 목재상으로 큰돈을 벌었고, 양곡배급소도 경영하였으며, 일본이 패망하고 떠날 것을 예상, 흥남 역전에 많은 땅을 사두기도 한다.

홍남중학교 교장으로 있을 때 1946년 3월 13일 함흥에서 일어난 학생시위에 동조했다는 혐의로 교화소에 감금되었다가 풀려난다. 같은 해 조만식이 이끄는 조선민주당에 입당하여 함경남도 도당위원회 부위원장직을 맡았으나 북한의 실력자로 떠오른 김일성이 조만식을 비롯한 조선민주당 지도부를 숙청하자 집에서 시를 쓰며 지낸다.

북한의 정세가 심상치 않게 돌아가자 신변의 위험을 느끼고 1947년에 단신 월남하면서 시 원고를 가져오지 못한다. 하지만 아내가 남편의 시 원고를 옥양목 쪼가리에 베낀 뒤 생후 7개월째 되는 아이의 배에 감아 무사히 보존하는 기지를 발휘했다니 얼마나 감동적인가. 남편의 시를 알아본 아내의 식견이 놀랍다. 이렇게 해서 빛을 보게 된 시집이 1954년 출간된《진주만眞珠灣》이란다.

얼마 전, 1930년 북한 홍남지역에서 발간된 첫 시집《나의 거문고》가 발견되어 강릉시에서 최초로 매입, 시민들에게 개방했다. 시 132편이 수록된 168쪽의《나의 거문고》는 원본 보존과 학회 자료연구, 김동명 시집 합본집 발간 등을 위해 영인본으로 제작한 뒤 오죽헌시립박물관 수장고에 보관하고, 영인본은 김동명 문학관에 전시한다는 소식이다.

강릉문인협회(회장 심은섭)는 지난 9월 9일 오후 2시 '김동명 문학관'에서《나의 거문고》원본 발견 축하 행사를 개최했다. 이날 행사에서는 '나의 거문고 귀향, 김동명 시혼 발견'이라는 주제로 토크쇼 및 축하공연이 진행되었다는 강원도민일보(2017. 9. 9(토) 기사를 접하니 얼마나 반갑고 기쁘던지 가슴이 다 설레었다.

조병화 시인과 김대규 시인이 주고받았던《시인詩人의 편지便紙》1977년도 초판본을 중고인터넷서점에서 비싼 가격으로 구입할 때도 무척 가슴이 설레었기에 그 기쁨을 헤아릴 수 있었다.

하물며 1930년에 발간된 김동명 작가의 첫 시집이라니! 얼마나 경사스러운 일인가. 축하행사를 할만도 하다.

월남한 시인 김동명은 이화여대 교수로 있으면서 신문에 정치평론을 기고하는 논객으로 활동한 흔적이 벽면에 가득하다. 1968년 1월 21일 작고할 때까지 68년의 삶이 한눈에 보인다.

'자필원고 〈적과 동지〉 중에서, 정치인 김동명, 정치논객 김동명, 아버지 김동명, 교육자 김동명, 사람 김동명'을 살펴보면 작가가 어떤 사람이었고, 어떤 삶을 살았는지 알 수 있다. 참 열심히 살다 떠난 작가다.

마을 가운데 자리한 아담하고 소박한 김동명 문학관을 뒤로 하고 나오며 스마트폰 멜론에서 작가의 대표 시 중 하나인 〈수선화〉를 검색했다. 성악가 조수미의 목소리가 나와 가사를 음미하며 듣는다.

그대는 차디찬 의지의 날개로
끝없는 고독의 위를 날으는~ ☆

이효석 문학관

'이효석문학선양회'가 중심이 되어 자료를 모으고, 제4회 문학제에 때, 작가의 추모식에 참석했던 미국의 장남가족과 차녀가 소장하고 있던 작가의 육필원고와 훈장증 등을 기증 받아 2002년 9월 7일에 개관했다. 현대 단편문학의 백미로 알려진 《메밀꽃 필 무렵》의 배경지이며, 작가가 태어난 봉평에서 해마다 '효석문화축제'가 성대히 치러지고 있다.

이용안내

〈성수기 5~9월〉 09시:00~18:30 〈비수기 10월~4월〉 09:00~17:30

※ 매주 월요일 · 추석 · 설날 당일 휴관 (월요일 공휴일인 경우 다음날) 관람료 : 유료

주소 강원도 평창군 봉평면 효석문학길73-25 **문의** 033-330-2700, 335-9669

15

메밀꽃 필 무렵
봉평 <이효석 문학관>

'이효석 문학관'을 향해 가는데 2018년 평창동계올림픽을 준비하느라 공사 중인 도로가 많았다. 손님맞이 준비로 바쁜 평창을 향해 달려 영동고속도로에서 장평 IC로 나갔다.

봉평면 창동리 효석문학길로 들어서니 주변의 음식점마다 '메밀'이 들어간 간판을 달고 있다. 작가가 13세 때까지 살았다는 봉평면 이효석길 33-13 생가터를 보니 그제야 오래 전에 문학기행으로 다녀갔던 기억이 되살아난다. 낡은 생가터가 유구한 역사를 말해주는 것 같다.

생가는 작가의 부친이 홍 씨 일가에게 팔아 남의 것이 되었고, 개인소유로 내부를 공개할 수 없다는 안내문이 왜 그리 섭섭하던지, 마치 내 집이 남의 손에 넘어간 기분이다. 출입금지 표시줄을 피해 가는데 마당 귀퉁이에 만발한 금낭화가 위로라도 해주는 듯 손짓한다. 주렁주렁 매달린 금낭화를 사진으로 담아 섭섭한 마음을 달랬다.

생가터와 이어진 이웃집이 강원도 전통지붕과 층층이 쌓아놓은 큰솥단지, 항아리와 토속용품으로 장식해《메밀꽃 필 무렵》과 연관 있는 것처럼 눈길을 끌었다. 하지만 메밀 음식점이었을 뿐, 민속장식의 효과였는지 많은 사람이 들고나며 성황을 이루었다.

생가터에서 조금 올라갔더니 '이효석 문학관' 주차장에 관광버스와 승용차들이 빽빽하게 들어섰는데 여느 문학관에서는 볼 수 없는 광경이

대표 작품집으로 기둥을 만들어 세운 정문이 색다르다.

다. 메밀꽃이 흐드러지게 피는 축제기간도 아닌데 찾는 이가 많다는 것은 작가가 듬뿍 사랑 받고 있다는 반증이 아닐까. 아니면 지자체의 홍보 덕인가? 글 쓰는 사람이니 문학적 이유에 무게를 두고 싶다.

이효석 문학관의 정문은 작가의 대표작 다섯 권《메밀꽃 필 무렵》,《벽공무한》,《화분》,《해바라기》,《성화》와 '이효석 문학관'이란 두꺼운 책 모양을 기둥삼아 만들어 무척 인상적이었다. 지붕 천장엔 독특하게《메밀꽃 필 무렵》의 한 구절이 적힌 원고지가 있는데 눈여겨보지 않으면 지나치기 십상이다.

2002년 9월 개관한 '이효석 문학관'은 입구부터가 남다르다. 작가를 잘 나타내주는 연필기둥과 물레방아가 조화롭게 서 있는 조형물이 눈에 띄었다. 그 옆 매표소에 입장료 2000원을 내고 들어갔다.

왼편에 커다란 모자를 쓴 듯 보이는 '이효석 문학비'와 그 옆에는 각종 행사를 할 수 있는 널따란 야외광장이 있다. 문학관으로 올라가는 언덕길 옆 돌 사이로 분홍색과 흰색의 꽃잔디가 어우러져 운치를 더한다.

언덕에 자리한 문학관에 올라서니 봉평마을 일대가 한눈에 내려다보이는데 마치 고향 마을을 보는 듯하다. 멀리 아기자기한 산들과 그 아래

매표소 옆 연필기둥과 물레방아가 조화롭게 서있다.

평화롭게 나앉은 마을들, 9월 메밀꽃 축제를 위해 재배 중인 메밀밭은 검은 비닐 옷을 입고 있다.

전시실로 가는 양쪽 초입에 책을 쌓은 조형물과 책과 책 사이의 포토존이 눈길을 끈다. 들어오는 정문도 그렇고 이곳 문학관의 상징이 책인 모양이다. 그러고 보니 문학관 곳곳에 관람객을 위한 포토존이 있고, 그곳에 앉기만 하면 좋은 배경으로 예쁜 기념사진을 찍을 수 있게 한 작은 배려가 많은 관람객을 불러 모으는지도 모르겠다.

전시실로 들어서자 다른 문학관과는 달리 로비에 작가 소개와 연보, 출판된 책, 발표지면, 육필원고, 새로 구입한 자료 등 작가의 문학세계를 한눈에 볼 수 있도록 했다.

가산 이효석은 1907년 2월 23일 강원도 평창군 봉평면에서 출생, 경성제일고등보통학교를 거쳐 경성제국대학 법문학부 영어영문학과를 졸업하고, 숭실전문학교, 대동공업전문학교 교수로 재임했다.

1925년 1월 18일 〈매일신보〉에 시 〈봄〉을 선보이고, 경성제국대학 예과에 입학한 뒤 시 〈가을의 정서〉와 〈하오〉를 발표하면서 등단했으나, 1928년 《조선지광》에 단편 〈도시와 유령〉을 내놓으면서 본격적으로 소설을 쓰기 시작한다.

〈행진곡〉, 〈기우奇遇〉 등 초기작품은 사회성을 띠었고, 고전음악과 외국영화를 좋아하고 샹송도 즐겨 들었던 작가는 〈성화〉, 〈거리의 목가〉, 〈화분〉, 〈벽공무한〉 등 이국적 분위기의 작품을 썼다. 그래서 전시관도 유럽풍의 분위기였나 보다.

1930년 경성제대를 졸업한 뒤 〈상륙〉, 〈북극사신〉을 발표한다. 생활고 때문에 중학시절 일본인 스승의 소개로 총독부 경무국 검열계에 들어갔으나 꺼림칙한 마음과 주위의 따가운 시선이 걸려 한 달 만에 그만둔다.

1931년 6월 첫 창작집 《노령근해》를 간행했는데, 작품 곳곳에 등장하는 인물들이 어지러운 사회상황에 맞서 행동으로 투쟁할 것을 역설하여 '동반자 작가'라는 칭호를 얻는다. 1933년 구인회 창립회원이 되어 자연을 배경으로 한 〈산〉, 〈들〉, 〈돈豚〉을 《조선문단》에 발표하면서 순수문학으로 전환한다.

결혼하고도 여전히 가난하여 함경북도 경성농업학교 영어교사로 근무하면서 형편이 나아진다. 1935년 8월 《조선문단》에 〈성수부聖樹賦〉를 발표하고, 10월과 11월에 걸쳐 〈조선일보〉에 〈성화聖畵〉를 연재한다. 1936년 《중앙》에 〈분녀粉女〉, 《삼천리》에 〈산〉, 《신동아》에 〈들〉을, 10월 《조광》에 한국단편소설의 백미인 《메밀꽃 필 무렵》을 발표하면서 생활형편이 점점 나아져 문화생활을 누린다.

재미있게 책모양으로 만든 포토존. 생가를 복원한 초가가 정겹다.

제대로 된 버터와 배달된 우유, 밀감으로 만든 잼, 야채 스프, 모카커피, 넓은 정원 속 붉은 벽돌집, 목욕탕과 지하실, 침대가 있는 방, 서가엔 꽃, 거실엔 피아노와 축음기, 쇼팽의 초상화와 명화극장에서 보았던 여배우 사진 등에서 작가의 여유로운 삶을 느낄 수 있다.

쇼팽과 모차르트의 피아노곡을 연주하고, 꽃집에서 꽃을 사는 작가, 영화와 여행을 좋아하는 작가로 알려졌다는 것은 당시로선 독특한 취미였고, 어려운 시기에 문화생활을 향유했다는 흔적이기도 하다.

안타깝게도 작가가 누린 생활은 오래가지 못한다. 28세의 아내가 1940년 복막염으로 세상을 떠나고, 얼마 되지 않아 어린 차남을 잃었으며, 2년 후인 1942년 5월 25일 작가마저 결핵성 뇌막염으로 36년의 짧은 생을 마감한다.

문학관 전시실 안에는 작품의 배경이 된 봉평장터와《메밀꽃 필 무렵》의 배경을 모형으로 만들어 실감나게 했고, 피아노와 축음기, 레코드판, 크리스마스트리, 외국 배우 사진 등이 있는 작가의 서재는 다른 문학관에서는 볼 수 없는 격이 높은 문화수준을 보여준다.

작가의 생애와 문학활동, 교육활동, 아름다운 세상을 꿈꾸던 사람, 삶의 다양한 모습들, 삶의 흔적을 따라, 이효석의 문학지도, 가산의 문학세계, 추모사업 및 효석문화제 등을 둘러보는데 전시 품목은 문학관 크기에 반비례했다. 장수한 작가는 남겨진 유품도 많은데, 짧게 살다 떠난 작가는 남겨진 유품조차 많지 않음은 당연한 귀결이지 않을까.

문학전시실 옆방은 '메밀'이 어떤 곡식인지 설명하고 재배하는 방식이며 요리방법, 메밀껍질의 용도 등을 알려주는 학습장이다. 작가의 작품《메밀꽃 필 무렵》이 주는 파급효과가 아주 크다. 지자체의 홍보로 평창을 알리고, 봉평 사람들은 작가의 덕으로 메밀음식 천국을 만들며 바쁘게 살아가고 있으니 말이다.

문학관 앞 잔디밭 한가운데에 마련된 '집필하는 작가의 동상'은 작가와 나란히 앉을 수 있도록 만든 포토존으로 인기가 많다. 작가의 수필 〈고요한 '동'의 밤〉에서 이름을 딴 '동'이라는 카페도 보였지만 들어갈 시간이 없었다.

드넓은 이효석 문학관은 맑은 공기를 마시며 산책하기에 아주 좋다. 문학비 쪽으로 내려오며 사람들의 발길이 끊이지 않는 이유가 뭘까 생각해 보니 경관이 좋고 주변에 먹을거리가 많아서라는 답이 나온다.

문학관 정문에서 고증을 바탕으로 복원한 생가로 향하는데 야산 아래에 외따로 지어놓은 초가 3채가 시골의 정취를 물씬 풍겨 마치 고향마을로 들어서는 기분이다. 마을 어귀에 만발한 살구꽃이 봄의 그림을 한껏 덧칠해주고, 밭 가운데로 난 길을 걸어가 둘러본 생가는 옛시절을 떠올리게 한다.

생가 뒤편에 작가가 문화생활을 누렸던 평양의 '푸른 집'을 재현해 놓았다는데, 아직은 봄바람이 차가워 따뜻한 온기를 느낄 수 없었지만 작가가 행복하게 살던 집이라 눈여겨보았다.

누구의 인생이든 질곡이 있기 마련이다. 좋은 날이 있으면 궂은날도 있고, 행복을 누리면 불행도 겪는 게 인생 아닐까. 그래서 우리네 삶은 공평하다고들 하나 보다. 작가의 짧은 인생이 안타까울 뿐이다.

평창 봉평의 '이효석 문학관'을 한 바퀴 돌아 나오며 일찍 떠난 작가의 숨결을 다시 한번 느껴본다. ☆

김유정 문학촌

작가의 문학적 업적과 문학정신을 기리기 위해 김유정문학촌을 2002년 8월 개관했다. 작가의 생가 복원, 기념전시관, 부대시설, 작품의 무대인 실레마을에 문학산책로를 조성했으며, 추모제, 김유정문학제, 청소년문학축제, 김유정문학상 시상, 김유정문학캠프, 김유정백일장, 김유정신인문학상 시상, 실레마을 이야기잔치, 기획전시 등 각종 문학축제와 세미나를 개최한다.

이용안내

〈하절기 3~10월〉 09:00~18:00 〈동절기 11월~2월〉 09:30~17:00

※ 매주 월요일 · 추석 · 설날 당일 휴관 관람료 : 유료

주소 강원도 춘천시 신동면 김유정로 1430-14 김유정문학촌 **문의** 033-261-4650

인 실레
지금도
가 건해
멀리서

가'나'를
도원길>
송림길>
도련님이
고개길>
금병의숙
김유정이
수 있는
선택할 수

남서쪽으로
으로 수종이
고 등산하는
만무방길>
이 붙여진
나게 된다.
계몽운동을
력있는 테마

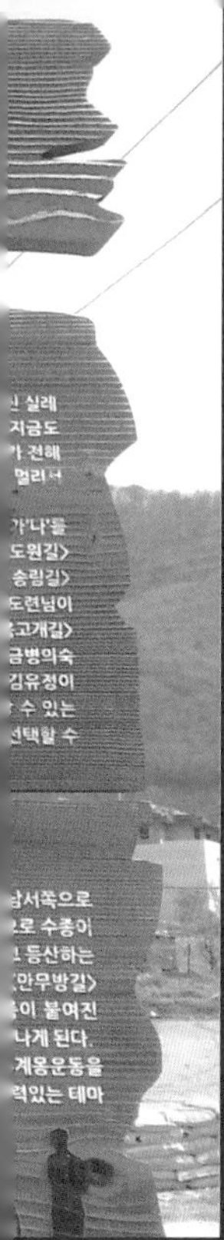

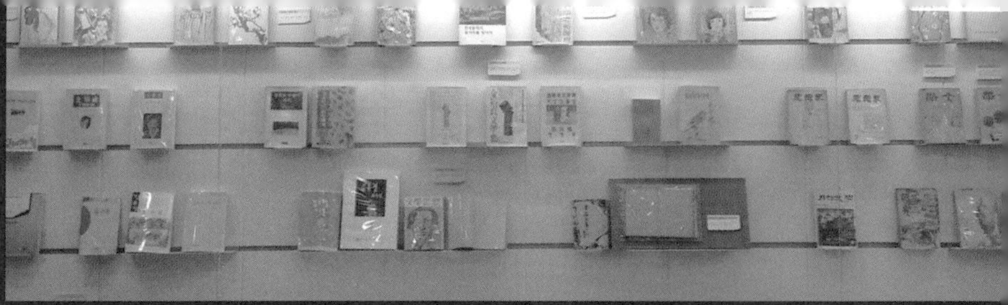

16

춘천의 실레마을
〈김유정 문학촌〉

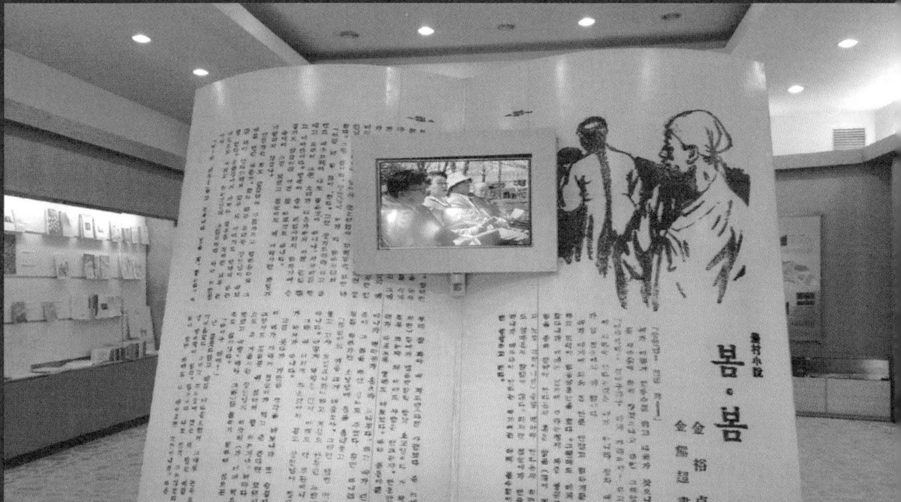

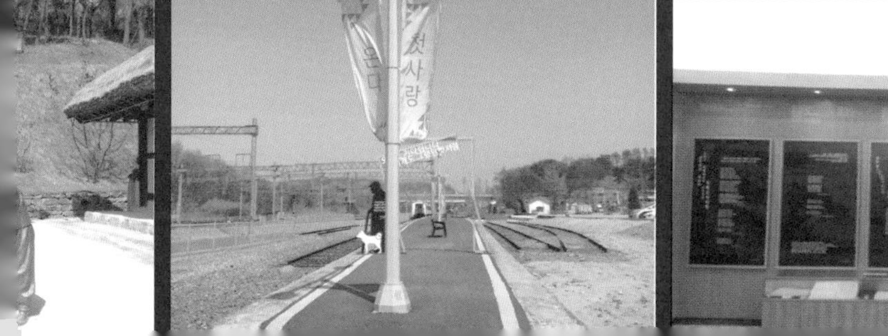

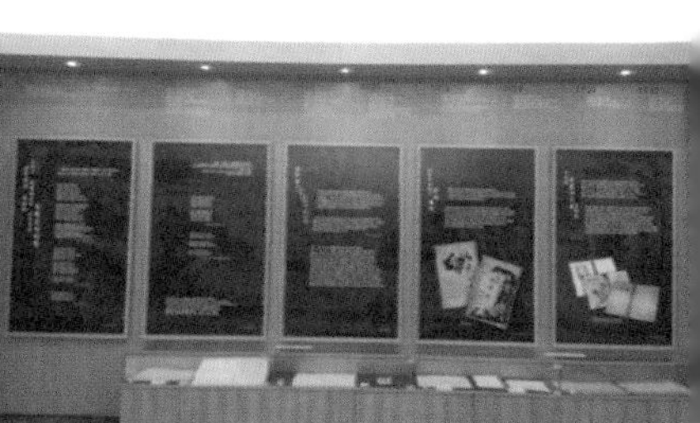

단체버스로만 다니다가 대중교통을 이용하여 다시 찾으니 감회가 남다르다. 전철 4호선과 경의중앙선, 경춘선으로 갈아타는 번거로움은 있었지만 목적을 두고 하는 여행이라 의미가 있다.

말로만 듣던 경춘선을 1시간 넘게 타고 가는데 덜컹거림이 심하다. 그래도 빈 좌석에 널찍하게 앉아 창밖을 보며 구경하는 재미도 있고, 도심에서 벗어나자 아득한 유년시절을 떠오르게 하는 시골풍경이 정겹다. 먼 산 진달래와 마을마다 노랗게 핀 개나리, 제각각 봄꽃들이 그려내고 있는 수채화가 파노라마처럼 펼쳐진다.

풍경에 취해 이런저런 생각을 하다 보니 어느새 김유정역에 도착했다. 2004년 12월 1일 철도역사 최초로 역 이름을 인물명으로 변경했다는 김유정역. 한옥기와로 된 역사건물과 역 이름까지 작가 이름이라니, 참 특이하다 싶었는데 그만한 이유가 있었던 것이다.

역에서 몇 분 거리에 있는 실레마을은 김유정 작가의 고향이다. 금병산 아래 작품 12편의 무대가 되었던 일대가 '김유정 문학촌'인데, 마을이 움푹 파인 떡시루 모양 같다 하여 '실레마을'이라 부른다. 문학촌이 역과 가까워서인지 찾는 관람객이 많다. 그래도 평일이라 북적이지 않아 마음의 여유를 가지고 이곳저곳 살피며 마을을 둘러본다.

5년 전 처음 방문했을 때는 공터뿐이더니 그 사이 건물이 빼곡히 들

김유정 기념 전시관은 전통 기와 한옥으로 지어졌다.

어섰다. 마을이 문학촌이다 보니 김유정 작품에 등장하는 무대를 곳곳에 만들어 김유정봄봄극장, 김유정이야기집, 부속실, 서점, 이쁜이네식당, 농산물판매점, 소극장, 공예방, 족욕장, 낭만누리 등 각종 이름표를 달고 옹기종기 모여 있다.

네 번째 방문이어서인지 낯설지 않고 이웃집에 온 것처럼 편안하다. 봄기운을 듬뿍 받으며 김유정기념관으로 가는데, 계단 밑 자색할미꽃들이 고개 숙여 인사하고, 그 옆엔 '동백꽃'이라 불리는 노란생강나무가 잘 기억하라는 듯 자기 이름표를 보여준다.

인기척 없는 기념관으로 들어가니 중앙에 농촌소설 《봄·봄》이 커다란 책 모양으로 펼쳐져 있고, 그 위 작은 화면에 작가와 작품을 소개하는 동영상이 혼자 돌아가고 있다. 초입에 '김유정, 그 쓸쓸하고 짧았던 생애'와 '미친 사랑의 노래'가 작가의 삶을 말해 준다.

1908년 1월 11일, 부유한 집 2남 6녀 중 차남으로 태어난 작가는 6세 때 가족이 서울 운니동으로 이사했으나 7세에 어머니를, 9세에 아버지를 여의고 모성결핍증에 말을 더듬는다. 재동공립보통학교, 휘문고보를 졸업, 1930년에 연희전문 문과에 입학했으나 명창 박녹주를 짝사랑하여

철도역사 최초로 역 이름을 인물명으로 변경한 김유정역이다.

구애하느라 결석이 잦아 두 달 만에 제적당하고 귀향한다.

24세 때 조명희, 조카 김영수와 함께 농우회 등을 조직하고, 야학당을 '금병의숙錦屛義塾'으로 개칭하여 간이학교로 인가받아 농촌계몽 활동을 벌이며 30년대 빈곤한 농촌을 체험한다.

그 후 상경한 작가는 농촌체험을 바탕으로 단편소설을 많이 남긴다. 1933년인 25세 때 〈산골나그네〉, 〈총각과 맹꽁이〉를 발표하고, 늑막염이 악화되고 폐결핵 진단을 받는다.

1935년 〈소낙비〉가 〈조선일보〉 신춘문예 현상모집에 1등, 〈중앙일보〉에 〈노다지〉가 입선, '구인회'에 가입하여 후기 동인으로 활동하면서 이상과 자주 만나게 된다. 〈금 따는 콩밭〉, 〈금〉, 〈떡〉, 〈만무방〉, 〈산골〉, 〈솥〉, 〈봄·봄〉, 〈안해〉 등 10편의 작품을 발표한다.

부원군 집안, 서울 운니동 99칸짜리에 살던 명문가는 형의 낭비벽으로 작은 집으로 이사하고, 또 이사면서 몰락한다. 그 집안의 귀한 도련님이었던 작가는 밑바닥 생활로 전락, 제대로 먹지도 입지도 못하면서도 소설 30편, 수필 12편, 편지와 일기 6편, 번역소설 2편 등 많은 작품을 남겼다.

김유정은 죽기 열흘 전 고등학교 단짝이었던 안회남(필승)에게 유서와 같은 〈필승전〉이라는 마지막 글이 가슴을 저미게 한다.

필승아, 나는 날로 몸이 꺼진다. 이제는 자리에서 일어나기조차 자유롭지 못하다. 밤에는 불면증으로 하여 괴로운 시간을 원망하고 누워있다. 그리고 맹렬히 다 아무리 생각하여도 딱한 일이다. 이러다가는 안 되겠다. 달리 도리를 채리지 않으면 이 몸을 일으키기 어렵겠다.

필승아, 나는 참말로 일어나고 싶다. 지금 나는 병마와 최후 담판이다. 흥패가 이 고비에 달려있음을 내가 잘 안다. 나에게는 돈이 시급히 필요하다. 그 돈이 없는 것이다.

필승아, 내가 돈 백 원을 만들어 볼 작이다. 동무를 사랑하는 마음으로 네가 조력하여 주기 바란다. 또 다시 탐정소설을 번역하여 보고 싶다. 그 외에는 다른 길이 없는 것이다. 허니 네가 보던 중 아주 대중화되고 흥미있는 걸로 한둬 권 보내주기 바란다. 그러면 내 50일 이내로 번역해서 너의 손으로 가게 하여주마. 허거든 네가 적극 주선하여 돈으로 바꿔서 보내다오.

필승아, 물론 이것이 무리임을 잘 안다. 무리를 하면 병을 더친다. 그러나 그 병을 위하여 엎집어 무리를 하지 않으면 안 되는 나의 몸이다. 그 돈이 되면 우선 닭을 한 30마리 고아먹겠다. 그리고 땅군을 들여, 살모사

전시실 밖에 있는 작가의 연보. 장독대 옆에 해학적인 작품 《봄·봄》의 동상이 있다.

구렁이를 십여 마리 먹어 보겠다. 그래야 내가 다시 살아날 것이다. 돈, 돈, 슬픈 일이다.

필승아, 나는 지금 막다른 골목에 맞닥뜨렸다. 나로 하여금 너의 팔에 의지하여 광명을 찾게 하여다우. 나는 요즘 가끔 울고 누워 있다. 모두가 답답한 사정이다. 반가운 소식 전해다우.

닭 30마리만 고아 먹고 싶다던 작가는 닭을 실컷 먹어보지도 못하고 1937년 3월 29일 29세로 생을 마감해 안타까움을 더해 준다. 돈이 없어 치료조차 받을 수 없었다니 가슴이 미어지듯 아프다. 지금으로서는 상상도 할 수 없는 일이 그 시절엔 빈번했다. 우리 역사에 그렇게 암울한 시절도 있었다는 사실이 우리를 슬프게 한다.

안회남은 친구 김유정에 대한 글을 많이 발표하여 작가가 어떤 생활을 했는지 생생하게 증언했다. 하지만 안회남이 1948년 월북, 그에게 맡겼던 작가의 유품들이 6·25때 분실되었다니 얼마나 안타까운 일인가.

기념관 양쪽 벽면에는 작가의 작품집과 발표했던 문학지들이 진열되어 있는데 동백꽃이 그려진 표지들이 눈에 띄었다. 그때는 출판사에서도 작품 속 동백꽃이 생강꽃인 줄 몰랐다는 얘기다. 중앙의 조형물 앞에 생강꽃이 꽂혀 있고, 그 앞에는 《봄·봄》 디오라마가 있으며, 동시대 작가들의 사진과 약력, 저서들을 한눈에 볼 수 있게 했다.

작가와 작품세계를 소개하고 있는 모니터. 동백꽃이라 불리는 노란 생강꽃이 활짝 피었다.

기념관을 한 바퀴 돌아 나오는데 남자해설사가 나와서 한 가지 정보를 귀띔해주는데 수긍이 가는 얘기다. 김유정의 작품 중에는 러브스토리가 많은데 정작 가장 중요한 단어 '사랑'이란 말이 한 번도 나오지 않는다는 거다. 김유정 작품집을 읽었지만 그 점은 발견하지 못했는데 뜻밖의 정보여서 감사했다.

사랑이라는 말이 없어도 그 지방의 토속어와 해학으로 충분히 사랑을 표현했다는 것은 김유정 작가만이 할 수 있는 놀라운 재능이다.

기념관 옆에 작가의 동상이 우뚝 서 있고, 작가의 조카가 한 증언에 따라 복원했다는 생가가 시골집처럼 아늑하게 보인다. 화사하게 핀 돌단풍 꽃이 햇빛바라기하고 있는 모퉁이를 돌아 뒤뜰로 해서 나왔다. 장독대 앞에 해학적인 동상이 눈에 들어온다.《봄·봄》에 나오는 대화가 무척 재밌다.

"글쎄 이 자식아! 내가 크지 말라구 그랬니 왜 날보구 떼냐?"

"빙모님은 참새만한 것이 그럼 어떻게 앨 낳지요?"

(사실 장모님은 점순이보다 귓배기 하나가 작다)

생가 앞에는 부잣집의 상징인 정자와 연못이 있다. 잠시 앉아 봄볕을 받으며 작가의 애틋한 사랑과 돈이 없어 그토록 먹고 싶었던 닭조차 마음껏 먹지 못하고 떠난 작가를 생각한다. 실연의 아픔이 주옥같은 명작을 남긴 것이라 치더라도 명문가의 부잣집 도련님이 몰락하여 빈한하게 살다가 29세에 요절했다는 사실은 두고두고 가슴 아프게 할 것 같다. ☆

월하 문학관

화천군에서는 '한국시조시인협회'를 발족하고 최초의 시조전문지인 《시조문학》을 발간하며 현대시조시인들의 발판을 마련한 월하 이태극 작가의 문학세계와 얼을 기리고 선양하기 위해 유족들이 기부한 담배파이프 등과 작가가 화천문화원에 남긴 친필원고와 박두진, 조병화, 구상, 김남조, 모윤숙 등 당대 문인들과 교류한 편지들과 사진 등의 자료를 모아 2010년7월 17일에 개관하고, 제1회 월하문학축제를 개최했다. 월하문학관은 지하 1층 지상 2층에 다목적실과 생활관, 수장고, 전시실, 집필실 등을 갖추고 있다.

이용안내

관람시간 : 09:00 ~ 18:00 (마감시간 30분전까지 입장가능)

※ 매주 토요일 · 추석 · 설날 당일 휴관

주소 강원도 화천군 화천읍 호음로 1014-16 **문의** 070-8885-3434

17

화천 산골에서 만난 이태극 <월하 문학관>

서울과 수도권의 문학관 탐방은 대중교통을 이용하여 다니기가 수월했다. 하지만 지방에 있는 문학관 탐방은 실시간 스마트폰 앱 지도의 안내를 따라 갔음에도 낭패를 본 경험이 많아 몸을 사리게 한다.

남편에게 강원도 문학관 탐방에 동행해 줄 것을 부탁했는데 의외로 쉽게 응해준다. 해외여행이 아닌 국내여행이라는 말에 부담이 없었는지 바쁜 시간을 할애하여 기꺼이 운전자가 되어준 남편 덕분에 강원도 일주를 편히 하게 됐다.

'월하 이태극'은 어떤 분일까. 내게는 생소한 이름이라 열심히 자료를 찾아본다. '한국시조시인협회'를 발족하고, 최초의 시조전문지인 《시조문학》을 발간하는 등 현대시조시인의 발판을 마련하기 위해 부단히 노력한 시조시인이란다. 문학관 탐방이 아니었으면 모르고 살았을 텐데 다행이다.

강원도 최북단에 있는 화천읍 동촌리 34를 입력하고 '월하 문학관'으로 향하는데 마음이 설렌다. 서울외곽순환도로를 타고 가다 서울양양고속도로로 진입, 금요일이어서 차가 막힘없이 잘 달려 중앙고속도로로 들어서 춘천 IC를 지나자 그제야 반가운 지명이 나오기 시작한다. 파라호를 지나, 화천 방면, 풍산리, 평화로를 달리며 곧 나오겠지 했는데 굽이굽이 산길은 끝없이 이어진다. 낯선 길이 멀게만 느껴져 우리나라가

마을 건너편 산자락에 자리한 문학관이 웅장하다.

참 넓다는 생각을 했다.

강원도 산골짜기 어디쯤에 문학관이 있을까. 지도를 보니 곧 나올 것 같은데 사방을 둘러보아도 첩첩 산들 뿐, 인적이 없으니 남편이 옆에 있는데도 약간 겁이 났다.

얼마를 달렸을까. 우회로 꺾어 좁은 도로를 따라 들어가니 논과 밭이 보이고 마을이 나타나니 캄캄한 바다에서 등대를 만난 것처럼 무척이나 반갑다. 평화로워 보이는 마을 건너편 산자락에 봄빛을 받고 있는 큰 건축물이 눈에 들어와 옳지 싶었다. 과연 '월하 문학관'이었다. 산골짜기에 그처럼 웅장한 건물이 있다니 경이롭다. 내비게이션은 임무를 마쳤다고 종료했고, 남편은 문학관 초입에 나를 내려주고 주차장으로 들어간다.

논 가운데로 난 길을 천천히 걸어가며 문학관 전경을 사진으로 담는다. 길가에 옹기종기 모여 있는 샛노란 민들레와 봄바람에 춤추고 있는 보랏빛 제비꽃을 들여다보며 느긋하게 봄 향기에 젖어본다.

서울 수도권엔 이미 꽃들의 잔치가 끝났는데 강원도는 그제야 꽃들의 향연이 펼쳐지고 있다. 첩첩산중에 진달래꽃이 수를 놓았고, 벚꽃과 조팝나무, 개나리가 봄을 알리는 중이다. 좁은 이 땅에서도 날씨는 자연의 섭리에 충실히 따르고 있다.

너른 산자락에 자리한 '월하 문학관'에 봄바람과 봄 햇살이 찾아와 놀고 있다. 대중교통으로는 찾기 힘든 곳이라 좋은 시설물의 활용도가 떨어질까 안타깝다.

독특한 건축양식과 건축미가 수려한 월하 문학관은 조용한 산골짜기와 대비되어 위엄 있어 보인다. 안으로 들어가니 시야가 확 트인 넓은 장소에 음악이 흐르고, 자리를 지키고 있던 담당자가 반겨준다. 월하 선생님의 제자라는 인연으로 그곳에서 일하게 되었다며 앞으로 작가들이 문학관 해설사로 일할 수 있을 거라는 귀한 정보를 들려준다.

1층에서 사방 벽에 걸려있는 시화작품부터 감상하고 2층 전시실로 올라갔다. 2층으로 오르는 계단에 월하 시조문학상 역대 수상자들의 사진이 걸려있고, 2층 입구에 있는 문학관 종합안내도가 관람하는데 도움이 됐다. 작가의 전신 초상화가 하도 생생하여 금세 걸어 나오실 것 같다.

전면에 작가의 작품 〈삼월은〉이 조명을 받아 선명하게 보이고, 그 바로 옆 전시실 문 안쪽의 '月河(월하)'라는 글씨가 눈길을 잡아끈다. 1913년 7월 16일, 화천군 간동면 방천리 방구매에서 출생하여 2003년 4월 24일 작고할 때까지의 삶이 일목요연하게 전시되어 있어 작가를 이해하는데 큰 도움이 되었다.

작가가 어떤 활동을 했는지를 알려면 연보부터 봐야 한다.

월하 이태극 상이 제일 먼저 눈에 띈다. 전시실 안쪽에 호를 디자인 요소로 사용했다.

하늘색 마고자를 걸친 작가가 살아있는 듯하다. 로비에는 시화작품들이 걸려있다.

아호는 월하, 1937년 와세다대학 전문부 2년을 수학, 1950년 서울대학교 문리과대학 졸업, 1974년 이화여자대학교에서 문학박사 학위를 받았다. 춘천여자고등학교와 동덕여자중학교 교사를 거쳐 1953~78년 이화여자대학교 교수로 재직했다.

1956~60년 국어국문학회 대표이사, 1955~93년 세종대왕기념사업회 이사, 1964년 한국시조작가협회 부회장, 1966~73년 한국문인협회 시조분과 회장 역임, 1960년《시조문학》창간.

작가활동의 결과물이라 작품연보도 빼놓을 수 없을 만치 중요하다.

1953년 시조 〈갈매기〉를 발표하고 문단활동을 시작한 이후, 〈노들언덕〉, 〈청산이여〉 등 많은 작품을 발표했고, 1955년 〈한국일보〉에 발표한 작가의 대표작 〈산딸기〉는 수채화처럼 그려지는 작품이다.

> 골짝 바위 서리에 빨가장이 여문 딸기
> 가마귀 먹게 두고 산이 좋아 사는 것을
> 아이들 종종쳐 뛰며 숲을 헤쳐 덤비네 (하략)

제1시집《꽃과 여인》(1970), 제2시집《노고지리》(1976),《시조개론》(1958),

화천댐으로 수몰된 작가의 마을 풍경. 여닫이 문 속 작품 전시 아이디어가 참신하다.

《시조연구논총》(1965), 《고전문학연구논고》(1973), 《시조의 사적연구》(1974), 《덜고 더한 시조개론》(1992)이 있다. 1977년 노산문학상, 1983년 외솔상, 1986년 육당시조문학상, 1990년 대한민국문화예술상을 수상했다.

자녀들, 아내, 나의 가족들, 월하 이태극의 뿌리를 상세하게 소개한 점이 특이하고, 작가가 생전에 쓰던 도장, 문구류, 안경, 인주, 회중시계, 경로우대증, 모자, 지갑, 담뱃대, 앨범, 호적등본이 낯익어 친근감을 준다.

화천댐으로 수몰된 작가의 고향마을을 재현해 놓은 마을 전경이 우리네 고향마을과 닮아 추억을 상기시켜 준다.

'배움의 시간들'을 들여다보면 놀라울 정도다. 35세에 대학생이 되고 문학박사, 논문과 연구저서 등 끊임없는 열정으로 자기발전을 꿈꾸며 성장한 작가다. '교단생활과 취미생활'을 통해 지인들과 소중한 인연을 이어가고, '시조의 개념과 현대시조의 특성, 시조문단의 흐름, 현대시조의 발판, 국문학 연구 활동'은 작가의 시조문학에 대한 애정을 극명하게 보여준다.

'한국시조시인협회'를 발족하고 최초의 시조전문지인 《시조문학》을 발간하며 현대시조시인들의 발판을 마련하기 위해 애썼던 거장의 발자취가 마음속까지 전해온다.

세상엔 거저 얻어지는 것은 없다. 현대시조가 자리 잡기까지는 보이지 않는 누군가의 헌신이 있었던 결과다. 그래서 작가의 작품들이 더 소중하게 느껴진다.

시선이 집중되도록 작품을 한 편씩 여닫이문 속에 전시한 아이디어가 참신하고, 사이사이 공간을 활용한 작은 유리전시관 속 작품집 전시 역시 보는 이를 즐겁게 한다. 작가의 단아한 서재가 눈에 띈다. 하늘색 마고자를 입고 앉은뱅이책상 앞에 앉은 작가의 모습이 생생하다.

'작품과 역사'는 자세히 들여다봐야만 보인다. 1930년에서 2000년대까지 어떤 작가가 태어나고 언제 작고했는지 적혀 있다. 동시대에 활동한 작가들의 이름은 이미 학창시절에 공부했던 이름들이어서 반갑다.

제자들이 쓴 '월하 스승님을 기리며'와 작가의 작품이 다양한 모습으로 전시된 전시실을 한 바퀴 돌아보니 작가의 숨결이 진하게 느껴진다.

2010년 7월 17일에 개관, 한국시조문학의 거목인 월하 이태극 작가를 기념하기 위해 세워진 '월하 문학관' 1층엔 월하문학제와 월하시조백일장 등 여러 행사와 강좌가 열리는 다목적실이 있고, 쉼터가 있으며 문인들을 위한 집필실도 갖추고 있다.

평화로운 산골짜기에 자리 잡은 '월하 문학관', 다시 찾을 기회가 있다면 하룻밤 묵으며 시인의 발자취를 재음미해 보고 싶다. ☆

박인환 문학관

2012년 10월 5일 개관한 박인환 문학관은 1950년대 문단의 모더니스트 그룹을 이끌며 도시풍의 시를 쓰고 숱한 에피소드를 뿌린 '댄디보이', 모더니스트 시인들의 아지트가 된 '마리서사' 모더니즘 시운동 시초가 된 선술집 '유명옥', 포엠과 동방싸롱, 모나리자 다방 등 명동신사의 활동무대와 한국전쟁 후의 명동시절을 영화세트장처럼 실감나게 재현해 놓았다. 지하 1층, 지상 2층에 상설전시실, 기획전시실, 다목적실로 구성된 아담한 문학관이다.

이용안내

관람시간 : 09:00~18:00 ※ 매주 월요일, 설날, 추석 당일, 공휴일 다음날

주소 강원도 인제군 인제읍 인제로156번길 50 **문의** 033-462-2086

18

명동신사의 활동무대

인제 <박인환 문학관>

우리에게 친숙한 〈목마와 숙녀〉, 〈세월이 가면〉의 작가를 만나러 가는 길이 기대감으로 무척 설렌다. 젊은 세대들은 명동신사로 불렸던 박인환 작가를 알고 있는지 궁금하다.

작가 박인환은 1950년대 '신시론'과 '후반기' 문단의 모더니스트 그룹을 이끌며 도시풍의 시를 쓰고 숱한 에피소드를 뿌린 그야말로 '댄디 보이'다. 라디오의 단골메뉴였던 "한 잔의 술을 마시고 우리는 버지니아 울프의 생애와 목마를 타고 떠난 숙녀의 옷자락을 이야기 한다"로 시작되는 〈목마와 숙녀〉의 작가이자, 가수 박인희가 통기타를 치며 청아한 목소리로 부르던 〈세월이 가면〉의 작가가 박인환이다. 그 멋진 작가가 31세의 젊은 나이에 심장마비로 세상을 떠났다는 사실이 안타깝다. 조금만 더 살았더라면 좋은 작품을 더 많이 만날 수도 있었을 테지만, 인명은 재천이라고 일찍 떠난 것도 그분의 운명이었을까.

2012년 10월 5일 개관했다는 '박인환 문학관'은 인제읍 인제로 156번길 50 '인제산촌민속박물관' 옆에 있다. 작은집처럼 아담한 문학관 마당에 서 있는 상반신 동상이 인상적이다. 바람에 휘날리는 넥타이, 펜을 들고 있는 잘생긴 작가의 동상 안에 포토존이 있지만 자세히 살피지 않으면 모르고 지나칠 수도 있다. 코트 자락 안쪽 의자에 앉아 사진을 찍으면 마치 작가의 품에 안긴 것처럼 보인다. 여느 문학관에서는 볼 수 없

문학관 앞마당에는 작가의 상반신 동상으로 된 포토존이 있다.

는 참신한 발상이다.

문학관 안으로 들어가면 오른쪽 유리문에 쓴 작가의 연보가 먼저 눈에 띄는데 왜 유리문에 연보가 있을까?

작가는 1926년 8월 15일, 강원도 인제 상동리에서 부친 박광선과 모친 함숙형 사이에서 4남 2녀 중 장남으로 출생, 부친 박광선은 당시 중등교육을 받고 면사무소에 근무했다. 1933년(8세)에 인제공립보통학교에 입학하지만 1936년 서울로 전학한다. 1939년 경기공립중학교에 입학했으나 중퇴, 한성학교 야간부를 거쳐 황해도 재령의 명신중학교에 편입하여 졸업한다.

부친의 권유로 3년제 관립학교인 평양의전에 진학했지만 광복이 되자 서울로 내려온다. 1945년에 종로3가 2번지에서 서점 '마리서사'를 운영하면서 김광균, 이한직, 김경린, 오장환, 김기림 등과 교유한다.

1946년 〈국제신보〉에 〈거리〉를 발표하며 시인으로 등단, 1948년 이정숙과 혼인하고 동인지 《신시론》 제1집을 발간한다. 1955년에 무역선 '남해호'를 타고 미국에 다녀왔으며 《박인환 선시집選詩集》 발행, 1956년 3월 20일 오후 9시에 심장마비로 작고한다.

모더니스트 시인들의 아지트 '마리서사'에 드나들던 작가들이 보인다.

작가의 연보는 짧은 인생만큼이나 간결하다. 그래서 연보가 유리문에 있었던 것일까? 식물로 장식한 공간을 지나자 "방문을 환영합니다"란 커다란 글씨가 인사하고, 작가의 삶을 소개하는 모니터의 영상이 제일 먼저 반긴다. 〈목마와 숙녀〉를 읊조리며 문학관 안으로 들어간다.

지금까지 보지 못했던 특별한 전시실이 좁은 공간에 펼쳐져 있는데 타임머신을 타고 옛 명동으로 돌아간 기분이다. 영화포스터가 붙여진 전용광고판과 그 앞에 작가의 모습이 실물 크기로 서 있다. 그 뒤로 모더니즘 대표작가의 명동시절을 영화 세트장처럼 재현해 놓아 마치 40~50년대 명동 골목을 걷는 기분이다.

모더니스트 시인들의 아지트가 된 '마리서사'는 오장환이 낙원동에서 운영했던 서점을 인수받았다. 이곳에 장 콕토, 앙드레 브르통 등 세계 문인들의 작품과 문예지, 화집 등이 있어서 정지용, 오장환, 김기림, 김광균, 이봉구, 김수영, 장만영, 양병식, 김병욱, 김경린, 조향, 이봉래 등의 작가들이 즐겨 찾았고, 모더니즘 시운동의 발상지가 된다.

또 하나 모더니즘 시운동의 시초가 된 선술집 '유명옥'은 충무로 4가에서 시인 김수영의 어머니가 운영하던 빈대떡 집이었고, 위스키 시음

장으로 문을 연 뒤 값싼 양주를 공급해 예술인들의 사랑을 받았다는 '포엠'과 종합문예회관 역할을 했던 '동방싸롱'도 보인다. 역시 예술인들이 즐겨 찾았던 '봉선화 다방'도 실감나게 재현해 놓았다.

차 한 잔에 150원, 200원 하는 메뉴판과 카운터, 클래식 레코드판, 의자와 탁자, 전화기, 벽시계, 벽에 걸린 영화 포스터 〈마음의 행로〉가 타임머신을 그 시절로 돌려놓은 것 같다.

40년대 고전영화 〈마음의 행로〉는 내가 무척 좋아하는 영화다. 흑백영화의 장점이 고스란히 남아있는 시공을 초월한 영화여서 지금 보아도 감동적이다. 요즘 디지털 세대들은 진부하다고 할지도 모르지만 우리 세대의 정서와 맞아 기억하고 있는 분들도 많을 것이다.

나무계단을 타고 올라가니 2층에 '은성'이란 간판이 보인다. 명동 어귀에 자리 잡고 있던 '은성'은 탤런트 최불암 어머니가 운영하던 술집으로 가난한 예술인들이 단골로 드나들던 명소였다. 마음 놓고 외상술을 마시며 문학과 예술을 논하고, 명동의 낭만을 누렸다는데 박인환, 변영로, 이봉구, 전혜린, 한하운, 천상병, 김수영 등 문인들이 가장 많이 찾았던 곳이란다.

2층에서 1층을 내려다보니 명동신사의 활동무대인 명동골목이 한눈

모더니즘 시운동의 시초가 된 선술집 '유명옥'은 김수영의 어머니가 운영했다.

에 들어와 향수를 느끼게 해준다. 삶은 궁핍했지만 문학이 있고 예술이 꿈틀거리던 낭만의 시대가 스크린처럼 지나간다.

박인환 작가는 통속적인 것을 싫어하고, 원고를 쓸 때는 구두점 하나에도 몹시 까다롭게 굴었으며 싫어하는 사람과는 차도 한잔 마시지 않을 정도로 결벽증이 있었다고 한다.

훤칠한 키에 얼굴도 잘생기고 당대의 문인 중 최고의 멋쟁이, '댄디보이'여서 여름에도 정장차림을 했고, 두툼한 양복과 바바리, 머플러, 모자를 쓸 수 있는 겨울을 더 좋아했다는 작가는 애서가이기도 했다. '마리서사'에 진열해 놓은 책은 작가가 소장한 책이 많았고, 때가 타지 않도록 책을 소중하게 다루었으며 책 욕심이 많았지만 서점은 얼마 가지 않아 문을 닫았다.

경향신문사와 대한해운공사에 다니며 작품을 발표하고, 1955년 10월 첫 시집《박인환 선시집》을 출간, 첫머리에 '아내 정숙에게 바친다'는 헌사와 총 4부 56편 속에는 작가의 대표작이 거의 다 실렸다는데 몹시 읽고 싶게 만든다.

재치도 많고 영화도 좋아했던 작가는 유두연, 김소동, 이진섭 등과 명동거리를 누볐고 이봉구, 이봉래, 김규동, 양병식, 장만영, 조병화, 김광균, 송지영 등의 문인들, 화가들, 술집 마담들과 교유하며 사랑을 많이 받았다니 그나마 다행이다.

종합문화회관 역할을 했던 '동방싸롱'과 전문고전음악 다방이었던 '봉선화'.

인생은 통속적인 대중 잡지의 표지에 지나지 않는다고 노래한 박인환 작가는 1956년 3월 20일 밤 9시 31세의 나이로 세상을 떠난다. 누구보다도 이상李箱을 좋아했던 작가는 이상의 기일에 즈음하여 그의 생애와 문학을 기리며 많은 술을 마셨고, 그게 화근이 되어 세상을 떠났다는 가슴 아픈 얘기다.

갑작스러운 부음에 놀란 문우들은 작가의 집에 모였고, 장례는 시인장詩人葬으로 치러졌다. 망우리에 묻힐 때 친구들은 그가 좋아하던 조니 워커와 카멜 담배를 함께 묻었다는 일화가 전해오고 있다.

2층의 기획전시실엔 '마리서사'라는 작은 도서관이 있고, 사진전에서 입상한 작품들과 시화작품, 문학관의 사계 등이 걸려 있어 찾아오는 방문객들에게 볼거리를 제공하고 있다.

다른 문학관에 비하면 작은 편지만 그 어느 곳 못지않게 많은 이야기가 담겨 있는 특별한 문학관이었다고 할까. 정감이 묻어나는 문학관을 나오며 명동의 엘레지로 알려진 〈세월이 가면〉을 흥얼거리며 직장 생활했던 70년대의 명동을 떠올려본다.

지금 그 사람 이름은 잊었지만
그 눈동자 입술은 내 가슴에 있네.
바람이 불고 비가 올 때도
나는 저 유리창 밖 가로등
그늘의 밤을 잊지 못하지. ☆

넷

예향의 고을마다 문학이 둥지 틀다

목포 문학관

목포 문학관은 우리나라 최초의 4인 문학관이다. 근대극을 최초로 도입한 극작가 김우진, 최초로 장편소설을 집필한 소설가 박화성, 사실주의 연극을 완성한 극작가 차범석, 평론 문학의 독보적 존재 문학평론가 김현의 문학세계와 발자취를 한눈에 볼 수 있도록 목포 갓바위문화타운에 지상 2층 건물로 1층 박화성관과 차범석관, 2층 김우진관, 김현관으로 꾸며 2007년 10월 9일 개관했다.

이용안내

관람시간 : 09:00~18:00

※ 매주 월요일 · 1월 1일 휴관

관람료 : 유료 (관람시간 종료 1시간 전 매표마감)

주소 전라남도 목포시 남농로 95 (용해동)

문의 061-270-8400

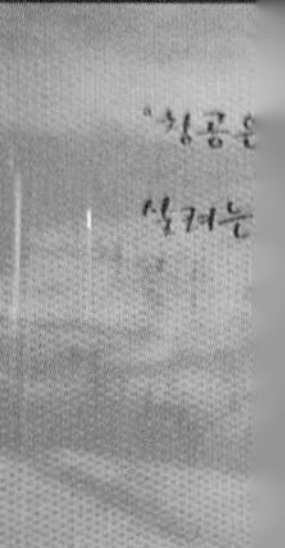

19

김우진 박화성 차범석 김현
4인 <목포 문학관>

오래 전 목포에 갔을 때는 다른 도시보다 낙후된 모습에 어떤 서글픔이 목줄을 타고 내려갔는데, 이번에 가서 보니 아주 깔끔하고 환골탈태한 모습이 보여 약간 치유된 느낌이었다.

갓바위문화타운 부근에 예약한 숙소에 짐을 풀고 바닷가로 갔다. 바닷가 주변이 몰라볼 정도로 탈바꿈되었고, 끝없이 이어진 산책길과 해안의 데크로 된 산책로에는 사람들로 붐볐다.

주말이라 많은 시민과 관광객이 '평화의 광장'이라 불리는 그 긴 데크 스탠드에 앉아 있기에 무슨 일인가 싶어 합류했다. 곧이어 신나는 음악이 나오고 바다 가운데서 분수가 춤을 추며 화려하게 뿜어 나왔다. 불꽃쇼는 봤지만 그처럼 아름다운 바다분수는 처음이라 신기했다.

신청곡을 들려주고 신청사연과 신청자 이름까지 분수로 만들어 보여주었다. 음악도 클래식부터 최근 인기곡까지 다양해 어깨가 절로 움직일 정도로 신나고 화려한 분수 쇼라 우리만 감상하기 아까워 동영상으로 담았다. '목포 춤추는 바다분수'가 유명하다는데 몰랐다. 우연히 들러 감상했으니 그것도 작은 행운인가?

다음날 아침 일찍 개관 시간에 맞춰 목포문학관을 찾아가는데 비가 많이 와서 불편하고, 진입로가 좁아 웅장한 건물의 전경은 찍지 못해 아쉽다.

'목포 선구 문학의 얼과 혼을 담다'의 조형탑에 4인의 작가를 소개했다.

1층 로비 가운데 있는 '목포 선구 문학의 얼과 혼을 담다'의 조형석탑 아래 빙 돌아가며 소개한 작가 네 분의 사진을 보니 차범석, 박화성 작가는 알겠는데 김우진, 김현 작가는 어떤 분일까 호기심이 생긴다.

제일 궁금한 분부터 만나보고 싶지만 1층에서부터 차분하게 보면서 올라가는 게 나을 것 같아 관람료 2000원을 내고, 마주보고 있는 박화성관, 차범석관 중 연장자인 왼쪽 '박화성관'부터 들어갔다.

최초의 여류 장편소설가 '박화성관'

'박화성관' 입구에 있는 글판이 눈길을 끈다.

> 목화 꽃 송이송이 들녘에 피고
> 푸른 물결 다도해를 감돌아드네.
> 육지도 열리고 바다도 열려
> 세계의 사연이 오고가는 곳
> -박화성 선생 〈목포의 찬가〉 중에서(정안 현재택 새김)

한국 최초의 여류 소설가 박화성. 여류작가답게 집필실이 정갈하다.

입구 맞은편 흉상은 여느 문학관처럼 가장 눈에 잘 띄는 자리에 있다. 분별이 잘 안 가는 흉상보다 인물이 또렷한 사진이 더 좋던데 문학관마다 비슷한 걸 보면 어떤 이유가 있나 보다.

작가가 어떤 분인지 자세히 알고 싶어 연보부터 살펴본다.

작가는 1903년 4월 16일 목포시 죽동 9번지에서 2남 2녀 중 막내딸로 태어난다. 본명은 경순, 목포정명여학교에서 성적이 좋아 월반했으며 교회에 다니는 어머니가 빌려다 준 많은 책을 읽고 문학이 자리 잡는다.

열한 살 때 《유랑의 소녀》라는 소설을 쓴 후 '꽃의 성'이라는 뜻의 아호 '화성花城'을 스스로 지어 쓴다. 어린 나이에 소설을 썼다는 것도, 호까지 스스로 지었다는 것도 놀랍다. 더 놀라운 것은 서울 정신여학교에 다니다 숙명여학교로 전학해 졸업 후 15세 때부터 교편생활을 한 것이다.

그 시절엔 가정형편도 어렵고, 농사일을 돕느라 늦게 입학하는 일이 부지기수여서 말이 초등생이지 덩치 큰 총각 같은 학생이 많았다. 그런 학생을 나이 어린 선생님이 가르치다니…. 그나마 요즘 사정과는 달리 그 시절엔 선생님의 그림자도 안 밟는다고 할 정도로 존경 받고 위엄이 있어 다행이었다 할까. 너무 어려서 '아기 선생님'이란 별명이 따라다녔다니 이해할 만하다.

우리나라 최초로 장편소설을 쓴 여류소설가로 알려진 박화성은 결혼하고 일본 유학도 하고, 이광수의 추천으로 1925년《조선문단》1월호에 〈추석전야〉를 발표하면서 본격 문단활동하며 많은 작품을 남긴다.

한국여성문단의 발판을 마련한 대모요, 선구자로서 1988년 1월 30일, 췌장암으로 85세에 돌아가실 때까지 4남 1녀의 엄마로, 소설가로 빈틈없이 살며 성공을 이뤄낸 의지의 여류작가다.

작가의 대표작《백화》는 여성 최초로 〈동아일보〉에 연재한 장편소설이다. 장지長指에 굳은살이 박일 정도로 심혈을 기울여 쓴 작품, 몇 번의 수정과 퇴고를 거듭한《백화》는 고려 말 간신들의 모함으로 억울하게 아버지를 잃은 주인공 일주가 고난과 역경 속에서 기생이 되어 아버지의 억울함도 풀고, 죽마고우였던 연인과 해후하여 행복하게 살아간다는 얘기다. 그 규모와 구성, 문체, 묘사 등이 여성이 쓴 작품일리 없다는 논란을 일으켰지만, 이후 발표한 작품들을 보고 세간의 의구심들이 사라진다. 그만큼 잘 썼다는 얘기다. 그래서 타원형의 커다란 벽을 신문에 연재한《백화》의 내용으로 장식했나 보다.

'생애와 문학'엔 작가의 젊은 시절 사진과 발표한 작품들이 시원스럽게 전시되었고, '작품세계'에는 스크랩한 신문의 연재작품들과 귀한 작품집들이 옹기종기 모여 있다.

'작품 속 소설 공간'은 목포를 소재로 한 작품들로 〈추석전야〉, 〈하수도공사〉, 〈두 승객과 가방〉, 〈신혼여행〉, 〈헐어진 청년회관〉, 〈떠내려가는 유산〉, 〈이발사〉, 〈비탈〉,〈홍수전후〉, 〈고향 없는 사람들〉, 〈호박〉 등이 있다. 신안 도서지방이 등장하는 작품 〈논 갈 때〉, 〈중굿날〉, 〈부덕〉, 〈광풍 속에서〉와 목포를 중심으로 해남, 무안, 신안, 나주, 함평 등을 배경으로 일제식민지 삶의 모순을 소설로 써낸다.

작품 속에서 그 시절의 목포와 배경이 된 지역을 볼 수 있기 때문에 역사적 기록서로도 가치가 있고, 작가의 고향마다 문학관이 우후죽순으로 생기는 이유도 바로 이 때문이 아닐까.

재봉틀, 장갑, 우산과 양산, 고무신과 한복, 액자 등이 전시된 생활유품관과 정리정돈이 잘된 정갈한 집필실은 작가가 여성임을 보여준다. 타원형 전시관에 핸드백과 구두, 부채류, 보석류, 다기세트, 스푼, 다듬이, 옹기, 약탕기 등에서는 생활인 주부와 엄마의 향기가 진하게 전해온다. '안방'의 옛날 옷장과 이불이 예전의 할머니 방과 닮았다.

작가의 4남 1녀가 모두 문학을 전공한 것을 보니 종두득두라는 사자성어가 생각난다. 장남 천승준, 차남 천승세, 삼남 천승걸, 맏며느리 이규희, 막내며느리 정혜원까지 문인가족을 이루었다니 '콩 심은 데 콩 나고, 팥 심은 데 팥 난다'라는 말을 제대로 증명한 것 같다. 늘 글 쓰는 엄마를 보고 자라 그 영향이 컸음을 보여준 예다.

'기념사업' 전시관과 영화촬영 스튜디오에서 찍은 대형사진은 소설 〈내일은 태양〉과 〈고개를 넘으면〉이 영화화 된 것을 기념한 거였고, 상당히 넓은 원형 전시실을 가득 메운 문학관이라 볼거리도 많다.

〈전원일기〉의 초기작가 '차범석관'

입구에서 작가의 커다란 사진을 보니 반갑고, 매스컴을 통해 많이 뵙던 분이라 친숙하게 느껴진다. 전시실 한가운데 있는 작가의 흉상이 제일 먼저 눈에 들어왔지만 연보부터 살펴봐야 이해가 빠를 것 같다. 연보는 작가의 생애를 한눈에 볼 수 있도록 아주 상세하게 기록한 이력서다.

전시실 입구의 작가 사진과 작가의 유품들 중에는 〈전원일기〉 대본이 놓여있다.

작가는 1924년 11월 15일 목포시 북교동 184번지에서 3남 2녀 중 차남으로 태어나 목포에서 공부했고, 교사생활을 한다. 연희대에서 공부하며 교내 '극예술 연구회'를 조직, 연극 활동을 시작했을 때가 24세다.

1955년 〈조일일보〉 신춘문예 희곡부문에 〈밀주〉가 가작으로 입상, 1956년 〈조선일보〉 신춘문예 희곡부문에 〈귀향〉 당선, 이후 2006년 6월 6일 82세로 작고할 때까지의 활동은 참으로 대단하다. 극작가, 연출가인 작가의 눈부신 활동은 매스컴을 화려하게 장식할 정도였으니까.

작가의 활동내용을 생생하게 전하는 널찍한 전시실을 한 바퀴 돌아본다. 빛바랜 육필원고들이 보이고, '생애와 문학' 전시관의 결혼사진, 애기사진 등 옛날 옛적 가족사진들이 재미있다. 각종 임명장과 위촉장, 명패, 낡은 가죽가방, 공책 등이 타임머신을 옛 시절로 돌려놓은 것 같다.

'작품세계'는 포스터로 장식했다. '차범석 선생 연극계 등단 50주년 기념공연 〈그 여자의 작은 행복론〉', '제5회 대한민국연극제 희곡상 수상', '82년도에 세종문화회관 별관에서 공연한 〈학이여, 사랑일레라〉', 그밖에 활동한 흑백사진과 자료집 등으로 메웠다.

'작품 활동' 전시실도 볼거리가 많다. 작가가 앉아 있는 큰 사진이 실물처럼 느껴지고, 〈활화산活火山〉, 〈약산藥山의 진달래〉, 〈공상도시空想都

市〉, 〈꽃바람〉 표지와 작품들이 설명과 함께 진열되어 있다.

'자선 대표작'을 살펴보면 대표작 공연사진들을 액자에 넣고 그 옆에 설명판과 포스터, 공연사진 앨범이 보인다. 〈새야 새야 파랑새야〉, 〈장미薔薇의 성城〉, 〈산山불〉 등이다. 〈산불〉과 관련된 책과 육필원고, 포스터가 많은 것은 작가의 가장 대표적 작품이기 때문이다.

'차범석연극재단'과 '차범석과 방송, 생활유품' 전시관에는 최장수 드라마로 인기 많았던 MBC의 〈전원일기〉를 1회부터 48회까지 집필한 원고뭉치와 육필원고 등 유품들이 눈에 들어온다.

모시옷과 도자기, 즐겨 쓰던 베레모, 오래된 병풍, 책장 등 여러 유품이 있는 타원으로 된 '집필실'도 볼만하다. 10폭짜리 병풍 앞에 앉은뱅이책상이 단아하고, 흔들의자와 책장, 도자기 화병 등 그 시절의 집필실을 재현하려는 모습이 역력했다고나 할까.

가장 오래 인기를 누렸던 농촌드라마 〈전원일기〉는 모르는 사람이 없을 정도다. 이 드라마는 1980년 10월 21일 시작하여 2002년 12월 29일까지 1,088부작으로 장장 22년 2개월이나 방영된 국민드라마였다.

연출자만 13명, 극본 10명, 최불암, 김혜자, 김수미, 김용건, 고두심, 유인촌, 박순천 등 출연배우도 많고, 이 드라마로 뜬 배우들도 있다. 최장수 드라마이다 보니 익숙한 얼굴도 한몫했고, 날로 발전한 연기력이 인기를 몰아가기도 했다는 얘기다. 출연자 모두가 농촌사람들처럼 연기를 천연덕스럽게 잘했던 것으로 기억한다.

그 인기드라마를 1회부터 48회까지 연출한 분이 차범석 작가다. 연출의 대가답게 초석을 잘 다져놓은 덕에 장수하지 않았을까.

생전에 활동한 내용으로 가득 찬 전시실을 돌고 나와 승강기를 타고

2층으로 올라가는데 여전히 비가 많이 내린다. 그런데도 교복차림의 학생들이 많은 것은 시낭송 행사가 있어서란다. 행사에 참가한 학생들은 추억 하나 만들어 저장하겠지.

신극의 선구자 '김우진관'

과연 어떤 분일까 궁금해서 설레는 맘으로 들어간다. 먼저 흉상을 보니 귀티가 나고 잘생겼다. 도대체 어떤 분이기에…. 왼쪽의 연보부터 살펴본다.

1897년 9월 19일, 전남 장성에서 태어나 부친이 설립한 호남선우의숙에서 수학했다는 걸 보니 부자였나 보다. 1908년 목포시 북교동 46번지로 이사했고, 목포에서 공부했으며 1913년에 소설 〈공상문학〉을 창작했을 때가 17세였다니 놀랍다. 목포엔 천재가 많았나 보다. 여류소설가 박화성도 신동이라 불렸다는 걸 보면 말이다.

김우진은 1914년 일본 구마모토 농업학교에 다니면서 시를 쓰기 시작한다. 1916년에 결혼하여 1918년 장녀가 출생했고, 논문 〈조선에서의 삼림사업 일반〉으로 졸업할 때 졸업생 성적 우수자로 영친왕으로부터 5원의 상금을 받는다.

와세다대학 예과에 입학하여 공부하면서도 끊임없이 시를 쓰고, 조명희 등 20여 명과 함께 '극예술협회'를 발족한다. 학제변경에 따라 영문과로 진학한 작가는 많은 작품을 발표하며 '동우회 순회연극단'을 주도, 연출활동을 하며 40일 동안 25개 지역을 순회한다.

1924년에 와세다대학 영문과를 졸업하고 목포로 귀향하여 아버지 회사의 사장으로 취임한다. 그 이듬해 아들이 출생했고, 평론과 희곡 〈이영녀〉, 수상록 〈신청권〉, 〈기록의 마력〉, 〈자유의지의 문제〉 등 많은 시와 평론을 〈조선일보〉와 《개벽》에 발표한다.

1926년 6월 일본 동경으로 가서도 수상록과 희곡 〈산山돼지〉를 발표했지만, 8월에 현해탄에서 투신자살한다. 희곡번역, 소설번역, 일문소설 등 정말 많은 작품을 남겼는데 왜 이름을 몰랐을까.

몇 편 안 되는 육필원고가 전시되었고, '생애와 문학'에 전시된 사진을 보니 작가가 얼마나 부유한 가정에서 태어났는지 알 수 있다. 출생 당시 아버지가 군수였고, 많은 토지와 재산을 관리하기 위한 회사까지 설립할 정도였다니 상상을 초월한다.

그 시절의 작가들은 가난 속에서 창작했고, 먹고 살기 위해 친일한 작가와 결핵으로 작고한 작가가 많았다는 사실만 보더라도 얼마나 못 먹고 못 살았는지 짐작할 수 있다.

작가의 얼이 담긴 5개의 글판, 극작가인 동시에 평론가였으며 시인이었던 '김우진과 목포문학'을 보면 첫 소설 〈공상문학〉을 시작으로 대다수의 작품을 목포에서 집필한다. 목포 문예동인들을 규합하여 1925년 '5월회'를 조직, 동인지 《5월회》를 손수 발간한다. 동인지 《5월회》는 자신이 직접 후원하고 주도하여 3호까지만 발간하게 된다.

일제강점기의 목포를 가장 잘 드러낸 작품이 〈이영녀〉인데 전라도 사투리가 잘 나타나 있으며, 유달산 아래 기거하던 빈민들의 처참한 삶을 사실주의 기법으로 표현한다. 그 배경을 묘사한 집들과 사진이 실감나게 해준다.

작가가 살던 집 '성취원'은 목포시 북교동 46번지의 99칸 대저택이었음은 몇 장 안 되는 작가의 사진들이 귀티, 부티 났던 이유로 대변된다.

사진과 흡사한 작가의 동상과 대표작 〈이영녀〉의 배경설명이 그 시절을 떠오르게 한다.

지금은 그 자리에 성당이 들어섰다는 '성취원' 사진 몇 장과 작가가 다니던 학교 사진이 사실을 입증해준다.

'김성규와 김우진'에 ㄱ자로 된 대형 유리전시관이 왜 있나 했더니 김우진의 집안 배경을 보여주기 위한 거였다. 수십 개의 문학관을 탐방했지만 이런 경우는 처음이다. 벼슬아치의 관복과 신발, 대가족 사진, 그 시절에 사용하던 유품들이 어떤 집안이었는지 보여준다. '집필실'은 부귀와는 대조적으로 병풍과 몇 개의 유품만 눈에 띈다. 남긴 유품이 없어서일까?

그런 환경에서도 아버지와 갈등하며 두 아이의 아빠에 남편이며 맏아들이었던 작가는 부귀영화를 포기하고 일본으로 간 것까지는 좋았는데…. 그토록 열정을 갖고 집필에 몰두하며 신파극에서 벗어나 최초의 신극운동에 앞장섰던 연극인이자 탁월한 평론가인 그가 어떤 연유로 자살했을까. 〈사의 찬미〉를 부른 가수 윤심덕이 자살하겠다는 전보를 받고 나갔다가 함께 투신했다는 얘기가 가슴 아프게 전해온다. 당시 그의 부모와 자녀, 아내의 심정이 어땠을까 그 마음이 헤아려진다.

나의 이십대, 우울할 때면 흥얼거리던 노래가 〈사의 찬미〉였다.

광막한 광야를 달리는 인생아
너는 무엇을 찾으려 왔느냐

이래도 한 세상 저래도 한 평생
돈도 명예도 사랑도 다 싫다

처량하기 그지없는 가사가 침울하게 만들었다. 그래서 윤심덕이란 가수를 알았지만 함께 투신한 사람이 귀공자 김우진 작가라는 것은 몰랐다. 아니 문학에 관심도가 낮아서 관심 밖이었다고 하는 게 옳겠다.

17세에 창작한 첫 소설 〈공상문학〉을 시작으로 30세에 작고하기 전 마지막 희곡 〈산돼지〉까지 시 48편, 희곡 5편, 소설 3편, 평론 17편, 논문 1편, 수상록 15편의 작품을 남긴 작가가 죽음을 택했다는 사실이 우울하게 만든다.

'인명人命은 재천在天'이라 했는데 거기까지가 작가의 운명이었을까. 창밖에 주룩주룩 내리는 비가 더 우울하게 한다.

한글세대 문학평론가 '김현관'

4·19 한글세대 문학평론가로 소개된 작가 김현은 문학관 자체부터 여느 문학관에서는 찾아볼 수 없는 독특한 구조다. 제일 눈에 띄는 것은 13개의 사진틀에 담겨있는 '뜨거운 상징'의 연보다. 흑백사진과 설명이 한눈에 들어와 좋다.

작가는 1942년 7월 29일 전남 진도군 진도읍 남동 565 번지에서 4남 1녀 중 넷째로 태어나 7세 때 부모님 따라 목포 북교초등으로 전학한다.

1층 조형물에 세워진 작가의 활짝 웃는 사진과 연보가 독특하다.

본명은 광남, 필명이 '현'이다. 약국 하는 부모님 덕에 유복한 환경에서 살았고, 목포중학교에 입학한 12세 때부터 독서에 몰두하며 시와 산문 창작에 관심을 갖는다.

15세 때 교지《등대》에 시〈눈을 감으면〉,〈해와 달의 생리〉라는 콩트를 발표한다. 목포에서 문태고에 다니다 서울 경복고로 전학, 17세 때 경복고 교지《학원學苑》에 황순원의 소설《인간접목》을 논한〈인간은 탄생하라〉는 평론을 발표한다.

18세인 1960년에 김승옥, 김치수와 만났고, 4·19에 참여했으며 20세 때 평론〈나르시스 시론詩論〉을《자유문학》에 발표하여 등단, 김승옥, 최하림 등과 소설동인지《산문시대》창간호를 간행, 5호까지 발행하고 종간된다.

22세인 1964년 7월, 첫 저서《존재와 언어》를 출간하고 황동규, 박이도, 김화영, 김주연, 정현종과 시 동인지《사계》를 만들고, 26세인 1968년엔 김승옥, 김주연, 김치수, 박태순, 염무웅, 이청준 등과《68문학》을 창간한다.

1970년 9월, 김병익, 김치수와 함께 황인철 변호사가 편집동인으로 참가하여 계간《문학과 지성》을 창간했다니 정말 대단하다. 결코 쉽지 않은 일들을 해낸 것이다.

33세에 인문대학 불문과 교수가 되었고 김병익, 김치수, 김주연과 함께 '문학과지성사'를 설립, 1990년 6월 27일 48세의 일기로 작고할 때까지 수많은 비평서와 번역서를 낸 작가의 무한능력에 고개가 절로 숙여진다.

'연보' 옆에는 연보에서 보인 작가의 주요 저서 목록이 있고, 김현 사진과 얼굴들, 김현을 그리다, 주요저서, 정보검색대, 김현을 말하다 등 전시관 곳곳에 작가가 살다간 흔적이 있었지만, 원형전시실 '김현, 바다의 몸'은 관람객을 어리둥절하게 한다.

원형 안으로 들어갔더니 극장 안처럼 캄캄해 깜짝 놀랐다. 남편이 옆에 없었으면 무서워서 도로 나올 뻔했다. 어둠에 차차 익숙해지자 뭔가 보이기 시작한다. 움직임에 따라 조명이 들어온다는 걸 곧 알게 되었고. 그야말로 둥근 원형극장처럼 생겼다.

한가운데에 작가의 책상이 있고 둥근 벽면 중간 중간에 작가의 유품관이 여러 모양의 서가형태로 만들어져 있다. 벽면에 크리스털처럼 보이는 보석 글씨가 조명을 받아 선명하게 들어온다. 참 경이롭다.

• 진실은 결국 진실화 과정 속에 있다. 진실 속에서 인간은 살 수가 없다. 인간은 그것을 실현하려는 의지 속에서 산다. –〈욕망과 금기〉(1978)

• 사람은 두 번 죽는다. 한 번은 육체적으로, 또 한 번은 타인의 기억 속에서 사라짐으로써 정신적으로 죽는다. –〈행복한 책 읽기〉(1988)

• 도식화하지 말라, 당신의 상상력으로 시대의 핵을 붙잡으라. –〈한국소설의 가능성〉(1970)

• 나라는 육체 속에는 나보다, 타인들이 사실은 더 많이 서식하고 있다. —〈젊은 시인들을 찾아서〉(1984)

• 내 사유의 주체는 내 육체이다. —〈행복한 책 읽기〉(1987)

• 에덴을 그리며 수면만을 쳐다보는 나르시스를, 그 나르시스의 고뇌를 당신들은 아는가. —〈말라르메 혹은 언어로 사유되는 부재〉(1964)

조명이 들어올 때마다 카메라에 담은 주옥같은 글귀들이다. 알고 보니 벽면에 가득한 글귀는 30여 편에 달하는 작가의 작품세계를 보여준 거였다. 벽면 가운데에 작가를 말하는 영상 모니터도 있었지만 어둠이 답답해서 재빨리 나왔다. 마치 영화관에서 나온 기분이다.

아주 특별한 경험을 하고 밖으로 나오는데 아쉬움이 남는 것은 왜일까. 짧은 시간에 '최초의 4인 문학관'을 돌아보기엔 무리였지만 다음 목적지로 가야해서 어쩔 수 없이 발길을 돌린다.

비는 여전히 내리고, 문학관으로 올라갈 때 보지 못했던 '목포 문학관' 주변이 한눈에 들어온다. 비구름이 드리운 바다 건너의 산들과 바다에 떠 있는 어선들이 그림 같다.

두 권의 책이 펼쳐진 문학관 진입로의 조형물은 차로 올라올 땐 보지 못하고 내려갈 때서야 보았다. 그 아래로 4인 작가의 석상들이 있어 문학관임을 잘 나타내 주었는데 자칫 모르고 지나칠 뻔했다.

산등성이에 있는 문학관으로 천천히 걸어 올라가면서 먼발치로 보이는 바다를 보면 어떤 시상이 떠오를 법도 하다. 훌륭한 선배들의 뒤를 이어갈 후배 작가들이 많이 탄생하리라 기대해본다. ☆

채만식 문학관

백릉 채만식 작가의 문학 업적을 기리고, 향토문학예술을 널리 알리기 위해 금강 변에 배 모양의 문학관을 건립, 수집한 창작물과 유품 등을 전시하여 작가의 문학세계와 삶의 발자취를 따라가며 감상하도록 2001년 3월 10일 개관하였다. 2002년 채만식 탄생 100주년을 기념하기 위해 채만식문학상을 제정하여 시상해오고 있으며, 2012년부터 '탁류 청소년 사이버 백일장 대회'를 개최, 방문객을 위한 쉼터와 아이들을 위한 탁류 배경 그리기 등의 체험 학습을 운영하고 있다.

이용안내

〈하절기 3~10월〉 09:00 ~ 18:00 〈동절기 11월~2월〉 09:00 ~ 17:00 (폐관 30분 전까지 입장)

※ 매주 월요일 · 신정 휴관

주소 전북 군산시 강변로 449 **문의** 063-454-7885~6

20

금강을 바라보며
군산 <채만식 문학관>

어차피 고향에 내려가야 하는데, 가는 길에 들를 수 있으니 이거야말로 일석이조요, 일거양득이다. 서해안고속도로를 타고 가다가 군산 톨게이트로 빠져나갔다. 참 다행인 것은 문학관이 고속도로에서 가까운 거리에 있다는 것이다.

금강이 바라보이는 곳에 있는 '채만식 문학관'은 마치 넓은 터에 배한 척이 우뚝 서 있는 것 같다. 아름답게 꾸며진 확 트인 정원이 시원하다. 문학관을 탐방할 때마다 제일 먼저 하는 일이 문학관 전경을 찍는 일이다. 자료로 활용하기 위해서.

엄마 손잡고 관람하고 있는 아이들이 보인다. 아이의 장래에 좋은 영향을 미치리라 믿으며 문학관 입구로 간다. 오른쪽에 팻말이 눈에 띈다.

나 가거든 손수레에 들꽃
가득가득 날 덮어주오.
마포 한 필 줄을 메어
들꽃상여 끌어주오

채만식 작가가 남긴 유언문 중에서 발췌한 글이란다. 유언에 남길 정도이니 작가가 들꽃을 좋아했던 모양이다.

배 모양을 형상화한 문학관의 전경이 시원스럽다.

문학관 문을 열고 들어서니 왼쪽의 반달형 안내데스크가 깔끔하고, 오른쪽 '전시관'이 눈에 들어온다.

입구의 안내문이 먼저 작가를 말해준다. 이 지역 출신 채만식 작가는 1950년 6월 11일 49세로 타계할 때까지 가난과 질병, 불행한 삶의 고통 속에서도 좌절하지 않고 평생 동안 소설, 수필, 희곡, 동화 등 1,000여 편의 작품을 남겼다. 49년을 살고 떠나면서 그처럼 많은 작품을 남겼다는 것은 기념비적이다. 2001년 3월 이 문학관을 세웠다.

전시관 입구 양쪽에 '백릉 채만식 연보'와 '백릉 채만식 생애'가 마주보고 있다. 작가는 1902년 7월 21일 군산시 임피면 읍내리에서 6남매 중 5남으로 출생, 호는 백릉白菱, 작가의 학력과 작품 활동이 나와 있다.

생애 쪽엔 작가의 가정사와 규칙적인 하루 일과, 결벽성에 가까운 깔끔하고 외곬인 성격 등을 요약했다. 감색 상의와 회색바지에 중절모자를 쓰고 다녀 '불란서 백작'이라 불렸다는 작가, 그래서 양복차림에 모자를 쓴 모습이 작가의 트레이드마크가 된 것일까?

정말 흥미 있는 사실은 1940년부터 1942년까지 채만식 작가가 안양의 양지촌에 살았다는 것이다. 〈냉동어〉, 〈회懷〉, 희곡 〈당랑의 전설〉, 시

작가의 유언문이 발길을 붙든다. 사뭇 진지함이 느껴지는 집필실의 작가 모습.

나리오 〈무장삼동〉, 장편 〈아름다운 새벽〉, 단편집 《집》 등이 양지촌에서 쓴 작품이란다.

양지촌은 김대규 시인이 태어난 집터에서 현재까지 살고 있는 마을이다. 김대규 선생님한테서 많은 작가가 안양을 거쳐 갔다는 얘기를 듣긴 했지만, 작가의 연보에서 제2의 고향이라 자부하는 '안양'이 나왔다는 게 반가워서 읽고 또 읽는다.

몇 년 전 《안양문학 60년사》에서 읽었던 채만식 작가의 〈안양복거기〉가 생각난다. 〈매일신보〉에 실렸던 편지글이다. (1940년 6월5~8, 10~11일 6회)

> P형,
>
> 이번에 불시로 송도를 떠나 이곳 안양으로 이사를 했소.
>
> 경부선 안양역이고 경성과는 바로 24킬로 상거에 아주 지근한 사이고 여름 한철이면 푸울과 포도와 수박으로 그밖에도 관악산 하이킹의 초입처로 두루두루 서울 주민들에게(그러하니까 형한테도) 잘 알려진 그 안양이오.

이렇게 시작하는 〈안양복거기〉는 1940년도의 안양을 자세히 그리고 있다. 자연은 수려하지만 주거환경이 열악한 실상이 그대로 나타나 안

한눈에 들어오는 한국문학의 지도. 층층계단을 이용해 작가의 연보를 담았다.

양 역사의 한 부분을 만날 수 있다. 지금도 안양에 많은 작가가 살고 있는 것은 수도권이라는 지리적 여건과 살기 편한 도시이기 때문이다.

원형인 전시관 내부가 특이하다. 한가운데에 작가의 상징인 동상이 있고, 역시 왼편에 1910년대 군산시 사진과 작가의 연보가 자세히 나와 있다. 사진은 소설《탁류》의 배경을 보여주기 위해서다.

작가의 작품에는 시대상황과 현실인식, 작가의 작품경향, 작품 속 언어 특징 등이 나타난다. 그리고 1924년, 이광수 추천으로《조선문단》에 등단하여 30여 년 동안 200편이 넘는 작품과 작품집이 전시되었다. 작가의 '문학비, 신문보도, 채만식 연극제, 채만식 추모문학의 밤'은 작가를 기리는 행사로 진행된다.

집필모습의 디오라마, 단편소설《레이디 메이드》와 장편소설《탁류》의 소개,《배비장전》육필원고, 단편소설《치숙》과 중편소설《태평천하》의 영상감상, 백릉의 문학지도 등을 둘러본다.

학창시절 국어시간에 암기했던 작품들이라 친숙하게 다가온다. 이미 배워서 알지만 채만식 작가는 아이러니, 기지, 야유, 조소 등 현실에 대한 허무 의식에서 싹튼 사회의 부조리를 우회적으로 비판하는 풍자기법의 작가다. 당대의 구조적 모순에 정면으로 대결하며 발랄한 풍자 정신

문학관의 2층에서 저멀리 금강이 바라보인다.

으로 인간과 세태를 묘사한 작가로 알려졌다. 작가의 단편소설《레이디메이드》와《치숙》을 아주 재미있게 읽었던 기억이다.

함경도에서부터 전라도까지 각 지방마다 어떤 작가들이 태어났는지 한눈에 볼 수 있도록 표시한 문학지도가 이색적이다. 문학관 탐방에 동행하며 문학에 관심을 보이는 남편의 모습이 보기 좋고, 가끔씩 내뱉는 말이 시적이고 문학적이어서 놀라곤 한다. 중학교 때 쓴 시를 보고 국어 선생님이 감탄한 적이 있다며 계속 그 길로 갔으면 시인이 되었을 거라고 아쉬워하기에 지금도 늦지 않았으니 도전해보라고 했다. 글 쓰는 데 나이와 무슨 상관이 있으랴.

2층으로 오르는 계단 앞에서 잠시 멈칫했던 것은 층층계단에 작가의 연보가 보여서다. 단과 단 사이의 짧은 공간에 작가의 연보라니 얼마나 독특한 발상인가. 한 계단, 한 계단 오르며 눈높이로 보이는 작가의 연보를 복습한다. '백릉 채만식 계단'이라는 이름에 걸맞은 디자인이다. 좁은 계단 양쪽 벽에 작가의 작품과 관련된 족자와 액자가 걸려 있다.

2층 전시실엔 작가의 학창시절과 축구부 시절의 사진, 작품집들을 전시했고, 채만식 문학상 당선작들도 눈에 띈다. 복도 끝 열린 문으로 나갔더니 테라스에 안내판이 보인다.

저 멀리 보이는 금강의 '탁류'를 감상하세요.

탁류濁流의 뜻 : 탁하게 흐르는 물

"에둘러 흐르고 흘러 황해바다에 닿은 곳 바로 이곳이 군산이라는 항구요.… (1937년도 작품 중에서)"

일제강점기 군산을 배경으로 혼탁한 사회현상을 표현한 채만식 작가의 장편소설《탁류》는 바로 저 앞에 보이는 금강의 혼탁한 물줄기를 상징화한 작품이기도 합니다.

과연 테라스에서 문학관 정원 저 너머로 금강이 한눈에 보인다. 파란 하늘과 금강, 그 뒤로 둘러싸인 산들은 한 폭의 그림이다. 전시관을 한 바퀴 돌고 나오며 배에서 하선하는 승객들처럼 2층 복도에서 이어지는 난간과 계단을 이용하여 내려왔다.

토요일이라서 그런지 문학관을 찾는 관람객이 있다. 문학관의 넓은 앞마당이 초록으로 물들어 한결 더 싱그럽다. 수양버들 아래의 벤치와 수련이 만발한 연못, 넝쿨장미 정원이며 향수를 불러일으키는 철로가 인상적이다. 시원한 정자에 앉아서 금강 쪽을 바라보며 잠깐 동안이나마 소녀적 감상에 젖어본다. ☆

석정 문학관

한국 시문학사에 큰 족적을 남긴 시인의 고결한 인품과 시 정신을 기리고 선양키 위해 시인의 생가가 있던 마을에 문학관을 건립했다. 시인의 작품과 유품 등을 상시 전시하여 시인의 작품세계와 발자취를 감상할 수 있도록 2011년10월9일에 문학관을 개관했다. 문학관에서는 석정문학제 개최, 석정문학상 제정 시행, 문학교실, 묵필쓰기, 독후감 쓰기, 석정시 낭송, 북카페 등을 운영하고 있다.

이용안내

〈하절기 3~10월〉 09:00~18:00　　〈동절기 11월~2월〉 09:00~17:00

※ 매주 월요일(휴일 다음날) · 추석 · 신정 · 설날 · 군수지정일(관람일 3일전에 게시) 휴관

주소 전북 부안군 부안읍 선은1길 10　　**문의** 063-584-0560~1

21 부안의 자랑 신석정 <석정 문학관>

고향인 부안을 대표하는 시인 신석정, 어렸을 때부터 많이 들었던 이름이고, 선은동고개 앞으로 지날 때마다 시인의 생가가 있던 곳이라 하여 눈여겨보곤 했다. 여고시절, 국어시간이면 신바람이 나서 시인의 〈그 먼 나라를 알으십니까〉를 공부했던 기억이 어제 일처럼 떠오른다. 누가 시키지 않았는데도 선생님이 시를 낭송하면 이구동성 '당신은 그 먼 나라를 알으십니까' 하고 후렴을 넣어 합창하며 고향에 훌륭한 시인이 계신다는 자부심을 가졌다.

시인은 1907년 7월 7일, 전라북도 부안군 부안읍 동중리 303-2번지에서 한학자 집안의 차남으로 태어나 읍내의 보통학교를 졸업하자마자 결혼한다. 고향에서 지내며 기타하라 하쿠슈, 나쓰메 소세키, 투르게네프, 하이네, 타고르, 노장 등의 문학과 철학서적을 탐독하며 시를 쓰기 시작한다.

1924년 18세 때 〈조선일보〉에 〈기우는 해〉를 발표하면서 문단에 나온다. 1930년 불교계의 거목인 박한영이 주재하던 조선불교중앙강원에 들어가 불전을 공부하며 30여 명의 젊은 학도들을 규합해 회람지 《원선》을 만들기도 했으나 금강산으로 입산수도를 떠나자는 동료들의 청을 뿌리치고 고향으로 내려온다.

박용철의 권유로 김영랑과 함께 '시문학' 동인으로 활동하며 1931년

부안의 자랑, 석정 문학관의 전경이 시원스럽고 웅장하다.

《시문학》에 시 〈선물〉을, 《동광》에 〈그 꿈을 깨우면 어떻게 할까요〉를 발표한다. 정지용, 이광수, 한용운 등과도 교유했으나 다시 고향으로 내려와 부안읍 선은리에 집을 짓고, '청구원靑丘園'이라 이름 붙인다.

주경야독하며 전원생활하는 시인이 부러웠는지 김기림, 박용철, 정지용, 조운, 이하윤 등이 방문했고, 동서인 시인 장만영과 고향 후배인 서정주가 자주 방문한다. 그때 당시 등단하지 않은 서정주가 찾아와 두 사람은 달맞이꽃이 핀 달밤에 석류를 까먹으며 노장과 도연명, 헨리 데이비드 소로, 스피노자, 폴 클로델, 레미 드 구르몽에 대한 얘기로 시간가는 줄 모른다.

1932년 《문예월간》에 〈나의 꿈을 엿보시겠습니까?〉, 《삼천리》에 〈봄이여!〉, 〈당신은 나의 침실을 지킬 수 있습니까?〉 등 애수어린 청정 전원시를 발표하여 주목을 받는다. 1936년 《신동아》에 〈돌〉, 《중앙》에 〈송하논고松下論告〉, 《조선문학》에 〈눈 오는 밤〉, 1939년 《조선문학》에 〈월견초月見草 필 무렵〉을 발표하고 첫 시집 《촛불》을 펴낸다. 1940년 《조광》 3월호에 시 〈명상〉과 〈황혼〉, 9월호에 〈애가哀歌〉, 1941년 《삼천리》 4월호에 시 〈변산 일기〉 등을 발표하며 주경야독의 생활을 이어간다.

고향을 지키며 해방을 맞은 시인은 제2시집 《슬픈 목가》를 펴내면서 목가 시인으로 불린다.

시인은 51년 전주 '태백신문사' 편집고문으로, 1954년 전주고 교사, 전북대 문리대 강사로 지내면서 1956년 《현대문학》에 시 〈서정소곡抒情小曲〉, 〈운석隕石처럼〉 등을 발표하고, 제3시집 《빙하(氷河)》를 간행하며 시인으로서 꾸준히 활동한다.

60년대에는 김제고와 전주상고에서 교편생활을 한다. 시인이 활동한 곳들의 지명이 고향 부근이라 친근감이 느껴진다. 1967년에 시집 《산의 서곡》을, 1970년에 《대바람 소리》를 출간하며 한국문학상, 문화포장, 한국예술문학상의 영예를 안았으나 1972년 12월 전북문화상 심사를 하던 중 고혈압으로 쓰러진다.

그 후에도 투병생활하며 〈가슴에 지는 낙화소리〉, 〈병상수필〉을 쓰지만 1974년 7월 6일 67세에 돌아가셨다. 고 3때의 일이었지만 문학에 대한 관심도가 약한 때여서 크게 동요하지는 못했다.

그런데 수십 년이 지나고 작가활동하고 있는 지금에 와서 보니 시인은 큰 별이었다. 시인의 시를 감상하며 배경이 우리 고향의 어디쯤일까 궁금하기도 하고, 고향의 지명이나 익숙한 단어가 나오면 친구를 만난 듯 반갑고 친근함이 느껴진다.

신석정 시인은 1958년 52세 때 《매창시집》을 대역對譯하고, 가람 이병기, 정비석, 최승범 작가들과 함께 부안읍 봉덕리 매창뜸 공동묘지에 누워 있던 '이매창'을 재조명해 세상의 빛을 보게 한다.

'이매창'은 조선 선조 때 태어난 기생시인으로 본명은 향금, 계랑, 계생이라 부른다. 황진이와 쌍벽을 이룰 만큼 문장과 노래와 거문고에 뛰어난 예인이다. 내겐 문학의 싹을 틔워준 여류작가라서 흠모하고 있다.

우리 고장에서도 재조명을 기점으로 성소산 서림공원에 매창 시비 '이화우 흩뿌릴 제'를 세우고, 공동묘지를 개발해 만든 '매창공원'이 친정집 길 건너에 있다.

시인이 즐겨 찾았던 길 건너로 보이는 상소산의 서림공원은 초등학교 때 소풍지로 자주 찾았던 곳이다. 시인은 매창의 한시를 생각하고, 먼 서해바다와 낙조를 바라보며 "난이와 나는 산에서 바다를 바라다보는 것이 좋았다"로 시작되는 〈작은 짐승〉이란 시를 남긴다. 시에 나오는 '난이'는 시인의 둘째 딸이다.

신석정 시인은 여느 작가들과는 다르게 식민지 막바지인 암흑기에는 시를 발표하지 않고, 꿋꿋하게 자신을 지켜오다 해방이 되어서야 한 권의 시집을 묶어낸다.

그 첫 시집 《촛불》과 제2시집 《슬픈 목가》를 서림공원이 마주보이는 '청구원' 시절에 출간했다니 반갑기도 하고, 문학의 기가 오래 전부터 고향땅에 흐르고 있었다고 생각하니 새삼 그 기가 느껴진다. 유년시절 동진면 할머니 댁에 오가며 선은동고개를 지날 때마다 시인의 생가라 하여 바라보곤 했던 곳이 청구원이다.

몇 년 전 왔을 때는 막바지 공사가 한창이더니 너른 터에 건축미가 돋보이는 문학관이 우뚝 서 있다. 주차장이며 주변 경관이 시원스럽게 펼

시인의 발자취를 대변해주는 전시실과 한창 보수 중인 청구원.

쳐져 도시의 답답한 문학관과는 사뭇 다른 분위기다.

봄 햇살이 눈부신 토요일 오후, 문학관의 문을 열고 들어가니 로비와 전시실 등이 널찍널찍해서 속이 다 후련할 정도다.

오른쪽의 '기획전시실' 입구의 작품연보는 《습작·투고기》시대, 《촛불》시대, 《슬픈 목가》시대, 《빙하》시대, 《산의 서곡》시대, 《대바람 소리》시대, 《내 노래하고 싶은 것은》시대와 그 이후로 일목요연하게 배치했다. 벽에는 작품 발표지면이 담긴 크고 작은 액자가 진열되어 있다. 시인을 생각하며 한 바퀴 돌아본다.

ㄴ자의 유리전시관 안에 반가운 얼굴들이 보인다. 정지용, 김영랑, 박용철, 변영로, 정인보, 이하윤, 박목월 등 다른 문학관에서 만났던 작가들이다. 1923년에 찍은 사진에는 〈사의 찬미〉를 애절하게 부르던 윤심덕의 사진도 보인다. 오래된 《시문학詩文學》 1, 2, 3호와 개인 작품집들이 함께 전시되었고, 지인, 가족, 스승과 선후배, 동료들과 주고받은 친필 편지들은 시인과의 친밀도가 어느 정도인지를 보여준다. 살아가면서 교유관계도 참 중요하구나 싶다.

한참 관람하며 사진을 찍고 있는데 옆에 있는 세미나실에서 시 낭송하는 소리가 들린다. '석정시낭송회' 회원들이 정기적으로 모여 시 낭송회를 해오고 있다며 그곳에서 만난 사무국장이 귀띔해준다.

기획전시실 맞은편 '상설전시실'은 여느 문학관과 다른 구조다. 가운데 흰 기둥과 산수화 작품이 병풍처럼 펼쳐져 있어 전시실 자체가 조형예술처럼 보였다고 할까. 시인의 좌우명 '뜻은 높은 산과 흐르는 물, 즉 자연에 있다'는 '지재고산유수志在高山流水', 큰 틀 안의 한옥대문 작품이 인상적이다.

대문을 지나면 석정의 지인관계를 한눈으로 볼 수 있는 사진, 영상 시 감상화면, 병풍처럼 서 있는 산수화 작품들, 시인의 육필원고와 대표 시집과 수필집, 유고시집, 번역시집, 전집 등이 시인의 삶을 대변해 준다. 비사벌초사 일기, 담배파이프와 안경 등의 유품에서 시인의 진한 숨결이 느껴진다.

대형 유리전시관 안에 재현해 놓은 석정의 방, 널찍한 앉은뱅이책상에 한복차림으로 앉아 집필하는 모습과 오래된 책들이 꽂힌 서가, 낡은 병풍, 호롱, 옛 생활가구 등은 유년시절을 그립게 한다. 금방이라도 먹물 가득 묻힌 붓으로 일필휘지할 것 같은 서실, 시화액자, 족자, 부채시화 등 시인의 체온과 체취가 배지 않은 것이 없다.

30년대 교유했던 동인, 문우, 선후배, 가족, 친지들의 사진이 생생함을 더해준 2층의 사진 전시실을 돌아보고 문학관 밖으로 나왔더니 눈앞에 복원한 '청구원'이 보인다. 어렸을 때 신작로를 걸으며 눈여겨보았던 곳인데 보수공사가 한창이라 먼발치에서만 바라보았다.

작가는 그곳에 살면서 "일림아, 문을 열어 제치고 들창도 추켜올려라. 너와 내가 턱을 고이고 은행나무를 바라보는 동안…"으로 시작하는 시 〈푸른 침실〉을 지었다. '일림'은 큰딸로 시조시인 고하 최승범 선생님의 부인이다. 현재 전주에서 살고 계신다.

'석정 문학관'은 2011년, 부안군 부안읍 선은리 560번지 넓은 터에 건립하여 개관했다. 산 좋고 물 좋은 고향, 부안에 '석정 문학관'과 고향집 앞에 '매창공원'이 있다는 것은 작가로서 자부심을 갖기에 충분하고 자랑할 만하다. ☆

김환태 문학관

'한국비평문화의 효시, 일제 암흑기에 순수문학의 이론체계를 정립하고 1930~1940년대에 크게 활약한 문학평론가'의 문학정신을 기리고 선양하기 위해 작가 생전의 사진과 유품, 도서 등을 전시하여 2012년 6월 8일, '김환태문학관 & 최북미술관'을 개관했다.

이용안내

관람시간 : 09:00~18:00 (개관일에 한함)

※ 매주 월요일(공휴일 경우 다음날) · 추석 · 1월1일 · 설날 당일 휴관

주소 전라북도 무주군 무주읍 최북로15 **문의** 063-320-5636

22

반딧골전통공예문화촌
무주 <김환태 문학관>

충북 옥천에서 '정지용 문학관'을 탐방하고 1시간쯤 달려 무주에 도착했다. 실로 얼마 만에 찾는 곳인지 감회가 새롭다. 강산이 몇 번이나 변한 세월이 흘렀으니 옛적의 기억으로 찾았다가는 큰 낭패를 본다.

'산천은 의구하되, 인걸은 간데없다'고 노래하던 시절이 오히려 그립다. 지금은 전국 어디를 가나 개발이라는 이름으로, 발전이라는 구실로 산천의 흔적조차 찾을 수 없을 정도다.

오래 전에 무주를 찾았을 땐 첩첩산중 골골마다 맑은 물이 철철 넘쳐 흘렀다. 심지어 동네 도랑을 타고 흐르는 물조차 투명할 정도로 맑고 찰랑거렸으니까. 이젠 옛날 옛적 얘기가 되었다.

목적지를 옆에 두고 근처에서 맴돌다가 행인에게 물어야 했다. 마을 좁은 골목길로 갔더니 큰길에서 지나쳤던 곳이다. 김환태 문학관과 최북미술관, 문화원 등이 반딧골전통공예문화촌 안에 있었다. 인근 주민들은 '예체회관'이라고 불렀다.

무슨 볼거리가 많은지 저쪽 반대편에 관광버스가 들고나고 했지만, 목적이 있어 먼 길을 왔으니 해찰하지 않고 곧바로 '김환태 문학관' 건물 앞에서 전경 사진을 찍었다.

'무주문화원'이 있는 1층에도 볼거리가 많았을 테지만, 계단을 이용해 곧장 2층으로 올라갔다. 아주 넓은 곳에 순수비평문학의 선구자인 '김환

김환태 문학관은 문화원, 미술관이 함께 있는 복합 건물이다.

태 문학관'과 조선후기 화단의 거장 '최북 미술관'이 마주 보고 있었다. 그래서 내비게이션에 '김환태 문학관'으로 입력했더니 주소가 나오지 않았던 모양이다. '김환태문학관&최북미술관'으로 해야 정확한 주소가 나온다.

먼저 순수비평문학의 선구자를 알고자 '김환태 문학관' 전시실로 들어갔다. 무주에 갈 때까지 작가에 대해 전혀 몰라 어떤 분인지 확인하고 싶었다.

우리 곁에서 영원히 살아 숨 쉬는 '김환태의 문학정신'에 대한 이어령 선생의 추모 글이 제일 먼저 눈에 들어온다. 그 옆에는 '눌인 김환태상'이 동그란 원 안에 있고, 사방에 나비가 그려져 있는 걸 보면 어떤 이유가 있을 것 같다. 왼쪽 방향으로 돌면서 '김환태 선생 어록과 철학, 비평의 정의와 단계, 영상실, 문예비평이란?' 앞에 섰다.

> 김환태는 한국 비평문화의 효시, 일제 암흑기에 순수문학의 이론체계를 정립하고 1930~40년대에 크게 활약한 문학평론가이다. 그는 경향문학과 계급주의 비평에 의해 정치성과 사상성으로 경직된 문단에서 순수

2층에 자리한 김환태 문학관의 입구.

문학의 옹호자이자 순수비평의 씨앗을 틔운 기수로서 한국문학비평사에 우뚝 섰다.

이쯤이면 어떤 작가라는 것을 금세 알겠다. 그래도 구체적으로 알고 싶어 연보 앞으로 가 살폈다. 1909년에 무주에서 태어난 작가는 1922년 전주고보에 입학했고, 1924년 일본인 교사를 쫓아내려는 항일운동에 연루되어 무기정학을 받는다. 1926년 보성고보로 전학, 신소설《능라도》를 읽고 문학에 뜻을 둔다.

일본 도시샤대학, 규슈제국대학에서 공부하고, 1934년 졸업논문〈문예비평가로서의 매슈 아놀드와 월터 페이터〉로 졸업한다. 4월〈조선일보〉에 투고한〈문예비평가의 태도에 대하여〉를 시작으로 비평 활동에 나선다.〈예술의 순수성〉,〈나의 비평태도〉를 발표, 1935년에는 총평과 평론 등을《개벽》과《조선문단》,《사해공론》,《학등》에 발표한다.

1936년엔 구인회에 입회하여 작가들과 교유하면서 카프의 공리주의 문학관을 반대하고, 문학비평의 독립성을 주장한다. 1938년 무렵 황해도 재령의 명신중학교 교사로 임명된다. 1939년 서울 무학여고 교사로 전임, 1943년 9월까지 근무하다 폐결핵으로 그만두고, 무주로 귀향하여 지내다 1944년 5월 26일 35세에 돌아가신다.

시인으로서는 정지용을, 소설가로서는 김유정을 높이 평가한 현대한국비평문학의 확립에 이바지한 인물이었으며, 1940년 2월《문장》에 〈주제의 선택과 응시〉라는 평론을 마지막으로 발표하고, 절필한 채 일제 말기를 보낸다.

작가가 비평 활동을 멈춘 것은 건강 탓도 있었지만 일제의 조선어말살정책 등에 대한 반발 심리도 크게 작용한 것으로 알려진다. 활동은 6~7년밖에 되지 않지만 문학의 입법자이기보다는 변호인을 자청한 입지가 뚜렷한 평론가로 회자되고 있다. 젊은 나이로 세상 떠난 작가들을 생각하면 부모마음이 되어 마음이 아프다.

'출생과 성장기'를 보면 보성고보에서 교사인 김상용 시인과 초현실주의 시인 이상을 선배로 만나고, 일본유학 시절엔 정지용 시인과도 친교했다니 문학적으로 성장할 수밖에 없는 환경이다. 그래서 예로부터 환경을 중요시 해 근묵자흑近墨者黑 근주자적近朱者赤이라 했나 보다.

《시문학》과 《문예월간》, 《문학》을 창간하고, 〈떠나가는 배〉의 작가 박용철 시인과는 교우였으며 그의 여동생 박봉자와 결혼했으니 처남매제로 더 가까워진다. 결혼식 사진에 박용철, 평론가 이헌구, 소설가 김유정

작가의 연보와 '문예비평이란' 설명을 통해 문학의 이해를 돕는다.

도산 안창호 선생에게 받은 결혼선물인 은수저 세트가 눈에 띈다.

등 알만한 작가들이 눈에 띄어 더 반갑다.

김환태와 박봉자의 결혼사진에 나온 김유정을 보니 재미있는 일화가 생각난다.

김유정은 폐결핵으로 절망 속에 있을 때 《여성》이란 잡지에 〈어떠한 부인을 맞이할까〉란 자신의 글과 나란히 실린 박봉자란 여성의 글을 읽게 되면서 그 여성에게 연애편지를 쓰기 시작한다.

박용철의 여동생이란 사실은 알고 있었겠지만, 얼굴도 못 본 여성에게 무려 30여 통이나 되는 연애편지 속에 자신의 예술관과 인생관을 모두 쏟아놓았으나 한 통의 답장도 받지 못했다. 게다가 박봉자는 유정도 잘 알고 지내는 평론가 김환태와 약혼하고 결혼한다.

짝사랑의 결말을 결혼식에서 확인한 김유정의 마음이 어땠을까 생각하니 절망감에 가슴이 다 먹먹해진다. 연분이 아니었던 거다. 그래서 예부터 '부부는 하늘이 맺어준다'해서 천생연분이라 하지 않던가.

'유학과 귀국 후 활동'에서는 정지용과 안창호와의 만남이 있고, 졸업논문과 근대문학, 구인회의 탄생배경 그리고 구인회 활동이 한눈에 보인다. 규슈제국대학 영문학부 졸업장, 도산 안창호 선생에게 받은 결혼선물인 은수저세트, 작가의 필적이 남아있는 영문 졸업논문의 한 부분, 결혼사진, 교사시절의 사진 등 생전의 활동사진들과 여러 종류의 책들이 입체적으로 전시되어 있어 지루하지 않게 관람했다.

가장 인상적인 것은 전시실 한가운데 커다란 모형 나무가 천장에 닿고, 그 아래로 꾸민 정원이다. 정원 속 보면대 위에 펼쳐진 책들과 꽃에 앉은 나비가 전시실 입구의 나비와 같은 의미가 있을 거라는 생각이 든다. 과연 숙제가 풀리는 대목을 찾았다.

> 나는 상징의 화원에 노는 한 마리 나비이고자 한다. 아폴로의 아이들이 가까스로 가꾸어 형형색색으로 곱게 피워놓은 꽃송이를 찾아 그 미에 흠뻑 취하면 족하다. 그러나 그때의 꿈이 한껏 아름다웠을 때에는 사라지기 쉬운 그 꿈을 말의 실마리로 얽어놓으려는 안타까운 욕망을 가진다. 그리하여 이 욕망을 채우기 위하여 쓰여진 것이 소위 나의 비평이다.
> (중략)
>
> 김환태《평단 전망》중에서

전국 문학관을 탐방하며 비평문학의 선구자를 알게 되었다는 사실은 큰 수확이고, 모르는 것을 알아간다는 것은 기쁜 일이다. 그래서 공자님이 말씀하셨다. '학이시습지 불역열호學而時習之 不亦說乎'라고.

2012년 6월 8일, 청정지역의 상징인 무주읍에 '김환태문학관&최북미술관'을 개관한 덕분에 무주를 찾게 되었다. 비평문학의 효시이며 선구자인 김환태 작가의 숨결을 음미할 수 있었으니 진정 감사한 일이다. ☆

미당 시 문학관

20세기 한국문학을 대표하는 시인 미당 서정주의 업적을 보존, 선양하기 위하여 고창군과 제자와 유족들의 뜻에 따라 폐교 선운초등학교 봉암분교를 개조하여 2001년 10월 1일 생가를 복원하고 이어 2001년 11월 3일 개관했다. 2004년부터 매년 '질마재문화축제'와 2005년부터 '미당문학제'도 개최하여 미당문학상 시상식, 미당백일장, 시 낭송제와 각종 기념공연, 전국 규모의 학술회의 등의 행사를 치르고 있다.

이용안내

〈하절기 3~10월〉 09:00~18:00　　〈동절기 11월~2월〉 09:00~17:00

※ 매주 월요일 · 1월1일 휴관

주소 전북 고창군 부안면 질마재로 2-8　　**문의** 063-560-8058

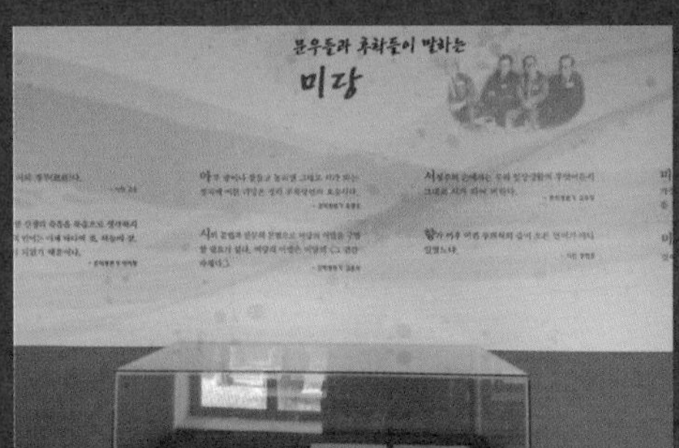

23

고창 폐교에 들어선 서정주 <미당 시 문학관>

동천(冬天)

내 마음속 우리 님의 고운 눈썹을
즈문 밤의 꿈으로 맑게 씻어서
하늘에다 옮기어 심어 놨더니
동지섣달 날으는 매서운 새가
그걸 알고 시늉하며 비끼어 가네

모내기가 한창인 들판이 초록으로 물들기 시작하고, 마을마다 넝쿨장미가 담장을 넘나들고 있는 시골풍경은 누구나 좋아하는 그림이다. 어디를 가든 참 아름답고 예쁜 곳이 우리나라 삼천리다.

초록들판에 불어오는 초록바람을 마시며 목적지에 도착했다. 시어머니는 가는데 1시간 걸린다 했지만 30분 걸렸다. 매번 느끼지만 고향에 가면 시간이 고무줄처럼 늘어난 기분이다.

폐교를 개조하여 2001년 11월 3일 개관했다는 '미당 시 문학관'을 둘러보는데 단체로 관광 온 분들이 많아서 사진 찍는데 불편했지만, 많은 사람이 찾는다는 것은 반가운 일이다.

'미당 시 문학관' 안으로 들어가자 제일 먼저 '우리말 시인 가운데 가장 큰 시인'이라는 대형 사진이 들어온다. 오른쪽 타원형 벽면 '미당의 생애'엔 유소년기, 청년기, 중년기, 노년기 시절의 사진과 작품집으로 가득 메워져 있다.

시인은 1915년 5월 18일 고창군 부안면 서운리(질마재 마을) 578번지에서 장남으로 태어나 줄포의 보통학교에 입학하기 전까지 한문을 배웠으며 외할머니로부터 옛날이야기를 많이 들으며 성장한다.

'줄포'는 시댁의 생활권이고 남편 동생들이 줄포중학교에 다녔기 때문에 더 반갑고 친근하게 느껴진다.

담쟁이 덩굴이 에워싼 대문은 또 하나의 작품이다.

1924년 줄포공립보통학교를 마치고 서울 중앙고등보통학교에 입학, 1930년 광주학생운동의 여파로 시위가 일어나자 주모자의 한 사람으로 지목돼 퇴학당하고, 이듬해 고창고등보통학교로 편입했으나 자퇴를 강요당한다. 그래서 상경한 시인은 경성부립도서관 종로분관에서 일어판 서양문학 작품을 탐독하며 지내기도 하고, 간도 한 양곡회사에 취직한 적도 있으며, 서울 초등학교 교사로, 호구지책으로 한문소설을 번역하기도 하며 팍팍한 생활을 이어간다.

시인은 1935년 《시건설》에 〈자화상〉을 선보인 뒤, 1936년 〈동아일보〉 신춘문예에 시 〈벽〉이 당선되면서 문단생활을 시작한다. 《시인부락》을 건설하고 창간호에 〈문둥이〉 외 2편, 다음 호에 〈화사〉 외 2편을 발표, 유치환 시인과 '생명파'라는 유파를 만들어 낸다.

1933년 가을, 서울 마포구 도화동에서 일본인 기독교도 하마다의 운동에 참여해 며칠 동안 넝마주이 노릇도 하고, 동대문 밖 개운사 대원암에 들어가 박한영 대종사 문하에서 불경공부도 했으나 하산하고, 1935년 중앙불교전문학교(동국대 전신)에서 공부한다.

1941년 26세 때 오장환이 운영하던 '남만서고'에서 첫 시집 《화사집花

폐교를 개조한 문학관이 주변환경과 잘 어울린다.

蛇集》을 낸다.

1948년 《귀촉도》를 펴내고, 해방공간에서 동아대 교수, 동아일보사 사회부장과 문화부장, 문교부 초대 예술과장 등을 지낸다. 1950년 6·25 때 정신분열 증세가 심해 대구와 부산 등에서 요양했고, 1·4 후퇴 때는 피난 가서 전주고 교사, 조선대 부교수, 환도 후에는 서라벌예술대, 동국대 교수를 지낸다.

1961년 불교체험, 유교와 노장사상, 샤머니즘, 동양사상을 결집한 《신라초》를 펴내고, 1968년에 불교와 현실세계를 밀착시킨 시집 《동천》을, 1972년 《서정주 문학전집》 전 5권을 간행, 1975년 토속적 감수성을 확인시킨 《질마재 신화》를 내놓으며 한국현대시사의 한 봉우리를 차지했다는 평이다.

'미당의 시와 삶' 전시관에는 '민족 없는 탐구, 미당의 문학세계', '우리시대의 모태, 미당의 예술성', '뒤안길, 미당의 그림자', '첫 시집, 《사화집》 소개', '우리말 시인 가운데 가장 큰 시인'이란 부제 설명과 함께 작품집들이 진열되어 있다.

다음 전시장으로 가는 복도의 벽에 '문우들과 후학들이 말하는 미당'

이 있고, 화살표를 따라 가니 계단에도 '미당 시 문학관' 액자 아래 목재 띠에 시인과 관련된 사진들이 옥상까지 연결되어 있어 지루한 줄 모르고 올라갔다.

층별 전시실 1층에서 미당과 그의 가족들 사진을 보며 따뜻한 가족애를 느끼고, 2층에선 거문고와 도자기며 고급스러운 보료 등 고품격이 느껴지는 서재에서 시인의 향기가 전해오는 듯하다.

3층 미당의 교우관계를 보여주는 사진들 속에 화가 운보 김기창, 천경자, 김동리, 황순원 작가, 무애 양주동 박사, 성철 큰 스님이 보인다. 편지와 해외우편봉투, 저서 등에서 작가의 인맥을 느낄 수 있다. 4층에는 작가가 사용하던 파이프, 도장, 베레모 등 유품이 보인다.

전망대인 5층에 가니 사방이 한눈에 보여 속이 다 후련하다. 삼면에 있는 원형과 사각형의 창을 통해 본 봄 풍경을 마치 둥근 액자와 사각액자에 표구한 느낌이다. 시의 모태가 되었다는 질마재 마을이 더 평화롭게 보인다. 2000년 12월 24일에 85세로 타계한 시인의 생가도 먼발치로 보인다. 몇 년 전 문학기행을 왔을 때는 느끼지 못했는데 작정하고 탐방을 하니 느낌이 많이 다르다.

마지막으로 들어간 전시실은 미당의 주옥같은 작품들이 조형물 앞뒤에 손 글씨체로 적혀 있다. 많이 애송되고 있는 시들이다. 〈국화 옆에서〉, 〈귀촉도〉, 〈자화상〉, 〈동천冬天〉, 〈선운사 동구〉, 〈영산홍〉 등을 감상

문학관 초입에서 만난 시인과 애송시 〈푸르른 날〉.

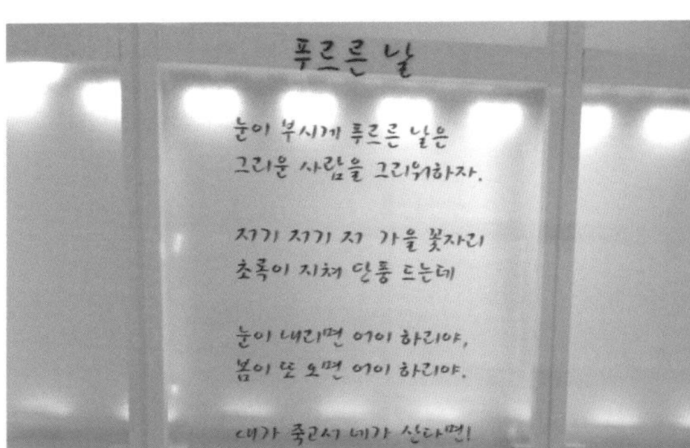

하며 한 바퀴 돌아 나온다.

처음 들어갔던 곳에서 전시실 내부와 북카페를 사진에 담고 나왔더니 시원한 서해바람이 살갗을 스쳐 지나간다. 문학관 모퉁이에 하얗게 핀 목마가렛이 바람에 한들거리고 그 위로 대형 조형물인 자전거가 설치되어 있다. 어떤 의미일까? 자전거를 보면 자유로운 여행이 떠오른다.

담쟁이덩굴로 덮여 있는 문학관의 대문은 자연이 만들어낸 예쁜 조형물처럼 보이고, 넓은 마당가에 심어놓은 국화가 싱싱하게 잘 자라고 있다. 가을이면 찾아오는 손님마다 만발한 국화꽃을 보며 "한 송이의 국화꽃을 피우기 위해서 봄부터 소쩍새는…" 〈국화 옆에서〉를 읊조리며 구경할 것이다.

얼마 전에 황금찬 시인의 작품에서 읽었던 일화가 생각난다. 서정주 시인의 젊은 시절 얘기다.

서정주 시인이 홀로 상경하여 일자리를 찾으며 고생할 때 일정한 거주지가 없어 편지나 기별들은 이봉구 소설가 집으로 해서 받았단다. 서정주 시인의 부인에게서 온 편지를 이봉구 소설가가 허락도 없어 뜯어서 보고 "필치와 편지 내용이 하도 사랑스러워 내가 보관해야겠다"며 내용만 그대로 베껴서 주었다고 한다. 요즘 같으면 말도 안 되는 얘기지만 그 시절엔 그런 일도 있었나 보다.

서정주 시인은 아내의 친필편지를 끝내 보지 못했고, 이봉구 소설가는 "초등학교 아동들이 쓰는 잡기장에다 연필 끝에 침을 찍어 꾹꾹 눌러쓴 편지, 남편을 향한 진실한 사랑과 정이 담긴 명문의 편지"라 찬사를 보내며 소문을 냈다는데 그 시절의 '사랑편지'는 어땠을까. 궁금하여 관심 있게 읽어봤다.

오랫동안 소식이 적적하와 아례압
그곳에 계실 줄 믿습니다.
이곳 숙淑은 부모님 모시고 무고하옵니다.
그동안 몸이나 건강하시온지
숙은 주야 그게 걱정이오며 멀리 비나이다.
이곳은 오랫동안 비가 아니 와 모들도 못 심고,
흉년들까봐 먹을 것 걱정들이나 하고 하루하루를 보냅니다.
우리들의 생활인가 봅니다.
정주 씨
지금 무엇을 생각하고 계시옵는지
시골의 달밤이라 어찌 이렇게도 맑고 맑은 달인지
깨끗한 저 달을 바라보니 저의 마음도
저 달과 같이 지고 싶습니다.
저 달이 내 앞에 오면 숙도 잠이 듭니다.
우리들의 살기가 이렇게도 괴로울 줄,
꿈과도 같습니다. 운명인가 봅니다. (중략) ☆

조태일 시문학 기념관

민족저항시인으로 불리는 작가의 삶과 문학세계를 한눈에 감상할 수 있도록 태안사 안에 2003년 9월 7일에 건립한 시 문학 기념관은 170평 규모의 목조건물로 전시실에는 시인의 발자취와 육필원고, 유품, 시인을 기리는 문학작품 2,000여점을 전시했고, 시집 전시실에는 많은 희귀본과 3,000여점의 시집들이 전시돼 있다.

이용안내

관람시간 : 〈4월~9월〉 09:00~18:00 〈10월~3월〉 09:00~17:00

※ 매주 월요일 · 법정 휴무일 휴관

주소 전남 곡성군 죽곡면 태안로 622-38 **문의** 061-362-5868

24

곡성 태안사 <조태일 시문학 기념관>

여행 첫날 마지막 일정을 마무리하기 위해 무주에서 곡성으로 향했다. 남편이 쉬지 않고 부지런히 달려 문 닫기 전에 목적지에 도착할 수 있었다. 5시쯤 되니 산골짜기는 금세 해가 뉘엿뉘엿했다. 목적지 부근이라고 하는데 건물은 보이지 않고 절 입구였다. 의아해서 매표소 직원에게 물으니 맞다고 한다.

태안사 입장료 1500원을 내고 한참 올라가니 주차장이 나오고 안내 표지판이 눈에 띄었다. 태안사 안에 시인의 시문학 기념관이 있는 것은 그럴만한 이유가 있을 거라 생각했는데 과연 그랬다.

부끄럽게도 탐방일정을 짜기 전에는 '조태일' 시인을 몰랐다. 전국 문학관을 탐방하면서 새삼 문학공부를 다시 하고 있는 셈이다. 모르는 걸 알아가는 기쁨은 겪어본 자만이 알 것이다.

주차장에서 본 건물은 아주 작고 소박해서 갸우뚱했지만 분명 안내표지판에 '조태일 시문학 기념관'이라 쓰여 있다. 화살표 방향으로 가서야 이해가 되었다. 대문격인 입구에 고은 시인이 쓴 '조태일 시문학 기념관' 개관 축시가 보인다. 장승, 항아리, 손질이 잘된 영산홍의 사열을 받으며 디딤돌을 따라 마당으로 갔더니 밖에서 본 것과는 전혀 다른 분위기다. 겉만 보고 판단할 일이 아니라는 걸 다시 한 번 깨달았다.

붉은 나무판의 웅장한 건물이 석양빛을 받아 빛나고 있다. '조태일 시

조태일 시문학 기념관임을 확인시켜 주는 벽면의 안내가 다채롭다.

문학 기념관, 시집 전시관, 북카페' 3개의 건물 중 제일 먼저 기념관으로 향했다. 안으로 들어갔더니 2층 건물이 아니라 단층 건물로 2층 높이의 천장이 속 시원하게 뻥 뚫려 있다. 나뭇결이 그대로 나있는 높은 벽면에 작가의 사진과 초상, 시화작품과 그림들이 붙어 있고, 맞은편에는 '근대 시문학 발전을 이끈 시대의 문학가들' 사진이 커다란 액자에 담겨있다. 알만한 작가들이 눈에 띈다. 전국에 흩어져 있는 문학관을 찾아다닌 보람이다. 대부분 문학관에서 만난 작가들이다.

'30년 후의 약속을 뒤로 하고 고향을 떠나야 했던 문학소년 조태일, 민족저항 시문학의 태동과 시련', 소장했던 귀한 책들과 유품, 작가의 집필실, 작가의 시문학 연대표, 음악을 공부하며 사용했던 피아노 등 작은 물품까지 소중하게 입체로 전시해 작가가 어떤 삶을 살았는지 한눈에 볼 수 있다.

조태일 작가의 약력에 관심이 간다. 시인은 1941년 곡성 태안사에서 대처승의 아들로 태어났으며, 1964년 〈경향신문〉 신춘문예에 시 〈아침 선박〉이 당선되어 문단에 등단, 1969년 시 전문지 《시인》 창간, 《식칼론》을 비롯, 8권의 시집을 발간했다고 적혀 있다.

근대 시문학 발전을 이끈 문학가들이 한눈에 보인다.

어떤 작품을 남겼을까? 《국토》, 《가거도》, 《자유가 시인더러》, 《산 속에서 꽃 속에서》, 시선집 《다시 산하에게》, 이론서 《시 창작을 위한 시론》, 《풀꽃은 꺾이지 않는다》, 《알기 쉬운 시 창작 강의》, 《혼자 타오르고 있었네》가 있다. 1999년 제8시집 《나는 노래가 되었다》를 발행하고, 그해 9월 7일에 간암으로 58세에 별세한다.

100세 시대를 생각하면 젊은 나이이다. 안타까운 마음으로 발걸음을 돌려 나오는데 무인판매대가 눈에 띈다. 작가에 대해서 더 깊이 알고 싶어 통에 돈을 넣고 시선집 《국토》와 《나는 노래가 되었다》 두 권을 샀다.

시인이 민족저항시인으로 불리는 이유가 궁금하여 찾아보았다.

> 목숨 부지하며 살아가기가 참말로 부끄러워 괴로움에 온 마음과 온몸을 조인 채 허우적거리며 살아온 5년 남짓한 소용돌이 속에서 썼던 연작시 〈국토〉 48편을 1·2부로, 시집 《아침 선박》(1965)과 《식칼론》(1970)에서 39편을 골라 3·4부로, 모두 87편을 묶어 세 번째 시집이 되는 《국토》를 펴낸다.

시인에게 '국토'는 자신을 낳고 길러준 모태이고, 민중의 살림살이를 떠받들고 있는 소중한 터전이며, 민족과 역사 앞에 바로 서고자 하는 뜻을 세우게 하는 궁극의 땅이다. 이런 국토의 순결성을 훼손하는 독재정권과 외세를 향해 거침없이 분노의 언어를 쏟아낸 시집이 《국토》다. 1970년대 초부터 5년에 걸쳐 쓴 48편의 연작시를 묶은 조태일의 대표적인 시집 《국토》는 1975년 유신 시대에 출간되었으나 긴급 조치 9호 위반으로 판매 금지처분을 받는다.

1977년 양성우 시집 《겨울공화국》 발간 사건에 연루되어 긴급조치 9호 위반으로 고은 시인과 함께 구속되었을 때가 36세, 1978년 일본 리까쇼오보오梨花書房에서 한국현대시선 시리즈로 《국토》가 일역되어 출간된다.

1979년 4월 38세, 한밤중 자택 옥상에서 박정희 대통령과 유신독재체제를 신랄하게 비판했다는 이유로 투옥 29일 만에 석방되었으나, 1980년 계엄해제를 촉구한 지식인 124명 서명에 참여, 7월 자유실천문인협의회 임시총회와 관련 계엄법 및 포고령 위반으로 신경림, 구중서 등과 함께 구속되어 보통군법회의와 고등군법회의에서 징역 2년, 집행유예 3년을 선고받았고, 대법원에서 원심대로 확정한다.

1981년 시론집 《고여 있는 시와 움직이는 시》도 판매금지 당하고, 1982년 항일민족시선집 《아아 내 나라》를 간행한다. 시인은 첫 시집 《아침 선박》(선명문화사, 1965)에서부터 《식칼론》(시인사, 1970), 《국토》(창작과비평사, 1975)에 이르기까지 줄기차게 민중의 강인한 생명력을 찬미하고, 민중을 억누르는 권력과 제도의 불순한 힘을 서슬퍼런 언어로 탄핵하고 고발하면서 반체제 저항 시인의 길을 꿋꿋하게 걸었다. 그래서 민족저항시인으로 불렸던 것이다.

시인의 대표시집인《국토》와《식칼론》제목을 보면 매우 강렬하고 무시무시하게 느껴지지만 내용은 그렇지 않다. 〈국토·1〉은 "내가 딛는 땅은 내 땅이 아니다. 내가 읽는 글은 내 글이 아니다…"로 시작되고, "창틈으로 당당히 걸어오는 햇빛으로 달구었어! 가장 타당한 말씀으로 벼리고요" 는 〈식칼론·1〉의 시작 부분이다.

"시를 감상할 때는 따지지도 말고, 의미를 찾으려고 애쓰지도 말고, 그냥 읽으라"고 하시던 문향 김대규 선생님 말씀이 생각난다. 그냥 편하게 시 읽는 연습을 해야겠다.

각종 행사가 치러지고 있는 전시관 옆 카페에 들러 마당 건너편에 있는 '시집 전시관'으로 갔다. 그곳엔 근대작가들인 정지용의《지용시선》(1946),《백록담》(1946),《문학독본》(1949년), 최재서의《해외서정시집》(소화3년), 모윤숙의《풍랑》(1951), 최남선의《백팔번뇌》,《아시조선》(소화2년), 오상현의《칠면조》(1947), 서정주의《귀촉도》(1948),《현대조선명시선》(1950년), 임화의《찬가》(1946), 유진오의《창》(1948), 노천명의《현대시인전집》(1949), 이효상의《산》(1948), 조병화의《패각의 침실》(1950) 등 희귀본 시집과 시조집, 이론서 등을 유리관에 전시했다. 작가가 기증한 책들은 책장에 있다.

시집 전시관을 둘러보고 나오는데 사무실 직원이 차 한 잔 하고 가라는 걸, 땅거미가 지는 중이고, 갈 길이 멀어 고마운 마음만 받겠다고 돌아서는데 들려주고 싶은 얘기가 많았던 모양이다. 행사 때마다 유명한 작가들이 찾아왔음을 알려주며 무척 자랑스러워했다.

왜 작가의 기념관이 태안사 안에, 그것도 움푹 파인 곳에 있는지 궁금해서 물었다. 작가는 태안사 주지스님의 큰아들이었고, 유년시절을 태안사에서 보낸 인연으로 스님들의 다비식 장소를 내주었다는 거다.

그리고 조태일 작가가 생전에 투옥된 작가들의 옥바라지를 하거나, 남 도와주는 일을 티 나지 않게 했대서 기념관도 다 드러나지 않도록 지었다는 얘기가 큰 울림으로 다가왔다.

신경림 시인이《신경림의 시인을 찾아서 2》에서 들려준 일화가 생각난다. 조태일 시인과 안양에 거주했을 때 자주 만나 술잔을 기울이곤 했단다. 어느 날 상처하고 아이들과 살고 있던 신경림 시인에게 시장에 가자해서 따라갔더니 아이들의 속옷과 양말을 몽땅 사서 택시 안에 넣어주어 그해 겨울을 따뜻하게 지냈단다. 또 실직한 시인들이 갈 곳이 없어 조태일 시인이 운영하는 인쇄소를 임시사무실로 썼는데, 그가 매일 밥도 사고 술도 사면서도 상대가 미안해하지 않도록 배려했다는 얘기와 남 돕는 일을 티 나지 않게 했다는 말이 일치한다.

더 많은 얘기를 듣고 싶었지만 해가 떨어지기 전에 태안사도 들러볼 겸해서 서둘러 인사하고 나왔다. 굽이진 자갈길을 한참이나 달려 올라가니 왼쪽에 우뚝 솟은 경찰충혼탑이 있고, 더 올라가니 역사가 오래된 태안사 전경이 보이는데 한 폭의 그림이다.

석양에 비친 고즈넉한 사찰을 한 바퀴 돌고 나올 수밖에 없었다. 금세 해가 자취를 감춰 더 어두워지기 전에 내려가야 한다는 조바심이 마음의 여유까지 앗아간다. 다시 방문하리라 다짐하며 내려왔다. ☆

동심이 세상을 구원한다.

순천 문학관

소설가 김승옥과 동화 작가 정채봉의 문학 정신을 기리기 위해 건립, 2010년 10월 22일에 개관한 '순천 문학관' 은 넓은 대지에 황토초가 9개 동이 자리 잡았고, 두 작가의 전시관은 ㄱ자 모양과 별채 동이 한 집으로 서로 이웃하고 있다. 두 작가의 생애와 문학의 발자취, 작품세계를 감상하며 둘러볼 수 있도록 육필원고와 작품집, 생활유품 등의 자료들을 질서정연하게 정리해 놓았고, 갈대숲을 메워 단장한 문학관은 사라진 고향을 떠올리게 한다.

이용안내

관람시간 : 〈하절기〉 09:00~18:00 〈동절기〉 09:00~17:00

※ 매주 월요일 휴관

주소 전남 순천시 무진길 130

문의 061-749-4392

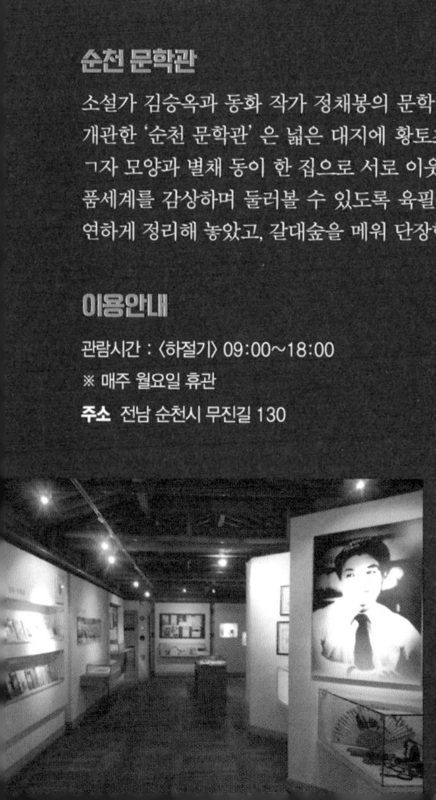

25

갈대숲의 김승옥 정채봉 <순천 문학관>

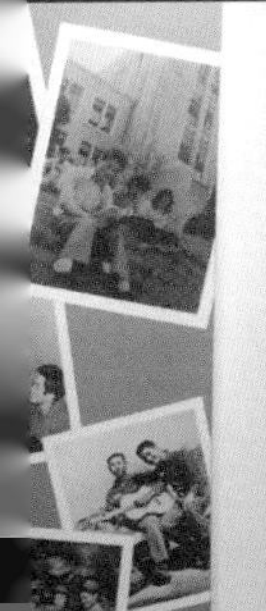

비가 부슬부슬 내린다. '순천시 무진길 130'을 향해 기분 좋게 길을 나서는데 약간 설렘과 기대가 길을 재촉한다. 말로만 듣던 순천만을 방문하게 되다니….

비는 불편하지 않을 정도로 적당히 내리니 상승하던 더위를 제압하여 여행하기에는 더없이 좋은 날이다. 스쳐지나가는 순천을 한눈팔지 않고 바라보며 국가정원 제1호라고 홍보하는 순천만이 어떤 곳일까 궁금했지만, '순천 문학관'을 향해 달릴 수밖에 없다.

내비게이션만 믿고 가는데 도저히 차가 갈 수 없는 길로 안내한다. 아차하면 물이 찰랑거리는 논 속으로 빠질 것 같은 좁다란 외길을 지나고, 구불거리는 둑길로 들어섰다. 아뿔사! 외길 양쪽의 잡초가 서로 맞닿은 듯 우거져 도저히 차가 빠져나갈 수 없는 길처럼 보인다. 비안개로 둘러싸인 순천만 갈대숲에서 발이 묶일 것 같은 불안감이 엄습해 온다.

비는 추적추적 내리고 안개가 자욱한 드넓은 갈대밭을 보며 김승옥의 〈무진기행〉을 체험하라는 것인가, 어이없는 생각까지 했다.

> 안개, 무진의 안개, 무진의 아침에 사람이 만나는 안개, 사람들로 하여금 해를, 바람을 간절히 부르게 하는 무진의 안개, 그것이 무진의 명산물이 아닐 수 있을까!

순천문학관의 정문은 홍살문을 연상케 한다.

눈앞에 펼쳐진 전경이 영락없이 〈무진기행〉의 한 부분을 닮았다. 작가는 분명 그런 광경을 목격하고 작품의 소재를 찾았을 지도 모른다.

사통팔달, 길은 통하기 마련, 막다른 좁은 길에서 되돌아 나와 문학관이 있을 법한 쪽으로 무작정 달렸더니 강 건너에 '문학관역'이 보인다. 이제 강만 건너면 되려니 했건만 그도 아니었다. 다시 돌아가라는 내비양의 말을 무시하고 이리저리 달려 봐도 문학관 주변에서만 뱅뱅 돌고 있다. 금쪽같은 시간을 허비하자니 속이 탔다.

문학관에 전화했더니 방법을 알려주는데 그 역시도 쉽지 않다. 순천만가든 식당 앞으로 해서 오라는 대로 갔지만 좁은 농로에 경운기가 턱 버티고 있다. 더 이상 갈 수가 없다. 결국 논 가운데 차를 세워놓고 걸어갔다. 지쳐서 포기하고 싶었지만 예서 포기할 수는 없지 않은가.

그렇게 한참을 걸어서 '순천 문학관' 입구에 도착했다. 순천만국가정원에서 '스카이큐브'라는 무인궤도열차를 타고 문학관역에 내려서 온 사람들은 아주 쉽고 편리하게 왔다는데, 차로 움직인 사람들은 다들 헤매다가 찾아왔다고 한다. 약도라도 제대로 있었으면 도움이 되었을 텐데 아쉬움이 남는다.

김승옥 문학관은 ㄱ자와 별채동으로 나누어졌다.

우산을 받고 다니며 고생한 보람을 찾으려고 분주히 돌아다녔다. 갈대숲을 메워 단장한 문학관은 사라진 고향을 떠올리게 한다. 초가지붕과 담장 너머로 흐드러지게 핀 넝쿨장미와 정원, 장독대, 싸리 울타리로 만든 대문 등이 정겨워 조금 전의 고생은 저만치로 밀려났다. 모래마당에 물이 괴었지만 진흙이 아니라서 다행이다.

2010년에 개관했다는 '순천 문학관'은 넓은 대지에 황토초가 9개 동이 자리 잡았고, 두 작가의 전시관은 ㄱ자 모양과 별채로 각각 3개 동이 한 집으로 서로 이웃하고 있다.

〈무진기행〉의 작가 '김승옥관'

먼저 정채봉 작가보다 선배인 '김승옥관'에 들어갔다. 집들의 문이 옛날 시골집처럼 창호지를 바른 격자문이라 옛 정취가 느껴지고 아늑했다. 마당을 지나 입구에 들어서니 김승옥 작가의 웃는 사진이 반갑게 맞아준다. 기둥과 천장의 통나무들이 그대로 보이고, 바닥은 마루 느낌이라 한결 편안하다.

제일 먼저 작가가 살아온 길, 바로 작가의 연보가 눈에 띈다.

전시실 입구의 작가와 전시된 유품들에서 영화계에서 종사한 흔적이 보인다.

김승옥 작가는 1941년에 일본 오사카에서 태어나 1946년 부모를 따라 귀국해 순천에 정착, 순천남국민학교에 입학할 무렵 아버지가 돌아가셨다. 초등학교 시절인 1952년《소년세계》와《새벗》에 동시를 발표했고, 순천중학교 재학시절에는 교지에 콩트와 수필을 투고했다니 문학적 재능이 떡잎부터 남다름을 보인다.

1960년 서울대 문리대 불문과에 입학한 작가는 4·19를 경험하고 교내신문《새세대》 기자로 활동하면서 한국일보사에서 발행한《서울경제신문》에 만화 〈파고다 공원〉을 연재해 학비까지 조달한다. 그림에도 남다른 재능이 있었다는 얘기다.

1962년에 〈한국일보〉 신춘문예에 단편소설 〈생명 연습〉이 당선되어 문단활동을 시작한다. 문우 김현, 최하림, 강호무, 서정인, 김치수, 김창웅, 김성일, 염무웅, 곽광수 등과 동인지《산문시대》를 창간하고, 동인지에 〈건乾〉, 〈누이를 이해하기 위하여〉, 〈환상 수첩〉, 〈확인해본 열다섯 개의 고정 관념〉으로 문단의 주목을 받는다.

1964년《문학춘추》에 〈역사力士〉, 〈싸게 사들이기〉를,《사상계》에 〈무진기행霧津紀行〉을,《세대》에 〈차나 한 잔〉을 발표하여 한국 단편문학사에서 가장 뛰어난 미학적 성취를 보여준 작품이라고 평가받는다. 〈무진기행〉은 학생들이라면 국어시간에 배웠을 테고 시험 공부할 때 외우기도 했을 것이다.

일종의 도피처이고 세속도시 저편에 펼쳐진 순수의 공간이기도 한 '무진'은 실제로 존재하지 않는, 작가가 상상으로 만들어낸 가상의 지명인데 찾아가보고 싶을 정도로 세밀하게 묘사했다.

짙은 안개가 자욱한 순천만의 풍경과 어쩜 그렇게 닮았던지 '무진'이란 지명이 있는 걸로 착각하게 만들었다. 작가는 이렇게 상상으로 사람들을 착각 속에 빠져들게 하는 재주가 있다. 훌륭한 작가일수록 더욱 더 사실적으로 그려낸다.

1965년 스물네 살의 작가는 소설 〈서울, 1964〉로 제10회 '동인문학상'을 수상하면서 〈단편 들놀이〉, 〈시골 처녀〉를 발표한다. 1966년에는 〈염소는 힘이 세다〉와 〈다산성〉을 발표, 단편소설집 《서울, 1964 겨울》을 간행하고, 장편소설 《빛의 무덤 속》을 《문학》에 연재한다.

〈무진기행〉을 시나리오로 각색하게 된 걸 계기로 영화에 관심을 갖기 시작해 1967년 김동인의 단편 〈감자〉를 각색하고 연출까지 맡아 영화를 만든다. 1968년 이어령의 〈장군의 수염〉을 각색해 대종상 각본상을 받고, 1970년대엔 〈어제 내린 비〉, 〈영자의 전성시대〉 등을 시나리오로 각색, 〈여자들만 사는 거리〉, 〈도시로 간 처녀〉 등을 영화로 만든다.

1967년 〈중앙일보〉와 1968년 〈선데이서울〉에 연재한 〈내가 훔친 여름〉과 〈60년대식〉은 감각적인 문체로 퇴폐풍조에 물들어가는 속물성을 훌륭하게 그려내 새로운 대중성을 이끌어냈다는 평가를 받지만, 〈보통 여자〉, 〈강변부인〉은 '난잡하고 음란한 성희'라는 비판을 받기도 한다. 작가의 모든 작품이 다 좋은 평을 받을 수 없는 게 문학하는 사람들의 공통점이기도 하다.

1970년엔 '오적' 사건으로 투옥된 김지하를 위해 이호철, 이문구, 박태순 등과 구명운동에 나서기도 한다.

1977년 《문학사상》에 중편 〈서울의 달빛 0장〉을 발표, 이 작품으로 문학사상사에서 제정한 제1회 '이상 문학상'을 수상한다. 1979년에는 옴니버스 스타일의 소설 〈우리들의 낮은 울타리〉, 1980년엔 〈동아일보〉에 장편 〈먼지의 방〉을 연재하다가 광주사태로 자진 중단한다.

전시관에는 문학과 사상, 유소년기, 60~70년의 청년기, 중년기, 제1회 이상 문학상, 동인 문학상 수상 장면들, 언론 기사, 작품집, 육필원고를 전시해놓았다. 시나리오 작가로 활동하며 직접 감독, 각색을 맡은 〈감자〉, 작가의 작품을 영화한 〈안개〉 등의 포스터와 각색한 영화들의 포스터, 영사기, 영화필름, 테이프 등의 전시는 작가가 어떤 삶을 살아왔는지 한눈에 볼 수 있는 흔적이기도 하다.

전시물은 여느 문학관과 다를 바 없지만, 나름대로 특색 있고 ㄱ자 전시관을 알뜰하게 활용해서 좋다. 나올 때는 다른 문으로 나왔는데 마치 외갓집에 다녀온 기분이다.

현재 김승옥 작가는 생존해 계시지만 건강이 좋지 않다고 한다. 순천이 낳은 김승옥 작가의 쾌유를 빌며 새 작품이 나오길 기대해 본다.

성인 동화작가 '정채봉관'

김승옥관 바로 이웃에 똑같은 형태의 정채봉관이 있다. 비 오는 날이라 손님이 많지 않아 사진 찍기에는 좋다. 역시 활짝 열린 창호지 바른 격자문 안으로 들어서니 정채봉 작가의 활짝 웃는 사진과 "동심이 세상

초가집으로 조성된 정채봉 문학관은 마치 외갓집을 연상케 한다.

을 구원한다"는 문구가 먼저 눈에 들어온다. 역시 동화작가답다.

정채봉 작가의 작품 중 영화 〈오세암〉은 많이 알려진 작품이다. 애니메이션 〈오세암〉도 독자층 구분 없이 모두 좋아할 정도로 인기가 많다. 〈오세암〉의 탄생 비화秘話가 있다.

정채봉 작가는 '오세암'에 내려오는 전설을 스토리텔링해 동화를 썼지만 마음에 들지 않아 다 쓴 원고지를 구겨서 휴지통에 버린다. 부인 김순희 여사가 청소하다 구겨진 원고를 발견하고 읽어보니 정말 감동적이었다. 그래서 다리미로 펴서 작가의 책상 위에 올려놓는다. 작가는 부인의 행동에 감동을 받아 〈오세암〉을 완성시켰고, 그 후로는 원고지를 구겨서 버리는 일이 없었다고 한다.

지금이야 컴퓨터로 작업을 하지만 그 당시만 해도 원고지에 쓰는 작가들이 대부분이었기 때문에 그만큼 버려지는 원고지도 수없이 많았다. 작가의 부인이 아니었으면 그처럼 아름답고 감동적인 동화를 만날 수 없었을 것이다. 〈오세암〉은 그렇게 빛을 보게 되었을 뿐만 아니라 지금까지도 사랑 받고 있다.

정채봉 작가는 중년 또래들이 좋아하는 성인동화 작가다. 작품이 맑

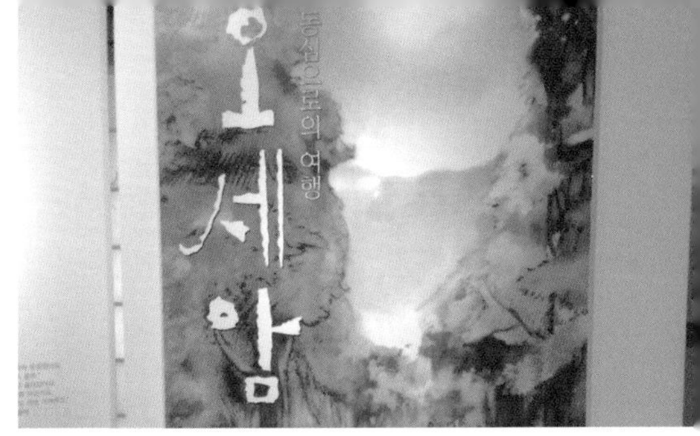

전시실 입구의 작가 어록과 대표작 애니메이션 〈오세암〉이 눈길을 끈다.

고 순수해서 좋아하는 독자가 많다. 나도 작가의 장편 성장소설《초승달과 밤배》, 성인동화《숨 쉬는 돌》등을 사서 재미있게 읽었던 기억이 새롭다. 성장 환경이 닮아서 더 공감하며 좋아했다. 바로 내 얘기를 들려주는 것 같았다.

정채봉 작가는 1946년 11월 3일 전남 순천시 해룡면의 바닷가 작은 마을에서 태어난다. 바다, 학교, 나무, 꽃 등이 작품에 많이 등장하는데 대부분 고향이 배경이다. 어머니가 일찍 돌아가셔서 작가 남매는 할머니의 품에서 자란다. 할머니가 사랑으로 키우셨다는 내용에서 동병상련을 느꼈다.

1990년 7월 15에 발행한 정채봉의 첫 에세이《그대 뒷모습》은 나의 유년시절을 떠올리게 해 더 공감하며 가슴 아리게 읽었던 기억이다. 가장 인상적이었던 작품이 〈스무 살 어머니〉다.

작가는 세 살 때, 스무 살의 어머니가 돌아가셔서 얼굴은 잘 기억하지 못해도 어머니의 내음은 때때로 떠오르곤 했단다. 바닷바람에 묻어오는 해송 타는 내음, 고향의 그 내음에서, 할머니가 군불을 땠을 때 해송 타는 연기에서, 어머니의 모습이 다가오다 사라진 경험을 했다는 것이다. 어머니가 보고 싶을 때면 해송 타는 내음을 생각했고, 그 내음을 만날 때면 어머니가 조용히 떠올랐단다.

알고 보니 어머니가 작가를 업고 외가에 다니던 길엔 아름드리 소나무가 우거진 솔밭이 있었다는 것이다. 젖먹이 아기였지만 그때의 기억이 잠재하고 있었던 것이 아닐까. 아마 아기라 말은 못해도 뇌가 먼저 인지하고 저장했을 테고, 그 기억이 작품으로 발현되지 않았나 싶다.

나도 애기 때 외가에서 살았던 기억이 어렴풋이 떠오르고, 석양노을이 사라질 때면 엄마의 체취가 사무치게 그리워 울곤 했다. 하도 많이 울어서 외할머니의 애간장을 태웠다.

또 하나 눈에 선하게 떠오르는 작품이 작가의 성장소설《초승달과 밤배》에 나오는〈찔레꽃잎 도시락〉이다.

> 초등학교 2학년인 주인공 '나는 나'라는 뜻인 '난나'에게는 어린 꼽추 여동생 옥이가 있다. 옥이는 오빠가 배고플까봐 도시락을 학교로 가지고 온다. 친구들이 "난나 동생 꼽추가 온다!"고 놀리자 난나는 학교에 나타난 동생에게 왜 왔느냐며 퉁명스럽게 쏘아붙이고 무척 속상해한다.
>
> 집에 할머니도 안 계시고, 쌀뒤주는 비었고, 고구마도 삶을 줄 모르는 동생 옥이가 가져온 도시락이 궁금했던 난나는 옥이를 돌려보낸 뒤 학교 뒤 솔밭에 가서 열어 본다. 도시락 속에는 하얀 찔레꽃잎이 가득 담겨 있었다. 배고플 오빠를 생각하며 도시락에 찔레꽃잎을 따 담아왔던 옥이의 갸륵한 마음이 난나를 아주 다정다감한 오빠로 만든다.

한 폭의 그림처럼 아름다운 글이다. 작가를 좋아하는 이유다.

정채봉은 1973년〈동아일보〉신춘문예 동화부문에〈꽃다발〉이 당선되어 문학 활동을 시작한다. 이후 샘터사 기자, 편집부장, 주간으로 근무하였고, 교과서 집필위원, 동아일보 신춘문예 심사위원 등을 맡으며 〈생각하는 동화〉, 〈바람과 풀꽃〉 등 많은 작품을 발표한다. 2001년 1월 9일, 간암으로 투병하다 56세로 별세하여 사람들을 안타깝게 했다.

작가가 쓰던 유품에서 작가의 체취가 느껴지고, 생각하는 동화집들과 전집, 〈오세암〉 애니메이션과 육필원고, 문우들과 주고받은 엽서가 옛날의 향수를 불러일으킨다. 맑고 순수한 작품을 탄생시킨 소박한 집필실은 시골의 정취가 살아있는 듯했고, 정감이 묻어나는 가족사진들과 습작 노트, 손때 묻은 수첩, 지갑 등에서 작가의 숨결을 느낄 수 있다.

작가가 열심히 살다간 흔적들이 고스란히 남아 있는 문학관을 한 바퀴 돌아 나왔더니, 정겨운 풍경이 눈앞에 펼쳐진다. 낮은 담장을 에워싸고 탐스럽게 핀 붉은 장미와 지붕을 새로 단장한 황금빛 초가들이 마치 한 폭의 민화를 보는 듯하다.

우산을 받고 차가 있는 농로까지 걸어가는데, 저 멀리 초록 갈대밭과 흰 왜가리들이 어우러져 마치 한 편의 영상물을 감상하는 것 같다.

찾아갈 때는 헤맸지만 돌아올 때는 수월하게 왔다. 잊을 수 없는 추억을 한 아름 안고서…. ☆

최명희문학관

전주한옥마을에 자리 잡은《혼불》의 작가 최명희문학관은 작가의 숭고한 문학정신을 기리고 계승 발전시키고자 2006년 4월 25일 개관했다. 시민들이 문학과 창작에 관심을 가질 수 있도록 문학 강연과 토론회, 혼불문학제, 문학기행, 공모전 백일장, 세시풍속행사, 체험행사 등 다양한 프로그램을 운영하고 있다.

이용안내

관람시간 : 10:00~18:00

※ 매주 월요일 · 추석 · 1월1일 · 설날 당일 휴관

주소 전북 전주시 완산구 최명희길 29 **문의** 063-284-0570

26

한옥마을에서 만난
전주 <최명희문학관>

화창한 오월의 어느 하루였다. 전주 시외터미널까지 마중 나온 벗이 기꺼이 길라잡이가 되어 안내해준 덕분에 헤매지 않고 한옥마을 중심에 있는 '최명희문학관'으로 향했다. 오래된 건축물로 유명한 '전동성당'과 태조 이성계의 어진이 모셔진 '경기전'을 지나는데 많은 관광객이 각양각색의 복장으로 거리를 활보하며 기념 촬영하느라고 바쁘다. 전주한옥마을이 명성을 떨치고 있다는 증거다.

여러 종류의 화려한 한복과 여고시절의 향수가 물씬 풍기는 옛날 교복, 교련복 차림의 관광객들은 타임머신을 과거로 돌려놓는다. 나이 지긋한 분들이 학생복을 입고 학창시절로 돌아가 지나온 세월을 저만치로 밀어놓는다. 보는 이들도 즐겁다.

전주중앙초등학교 옆에서 만난 '최명희문학관'이라는 안내 표지판이 좋은 길라잡이가 돼 준다. 친구와 함께하니 훨씬 수월하게 찾았다. 전주에 온 목적은《혼불》작가의 숨결을 느끼고자 함이다.

대문 밖의 정원이 시골집을 찾은 듯 정겹고, 진한 초록빛 잔디밭 사이로 난 길이며 대문 앞의 소나무가 한옥 문학관과 어우러져 한 폭의 그림을 연상케 한다.

문간채 가운데에 대문이 있고 그 위에 '최명희문학관'이란 현판이 걸려 있다. 대문의 문턱을 넘어서자 ㄱ자 기와집이 한눈에 들어온다. 대문

입구엔 느린 우체통과 편지쓰기 체험방법을 알리는 안내문이 있다. 전주발 엽서 한 장, 느린 걸음으로 둘러보는 전주한옥마을, 문학인과 돌려 읽는 헌 책 코너가 작가의 문학관임을 확인시켜 준다.

문간채엔 사무실과 화장실이 있고, 문간채와 이어진 '獨樂齋(독락재)'가 작가의 전시관이다. 문간채와 전시관 사이의 공간은 편지쓰기를 체험할 수 있는 휴식공간으로 조성되어 젊은이들이 편지지를 앞에 놓고 뭔가 열심히 쓰고 있다. 당호가 왜 '독락재'일까. '홀로 자신과 대면하기를 두려워하지 않고 오히려 그것을 즐기는 경지'란 뜻처럼 작가는 홀로 글쓰기하며 외로움을 즐겼다.

호구지책으로 글을 써야 했던 작가는 글을 쓰지 않고도 먹고사는 사람들이 부러웠다고 술회하는 말에서 아릿한 아픔이 전해온다. 맏이로 가정을 책임져야 한다는 의무감은 그 입장이 되어 보지 않고선 이해하지 못할 것이다. 나도 비슷한 환경에서 자란 처지여서 작가의 심정이 이해되고도 남는다.

독락재 안으로 들어서자 작가의 짧은 연보가 눈에 들어온다. 1947년 10월 10일, 전주시 풍남동에서 당대의 지식인이었던 부모 슬하에서 2남 4녀 중 장녀로 태어났다. 1998년 12월 11일 51년을 살고 떠나면서 '아

전통 한옥으로 된 문학관이 친근하게 다가온다.

름다운 세상, 잘 살고 갑니다'라는 유언을 남겼다. 수십 년간 메모해 놓은 소재록엔 앞으로 써야 할 글감들이 130여 가지나 남아 있었다는 내용이 더 가슴 아프게 한다.

중고시절부터 각종 백일장에서 두각을 나타내 상을 휩쓸었고, 연세대 주최 전국남녀고교생 문예콩쿠르에서 수상한 수필 〈우체부〉가 1968년부터 1981년까지 고교 작문교과서 예문으로 실린다.

작가의 뛰어난 재능은 어려운 환경에 굴하지 않고 발휘하여 1980년, 중앙일보에 〈쓰러지는 빛〉, 1981년 〈동아일보〉 창간 60주년 기념 장편소설 공모전에서 《혼불》이 당선(고료 2000만 원), 월간 신동아에 《혼불》 연재(7년 2개월 국내 월간지 사상 최장기 연재), 1996년 200자 원고지 12,000매 분량의 《혼불》 10권을 발간한다.

1997년에 남편이 생일선물로 사준 《혼불》 10권을 완독할 때, 어렸을 때 보고자란 세시풍속과 관혼상제, 잔치음식들, 할머니의 손때 묻은 옛 물건들이 주마등처럼 스쳐가 마치 과거를 답사하는 기분이었다.

《혼불》은 1930~40년대 전라북도 남원의 한 유서 깊은 가문 '매안 이씨' 문중에서 종가宗家를 지키는 며느리 3대와 이 씨 문중의 땅을 부치며 살아가는 상민들의 삶을 그린 소설이다.

작가가 혼신을 다해 완성한 장편 《혼불》이 나선형으로 쌓여 있다.

이 씨 문중에는 종부宗婦로 결혼한 지 1년 만에 청상과부가 된 청암부인, 청암부인의 시동생 이병의의 장남이지만 청암부인의 양자로 들어온 이기채가 있다. 이기채의 아들 강모는 청암부인의 손자이면서 이 씨 문중의 장손으로 사촌 강실이를 좋아한다. 강모와 결혼한 허효원은 3대째 며느리로 부부가 서로 마음을 열지 않아 5년이나 합방하지 않은 상태에서 남편 강모가 사촌형 강태와 함께 만주로 떠나고 생과부로 살아간다.

거멍굴에 모여 사는 상민들은 시대의 변화를 업고 양반촌 사람들에게 억눌려 살아왔던 날에 대한 복수를 감행, 상민 춘복이가 이 씨 문중의 강실이를 겁탈한다. 강모의 사랑을 받아주지 않는 강실이는 자살을 기도하며 역사는 흘러가고….

《혼불》의 이야기는 10권까지 이어진다.

"대하소설인 이 작품은 근대사의 격랑 속에서도 전통적 삶의 방식을 지켜 나간 양반 사회의 기품, 평민과 천민의 고난과 애환을 생생하게 묘사했으며, 소설의 무대를 만주로 넓혀 그곳 조선 사람들의 비극적 삶과 강탈당한 민족혼의 회복을 염원하는 모습 등을 담았다"해서 문학사에서 좋은 평가를 받아오고 있다.

역사적 흐름은 박경리의 대하소설《토지》와 비슷하면서도 전혀 다른 색깔이라 볼 수 있다.《토지》는 놀라울 정도로 다양한 인물들의 성격이

전시실 '독락재'에는《혼불》의 육필 원고지 12,000매가 전시되어 있다.

잘 묘사되면서 사건을 중심으로 이어가지만,《혼불》은 우리 풍습의 보고寶庫라 평을 받을 정도로 호남지역의 민속을 세밀하게 그려내는 이야기 중심인 소설이다.

문학평론가 김열규는 "전통적인 소재, 유교적인 이데올로기, 지역 민속지적 기록, 그리고 가문사 등이 어울린 민족학적 서사물 또는 자연서사물"로 평했고, 소설가 이청준은 "찬란하도록 아름다운 소설"로, 유종호는 "일제식민지의 외래문화를 거부하는 토착적인 서민생활 풍속사를 정확하고 아름답게 형상화한 작품"으로 평가하는 등 1990년대 한국문학사 최고의 걸작으로 꼽힌다고 이구동성 격찬한다. 사라진 민속자료를 찾아 발품을 팔고, 고증된 자료를 수집하여 그림 그리듯 하며 18년 동안이나 한 작품에 매진했다는 집념이 놀랍고 감탄하지 않을 수 없다.

하긴 세계적인 문호들도 한 작품에 매달려 수년씩 걸려 위대한 작품을 남기기도 했다. 톨스토이는 한 작품을 완성하기까지 5년 이상 걸렸고, 빅토르 위고는《레미제라블》을 완성하는데 36년이 걸렸다. 괴테는《파우스트》를 위해 평생을 바쳤고,《뇌》의 작가 베르나르 베르베르가 12년에 걸쳐 쓴《개미》를 120번이나 고쳐 썼으며 '여섯 달은 쓰고 여섯 달은 퇴고한다'고 한 걸 보면 명작이 될 수밖에 없다. 작가라면 본받아야 할 부분이다.

독락재 한가운데의 유리전시관에 출간된《혼불》이 나선형으로 쌓여 있고, 벽면엔 사진액자와 작품집 전시, 작가의 활동장면 등은 문학관마다 비슷하지만, '최명희문학관' 전시관의 특징은 육필원고들이다.

여느 문학관에서도 볼 수 없었던 방대한 양의 원고지가 전시관을 메우다시피 했다. 확대한 원고지에 작가의 친필이 또렷했는데, 글씨도 예뽀고 한 땀 한 땀 수를 놓듯이 써 내려갔을 작가의 열정과 숨결이 고스란히 전해오는 듯하다.

작가의 서재 앞에 있는 '최명희 서체 따라 하기'와 '작가의 작품 필사하기' 체험장은 색다른 인상을 준다. '문단의 평가' 전시관에는 작가의 작품 76편을 장르별로 구분하여 이름표처럼 붙여놓아 보기가 좋다.

친구에게 보낸 친필편지에서는 따뜻함이 전해오고, 작가가 사용했던 만연필, 칼, 자, 먹끈, 가위 다섯 가지인 문방오우는 우리가 학창시절에 많이 사용했던 것들이어서 더 친근하게 다가온다.

뒤뜰에서 본 문학관 역시 기와담장과 어울려 전통 한옥의 미를 보여주고, 어딘지 모르게 고향에 대한 향수를 불러일으킨다. 큰 뒷문에 작가의 생가터 가는 길에 대한 안내문이 있었지만 가보지는 못했다.

문학관 전체에서 풍기는 따뜻함은 한옥 때문이었을까, 같은 여성이고 동향인이며 동시대에 비슷한 환경에서 살았다는 동질감 때문이었을까, 여성작가 문학관이 드물어서일까, 많은 생각이 오락가락한다.

2006년 4월 개관했다는 '최명희문학관'은 작은 마당과 소정원이 있는 여느 집처럼 아늑하고 온기가 느껴진다. 왼쪽 별채 지하에 문학강연장과 기획전시장인 비시동락지실非時同樂之室이 있는데 문이 닫혀 있어 발길을 돌려야 했다.

《혼불》에 혼신을 다하고 떠난 최명희 작가를 생각하니 왠지 모를 쓸쓸함과 아릿함이 훑고 지나간다. 요즘은 100세 시대라는데 쉰한 살이면 너무 일찍 떠난 것이다. 난 그 나이 때에 겨우 작품집 네 권을 냈을 뿐인데…. ☆

다섯

물길 따라
뱃길 따라
한길로 흐른다

청마 문학관

청마 유치환 시인이 시문학사에 남긴 업적과 문학정신을 기리고, 작가의 시세계와 삶의 발자취 등을 돌아볼 수 있도록 100여 점의 유품과 문헌자료 350여 점을 모아 망일봉 기슭에 청마문학관을 2000년 2월 14일 개관했다. 전망이 수려한 곳에 생가 본채와 아래채를 복원하여 시인의 집안 환경도 체감하도록 했다.

이용안내

관람시간 : 09:00 ~ 18:00　　※ 매주 월요일, 공휴일 다음날, 신정, 설날, 추석 공휴일 휴관

관람료 : 유료

주소 경상남도 통영시 망일1길 82　　**문의** 055-650-2660

27

통영 망일봉 언덕의
유치환 <청마 문학관>

통영 시내를 지나 혼잡한 시장 앞으로 해서 돌고 돌아 겨우 찾은 곳이 '청마 문학관' 주차장이다. 주차장 옆에서 문학관 가는 길 안내에 따라 가파르고 좁은 계단으로 한참이나 올라갔다. 예상 밖에도 아주 단아한 건물 2채가 보여 힘들게 올라간 보람이 있다.

'청마 문학관'에서 통영 앞바다가 한눈에 내려다보이는데 속이 다 후련하다. 입장료 1500원을 내고, 박석으로 깔린 깨끗한 길을 따라 문학관 앞에서 입석의 안내문을 본다. 작가와 문학관에 대한 간략한 소개와 2000년 2월 14일에 개관했다는 내용이다.

문학관 안으로 들어서자 우리가 잘 아는 〈깃발〉이라는 시화와 전시관 안내도가 있다. 문학관을 3개의 주제로 구성했다는 설명이 관람하는데 도움이 된다. 입구에서 보면 통영 출신 작가들의 대형사진이 정면에 자랑스럽게 걸려 있다. 훌륭한 작가들이 많은 고장이니 그럴만하다.

전시관 한가운데에 작가 유치환의 흉상이 있고, 그 뒤로 '청마의 생애와 청마의 문학, 청마의 작품세계, 작품집들, 작가 연보가 있어 관심 있게 살펴본다.

청마 유치환은 1908년 7월 14일 경남 통영시 태평동 552번지에서 유준수와 박우수의 8남매 중 차남으로 태어나 외가 사숙에서 한문공부를 한다. 시인의 시에 한문이 많은 이유가 된다.

망일봉 언덕의 단아한 문학관이 고즈넉하다.

1922년에 일본으로 건너가 형과 함께 풍산豊山중학교에 다니다 아버지 사업이 기울자 귀국하여 동래고보 5학년에 편입해 졸업하고, 연희전문학교 문과에 들어갔으나 적응하지 못하고 중퇴한다.

1928년 진명유치원의 보모로 있던 권재순과 당시엔 보기 힘든 신식 결혼식을 한다. 신랑, 신부 앞에 꽃바구니를 들고 서 있던 아이 중 하나가 훗날 시인이 된 김춘수다. 김춘수하면 〈꽃〉이란 시로 유명하다.

1931년《문예월간》에 〈정적靜寂〉이란 시로 등단했으나, 사진기술을 배우고, 백화점 직원, 학교교사로 근무하며 틈틈이 시를 쓴다. 아내의 권유로 평양에서 사진관도 해봤으나 여의치 않자 1934년 부산으로 터전을 옮겨 직장 생활을 한다.

1935년《신동아》에 〈도시시초都市詩抄〉 5편을 발표하고, 1936년《조선문단》에 그 유명한 〈깃발〉을 내놓으면서 시인으로서 입지를 확보한다.

1939년 첫 시집《청마시초靑馬詩抄》를 화가 구본웅의 아버지가 경영하는 창문사에서 펴내고, 1940년 가족을 데리고 만주로 떠난다. 광복 후, 1946년에 귀국하여 고향의 통영여자중학교 교사를 시작으로 대부분 중고등학교에서 교직 생활한다. 59세인 1967년 2월 13일 교통사고로 별

전시실에는 작가의 삶과 작품세계가 한눈에 볼 수 있게 펼쳐져 있다.

세할 때까지 주옥같은 작품을 많이 남긴다.

많이 알려진 《생명의 서》, 《깃旗빨》, 《청마시집》, 《파도야 어쩌란 말이냐》, 《행복은 이렇게 오더이다》 등의 작품집과 문예지와 잡지, 청마 관련 평론, 작품수록 전집이 3개의 붙박이 책장에 진열되어 있다. 유품실의 육필원고, 도자기 시화, 액자와 초상화, 편지 등의 유품 역시 작가의 숨결을 진하게 느끼게 한다.

전시실을 나와 문학관 위쪽에 있는 생가로 향하는데 가는 길이 예쁘다. 돌로 층층이 쌓아 만든 화단을 끼고 올라가니 아담한 초가 2채가 옛날 고향집 같다. 어렸을 때 살던 집처럼 생겼다. 마루 위 처마에 약재 봉지가 매달려 있고, 방안에는 한약방에서 쓰던 약탕기며 병풍, 옛날 소쿠리와 둥그레 소반, 나무 물건 보관함들이 있는 것은 시인의 아버지가 경영하던 한약방을 재현한 것이고, 방문 위에 '유약국柳藥局'이라는 간판도 보인다.

4칸 집에 부엌과 안방의 장롱, 약국 등이 옛날 냄새가 물씬 풍긴다. 격자 창호지 문이 찢긴 걸 보니 대가족이 모여 살던 어린 시절이 주마등처럼 스쳐간다. 그때도 방문이 성할 날이 없었다. 아래채에 방 하나와 부

돌로 층층이 쌓은 계단을 따라가면 생가가 나오고, 초가로 지은 생가는 한약방을 재현했다.

억, 헛간이 있다.

마당 옆 담장 곁에서 내려다보니 통영 앞바다가 한눈에 들어오는데 한 폭의 그림이다. 통영에서 유독 훌륭한 작가가 많이 탄생한 이유를 어렴풋이나마 알 것 같다. 타고난 소질도 중요하지만 환경도 못지않게 작용한다는 걸 다시 한번 느끼게 된다.

시인의 〈깃발〉, 〈행복〉, 〈그리움〉은 가장 많이 사랑받고 있는 시다. "파도야 어쩌란 말이냐. 파도야 어쩌란 말이냐"로 시작되는 〈그리움〉은 청춘 남녀들이 자주 읊조리던 시였는데 요즘 디지털 세대들은 어떨지 모르겠다.

청마는 통영여중에서 함께 근무하는 가사선생님이면서 시조시인 정운 이영도를 사랑하여 20여 년 동안 무려 5,000통이나 되는 연서를 쓴다. 정운 이영도 시인은 청마가 교통사고로 사망 후, 한 달 만에 그 많은 연서 중 200통을 골라 《사랑했으므로 행복하였네라》를 출간하여 세간의 주목을 받는다. 베스트셀러가 된 그 시집으로 들어온 수입은 청마 가족도, 정운 이영도도 손대지 않고 '정운시조문학상'을 제정했다는 아름다운 얘기가 가슴을 적신다.

1947년 38세의 유부남과 딸 하나 둔 29세의 미망인과의 사랑은 결코 이뤄질 수 없었지만, 그 정신적 사랑의 위대함은 명시를 낳게 한다. 예술인에게 사랑을 빼앗으면 빈껍데기다. 모든 문학의 밑바탕에는 에로스든 아가페든 플라토닉이든 사랑이 깔려있다. 그만큼 사랑은 중요한 소재다.

청마 유치환은 통영중앙우체국에서 유리창 너머로 이영도가 운영하는 수예점을 바라보며 애절함과 그리움을 담아 수없이 연서를 보냈고, 그 연서들은 굳게 닫힌 이영도의 마음을 열게 하여 답신을 받기 시작한다. 지성이면 감천이란 말이 똑 떨어진다.

서로 사랑하는 마음을 담은 시들은 읽는 이로 하여금 애틋한 마음을 갖게 한다. 시인이 갑자기 세상을 떠난 후 지은 이영도의 〈탑〉이란 시를 보면 안타까움이 그대로 전해온다.

너는 저만치 가고
나는 여기 섰는데
손 한 번 흔들지 못한 채 (하략)

청마가 편지를 보내던 통영중앙우체국 앞에는 유명세를 탄 '청마우체통'이 있고, 바로 그 옆에 청마의 〈행복〉이란 시비가 세워져 있어 많은 사람들이 찾고 있단다.

청마의 작품집과 작품이 실린 책들을 모아놓은 서가가 별도로 있다.

청마 유치환 시인의 따뜻한 일화들이 가슴을 훈훈하게 해준다.

몹시 어렵던 시절의 어느 날, 한국문학을 일어로 번역하여 알리는데 이바지한 번역가 김소운이 청마를 찾아와 충청도 서천에 있는 자신의 어머니가 위독하다는 전보를 보여준다. 전보를 본 유치환은 얼마면 되느냐고 물었고, 수중에 돈이 없던 유치환은 유치원 보모인 아내의 월급이 40원인데 20원을 구해 김소운의 손에 쥐어준다.

두 사람의 따뜻한 우정도 감동적이고, 문인들 사이에서는 남도여행을 할 때 꼭 들르는 곳이 청마 집이였단다. 6·25가 일어나기 전 정지용도 청마 집에 들러 밤새워 이야기를 나누었다고 한다. 광복 직후 좌우 양쪽에서 공격받은 것은 물론 아들까지 신부서품으로 보낸 뒤 괴로움 마음을 털어놓으며 청마 앞에서 울었다는 얘기는 그만큼 인품이 깊고 높은 분이었음을 알려주는 일화다.

통영 망일봉 언덕의 '청마 문학관'까지 힘들게 찾아온 보람을 느끼며 다시 왔던 길로 내려간다. "사랑하였으므로 나는 진정 행복하였네라"고 읊어준다면 남편은 어떤 반응을 보일지 몹시 궁금하다. ☆

이원수 문학관

창원은 작가가 어린 시절을 보냈던 곳이며 〈고향의 봄〉의 배경이 됐던 곳으로, 작가가 아동문학사에 남긴 업적을 기리고 널리 알리기 위해 여러 종류의 아동문학 자료들과 사진들을 전시함으로써 자라나는 아이들에게는 꿈과 희망을 심어주고, 지역민들에게는 자부심을 느낄 수 있도록 '고향의봄도서관'에 2003년 12월 문학관을개관했다.

이용안내

〈화요일~금요일〉 09:00~18:00 〈토요일, 일요일〉 09:00~17:00

※ 매주 월요일, 1월1일, 명절 휴관

주소 창원시 의창구 평산로 135번길 32(서상동) 고향의봄도서관 내 **문의** 055-294-7285

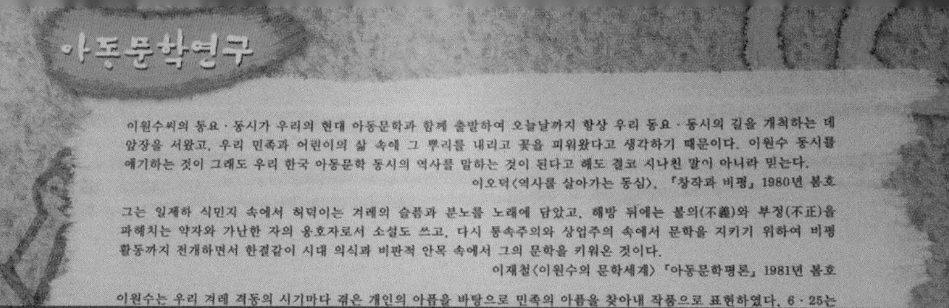

28

고향의봄도서관
창원 〈이원수 문학관〉

통영에서 한 시간 반쯤 달려 창원에 도착했는데 마산과 시 구분이 없어 길을 잘못 찾은 줄 알았다. 그쪽에 방문할 일이 없었으면 창원, 마산, 진해가 통합된 사실도 모르고 살았을 것이다.

어렵사리 찾아간 '이원수 문학관'은 '고향의봄도서관' 안에 있었다. 남산공원으로 올라가는데 좁은 길가에 차들이 주차해 있어서 우리도 중간쯤에 세워두고 걸어서 올라갔다.

도서관 입구에 있는 '이원수 문학관' 표지판을 보고 안으로 들어가니 오른편에 매점식당이 있고 로비 벽 양쪽에 작가의 흑백사진이 걸려 있다. 작가의 발자취를 보면서 '이원수 문학관' 앞에까지 갔는데 아뿔싸! 문이 잠겨있다. 잠깐 잠그고 식사하러 간 모양이다.

문 앞에서 서성이고 있으니 휠체어를 탄 분이 누굴 찾느냐고 묻기에 문학관 답사 왔는데 문이 잠겼다고 했더니 잠시 기다리란다. 조금 있으니 담당자를 데리고 와서 문을 열어주는데 얼마나 고맙고 반갑던지 재빨리 들어갔다. 그리 넓지는 않았지만 알차게 꾸며져 있다.

> 나의 살던 고향은 꽃피는 산골,
> 복숭아꽃 살구꽃 아기 진달래~ (하략)

도서관 지하에 있는 이원수 문학관은 아동문학의 보고다.

이 노래는 알아도 대부분 가사를 쓰신 분은 잘 모르는 경우가 많다.

우리나라는 물론 세계 각국에 흩어져 사는 동포들이 가장 많이 부르는 노래가 〈아리랑〉과 〈고향의 봄〉이란다. 특히 외국에 사는 동포들은 누군가 먼저 이 노래를 흥얼거리면 금세 한마음이 되어 동포애로 가까워진단다. 이 노래들이 언제까지 불릴까? 마음에 고향을 간직한 사람들이 살고 있는 동안에는 꾸준히 불리지 않을까 싶다.

창원의 남산공원 안에 있는 도서관 이름이 '고향의봄도서관'이고, 곳곳에 〈고향의 봄〉 노랫말이 있는 것은 작가를 기리기 위함이다. 작가는 유년시절에 아버지와 살았던 고향 '창원'을 그리워하며 이 동시를 지었다고 한다. 창원 분들이 자부심을 가질만하다.

왼편에 연보가 있어 살펴본다.

이원수 작가는 1911년 11월 17일 경남 양산읍 복정리 660번지에서 외아들로 태어났고, 1912년 9월 10일 창원군 창원면 중동리 100번지로 이사하여 소답리 서당에서 공부한다. 12세 때 마산시 오동동으로 이사, 그곳에서 마산공립보통학교에 다니며, 14세 때 학생문화운동단체인 마산신화소년회를 조직한다.

작가의 집필실은 확대한 사진으로 만들어 조명을 받게 했다.

1926년 15세 때 〈고향의 봄〉이 《어린이》 4월호에 당선되면서 윤석중, 윤복진, 신고송, 서덕출, 최순애 등과 '기쁨사' 동인으로 활동했고, 이일래 작곡의 〈고향의 봄〉이 마산에서 노래로 불린다.

1929년 18세 때 홍난파의 《조선동요백곡집》에 〈고향의 봄〉이 실리면서 널리 알려진다. 24세 때는 반일문학그룹 '독서회' 사건으로 투옥됐고, 25세 때 감옥에서 나와 〈오빠 생각〉을 쓴 최순애 작가와 결혼한다.

> 뜸북뜸북 뜸북새 논에서 울고,
> 뻐꾹뻐꾹 뻐꾹새 산에서 울 때
> 우리 오빠 말 타고~

30대에 〈지원병을 보내며〉, 〈낙하산〉 등 친일작품을 발표했고, 서울경기공업고등학교 교사를 지내며, 첫 동요시집 《종달새》를 출간한다.

1952년 대구로 피난, 7월에 오창근, 김원룡 등과 함께 아동 월간지 《소년세계》를 창간하고, '이동원'이란 필명을 사용하며 동화 〈꼬마 옥이〉를 발표한다. 60세인 1971년 2월에 '한국아동문학가협회'를 창립한

전시실에는 작가의 부인이자 〈오빠생각〉의 시인 최순애의 이야기도 있다.

다. 작가가 70세인 1981년 1월 24일 구강암으로 세상을 떠날 때까지 동시, 동화, 소년소설, 평론 등을 발표하며 아동문학사에 남긴 업적은 아동문학의 거목이라 불릴만하다.

안타까운 것은 친일작품을 썼다는 것이지만, 24세 때 반일문학그룹 '독서회' 사건으로 1년의 감옥생활 경험과 생활고로 그럴 수밖에 없는 상황이지 않았을까 싶다.

기다란 연보 위쪽 빛바랜 사진들이 그 시절을 실감나게 해준다. 아래엔 친필원고와 '고향의 봄' 기념우표, 《5월의 노래》, 《숲속 나라》 출판기념회첩, 엽서 등이 전시되어 있고, 작가의 사진 모음판 옆에 '나의 아내'가 눈길을 끈다.

많은 문학관을 탐방했지만 이런 경우는 처음이다. 13세 때 〈오빠 생각〉을 이원수 작가보다 먼저 《어린이》에 발표하여 입상한 동요시인 최순애의 이야기가 인상적이다.

특이한 것은 작가의 집필 모습이다. 디오라마가 아닌 커다란 사진을 장식하여 조명 받도록 했고, 그 앞에는 부러진 안경과 잉크병, 펜, 파이프, 도장, 돋보기, 주민등록증 등을 전시했는데 생생함이 전해진다.

좁은 공간을 최대한 활용한 문학관 내부가 친근감을 주었다고 할까.

가운데 있는 네 개의 입체모형 안에는 작가의 작품을 그린 원화가 전시되었고, 작품의 배경을 고증해준 '문학작품 지도'가 있다. 바로 옆에 있는 '참여 공간'은 동시와 동화 체험장으로 활용되고, 동화책들이 빼곡하게 꽂혀 있는 서가와 여러 개의 책상이 있는 문학교실은 어린이들을 위한 공간으로 보인다.

작가의 흉상이 있는 '창원과 고향의 봄'이란 작은 공간이 재밌다. 실물의 흙 담장 위로 고향의 봄을 그린 그림들이 파노라마처럼 펼쳐져 있어 마치 그 속에 서 있는 기분이다. 가운데 흉상을 중심으로 찍으면 멋진 사진이 나오도록 만든 포토존이다.

'동원과 창원' 아래엔 '고향의 봄'을 형상화하여 만든 유리관 속 점토공예작품이 아이들의 시선을 끈다.

상세하게 설명한 '동원의 작품세계'와 '동원과 아동문학'이 있고, 그 아래 전시된 어린이 잡지 《아동문학》, 《어린이》, 《새소년》, 《소년》, 《어린이 세계》, 《학원學園》 등이 유년시절을 떠올리게 한다. 그 시절엔 책이 귀해서 보기도 힘들었는데…. 작가의 작품집과 자료들이 유년시절로 데려

기와를 얹어 실물과 똑같이 만든 돌담은 고향의 봄을 연상케 한다.

다주는 것 같아 잠시 향수에 젖어 본다.

작가의 친필 액자도 보이고 동시, 동화, 평론, 소년소설을 쓴 여러 종류의 작품집들이 전시되어 있는 것은 아동문학가로 열심히 살았다는 흔적이다.

황금찬 시인이 이원수 작가가 돌아가시기 전에 병문안 가서 나눴다던 얘기들이 생각난다.

> "내겐 후회가 없어. 잘하나 못하나 내가 하고 싶은 일은 다해 봤으니까. 하고 싶은 일을 나보다 못하고 가는 사람도 많은데 내게 무슨 후회가 있겠는가."

문우 황금찬 시인에게 마지막 작별의 말을 남기고 얼마 되지 않아 돌아가셨다고 한다. 후회 없이 살기란 쉽지 않은 일인데, 그렇게 말할 수 있는 사람이 과연 얼마나 될까.

동심의 세계로 돌아가 동원 이원수 문학관을 다시 한 바퀴 돌아보고 나왔더니 남산공원의 시원한 바람이 고향의 봄 향기를 듬뿍 실어온다.

창원까지 찾아간 보람은 아동문학가 '동원 이원수' 선생님을 통해 〈고향의 봄〉을 맘껏 향유했다는 뿌듯함이다. 갑자기 떠나온 지 오래된 고향이 그리워진다. ☆

이병주 문학관

작가의 고향인 하동의 자랑, 나림 이병주의 작품세계와 삶의 발자취를 연대기 순서로 따라가며 감상할 수 있도록 이명산 자락에 2008년 4월 24일 문학관을 개관했다. 매년 열리고 있는〈이병주하동국제문학제〉에서는 이병주 작가 추모식, 국제문학 심포지엄, 문학 강연회, 전국학생백일장, 이병주 문학의 밤 등의 행사와 이병주국제문학상 시상식을 하고 있다.

이용안내

〈하절기 3~10월〉 09:00~18:00　　〈동절기 11월~2월〉 09:00~17:00

※ 매주 월요일(공휴일 또는 연휴에는 익일) 신정, 설날, 추석 당일 휴관

주소 경상남도 하동군 북천면 이명골길 14-28　　**문의** 055-882-2354

29

하동 이명산 자락
나림 <이병주 문학관>

순천만에서 하동으로 오는 길이 지루하지 않았던 것은 비구름에 둘러싸인 비경 때문이다. 강원도 화천에서 평화의 댐에 갈 때처럼 굽이진 좁은 산 고개를 몇 번이나 넘어야 했다.

첩첩산중에 드리운 구름은 아름다운 화폭이었고, 탄성이 절로 흘러나올 정도로 감동적이었다. 이 아름답고 멋진 풍경을 가족과 함께 감상했다면 더 좋았을 텐데….

비에 씻긴 산천 수목이 얼마나 싱그럽던지 자연 속에 나앉은 기분, 그대로 시간이 멈췄으면 싶었다. 하지만 갈 데는 많고 시간은 한정되어 있으니 아쉬운 마음을 접을 수밖에.

드디어 주차장에 도착, 비가 주룩주룩 내리는데도 우산을 받쳐 들고 한눈에 들어오는 '이병주 문학관'을 사진으로 담으며 걸어갔다.

산자락에 널찍하게 자리 잡은 문학관의 건물구조가 참 이색적이다. 마치 유럽풍의 긴 지붕을 잇대어 놓은 듯하다. 용마루 부분은 유리로 되어 있고, 2층 높이의 긴 지붕 중간 부분에 낸 작은 창들이 그림처럼 보여 건축미가 돋보인다.

드넓은 광장에 동그랗게 돌아가며 서 있는 어록비, 작가의 동상과 물레방아가 있는 작은 연못, 손질이 잘된 나무들이 어우러져 문학관의 운치를 더해준다. 사진 속에 들어오는 배경마다 산을 둘러싸고 있는 운무

이명산 자락에 위치한 이병주 문학관은 유럽풍 지붕이 인상적이다.

가 끼어들어 하동의 비경을 각인시킨다.

2008년 4월에 개관했다는 이병주 문학관의 심벌은 펜인가 보다. 문학관 입구에 두 개의 커다란 펜촉 조형물이 있고, 전시실 안에도 대형 만년필이 기둥처럼 세워져 있다.

작가 이병주는 언론인으로 더 많이 알려져 생전에 매스컴을 통해서 자주 뵈었던 분이다. 그런데 문학관에 들어와서 보니 굉장한 집필력을 보이셨다.

마흔넷 늦깎이로 등단하여 1992년 4월 3일 타계할 때까지 27년 동안 한 달 평균 1천여 매를 써냈고, 80여 권의 방대한 작품집을 남기셨다니…. 역시 문학사에 길이 남을 작가다. 그러기에 아름다운 지리산 끝자락에 널따란 문학관을 만든 것이리라. 작가라면 마땅히 본받아야 할 집필력이다.

작가가 늦은 나이에 등단한 계기가 남다르다. 어쩌면 당면한 위기가 기회를 앞당겼을 지도 모른다. 이미 작가에게 숨어 있던 문학적 기질을 늦게 찾았을 뿐, 비단실은 단단한 누에고치에서 끊임없이 이어져 나왔던 건 아닐까.

전시실 중앙의 대형 만년필과 천장에 매달린 비행접시 형태의 원고지가 이색적이다.

작가는 1960년 4월 혁명과 5·16 사태로 나라가 어수선할 때, 교원노조 고문이라는 명목으로 잡혀 들어간다. 당시 작가가 주필로 있던 〈국제신보〉에 쓴 한반도 영세 중립국화를 주장한, 〈조국의 부재不在〉, 〈통일에 민족역량을 총집결하라〉는 논설을 문제 삼았던 것이다. 이 일로 작가는 군사정권의 혁명재판소에서 10년 형을 선고받고 2년 7개월을 복역한 뒤 서대문형무소에서 나온다.

출소 직후 수감생활하며 구상한 소설을 1주일 만에 원고지 5백여 장 분량의 중편소설 〈소설 알렉산드리아〉를 써낸다. 그 중편소설이 등단작이다. 그 이후부터 비단실은 끊어질 줄 모르고 이어져 수많은 작품을 남긴다. 말이 그렇지 27년에 80여 권이라니! 1년에 평균 3권씩 썼다는 얘긴데 놀라운 필력에 감탄사가 절로 나온다.

전시실에 들어가서야 건물이 독특했던 이유를 알았다. 천장이 뻥 뚫린 2층 높이여야만 디자인한 조형물이 들어갈 수 있었던 거다. 작가가 생전에 쓰던 만년필을 상징화한 대형만년필이 2층 높이까지 세워져 있

2존은 작가의 문학세계를 펼쳐놓았고, 한복차림의 작가는 살아계신 듯 생생하다.

고, 천장에 접시비행 모형에 원고지들이 나선형으로 둘러싸여 참 독특한 형태를 보인다.

만년필 뒤로는 대표작《지리산》의 설경을 섬세하게 표현한 원형유리관의 디오라마가 생생하게 다가온다. 큰 만년필 좌우에는 작가의 작품집들이 유리관 안에 쌓여 있으며, 작가에 대한 정보는 전시실 벽에 4가지 색깔, 1~4존zone으로 나눠 관람하기 좋게 했다.

파란색인 1존zone엔 "나폴레옹 앞에는 알프스가 있고, 내 앞에는 발자크가 있다"는 의미 있는 어록이 있다. '냉전시대의 자유인, 그 삶과 문학'을 살펴보니 1921년 3월 16일에 출생, 20년대에 일어난 역사적 사건들이 연도별로 나열되어 있다. 고뇌하는 학병 청춘의 사진들과 최초의 연재소설《내일 없는 그날》에 대한 김윤식 평론가의 평과 언론인 이병주의 사진이 있다.

초록색인 2존zone에는 "역사는 산맥을 기록하고, 나는 골짜기를 기록한다"는 글귀가 있는데 작가의 작품을 대변하는 어록이다.

'한국의 발자크, 지리산을 품다'란에는 언론인으로 있을 때 5·16 필화사건, 작가로서의 출발, 민족적 좌절의 기록《관부연락선》, 새로운 매혹의 세계가를 소개하고 있다. '초기 단편들의 성격'에는《바람과 구름과

비》,《찬란한 공화국에의 꿈》의 간단한 설명과 그 아래에 작품집들을 전시했다.

오렌지색인 3존zone에는 "태양에 바래면 역사가 되고, 월광에 물들면 신화가 된다"는 글귀가 있다. '끝나지 않은 역사, 산하에 새긴 작가 혼'란에는 한국현대사의 재구성, 소설로 쓴 세태풍속사, 작가의 신문기사를 스크랩한 내용과 육필원고, 작가의 서재가 있다. 처음엔 책상에 앉아있는 작가의 모습을 보고 흠칫 놀랐다. 한복차림으로 안경까지 끼고 마치 살아계신 듯해서다.

1, 2, 3존zone 첫머리의 톡톡 튀는 어록들이 머릿속에 쏙쏙 들어오고, 간단명료한 문장들이 울림으로 스며드는 것은 공감하기 때문이다.

'기억속의 명문장'에서의 이병주 소설어록은 곧 작가의 문학세계가 아닐까. 명문장만 잘 새겨 읽어도 작가의 작품을 이해하는데 도움이 된다. 액자 하나에 빼곡하게 쓴 8개의 어록도 좋았고, 문학관 앞 드넓은 광장 가운데 잘생긴 소나무를 중심으로 동그랗게 돌아가며 서 있는 5개의 자연석에 새겨진 어록도 머릿속에 쏙쏙 들어온다.

• 기록이 문학으로서 가능하자면 시심 또는 시정이 기록의 밑바닥에 지하수처럼 스며 있어야 한다는 것이 나의 문학이론이었다. -《겨울밤》에서

• 어떤 주의를 가지는 것도 좋고, 어떤 사상을 가지는 것도 좋다. 그러나

원형관에 《지리산》의 배경을 재현하였고, 앞마당에는 둥글게 서있는 어록비가 보인다.

그 주의, 그 사상이 남을 강요하고 남의 행복을 짓밟는 것이 되어서는 안 된다. -《삐에로와 국화》에서

• 운명… 그 이름 아래서 만이 사람은 죽을 수 있는 것이다. -《관부연락선》에서

• 나는 이 나라에서 문학이 가능하자면 역사의 그물로써 파악하지 못한 민족의 슬픔을 의미로 모색하는 방향으로 슬퍼해 보는 데 있다고 믿는 사람이다. -《지리산》에서

갈색인 4존zone에는 "새롭게 조명되는 나림의 문학세계"로 '끝나지 않은 월광 이야기'란 제목이 있다. '이병주 국제문학제, 국제문학상' 이야기와 해마다 행사를 이어오고 있다는 내용이다.

작가의 전시실을 다시 한 바퀴 돌며 숨결을 음미하고 있는데, 비 오는 날씨에도 단체손님들이 들어오기에 서둘러 나와 반대편에 있는 강단 쪽으로 갔다. 강당 입구에 작가의 작품집들을 진열한 책장이 있고, 천장이 독특한 강당에선 주기적으로 여러 문학행사가 열린다고 한다. 그런 문학행사는 문학의 불씨를 발아시키는 계기가 되기도 한다.

2008년 개관하던 해에 열린 백일장에서 장원한 초등학생 시 〈봄비〉와 중등부 장원 산문 〈한번 가보고 싶은 그곳〉이 벽에 걸려 있다. 그 어린 싹들이 잘 자라서 언젠가는 이병주 작가의 뒤를 이어 하동을 빛내지 않을까. 꼭 그러길 바라면서 운무가 드리운 아름다운 산야를 뒤로 하고 다음 목적지로 향한다. ☆

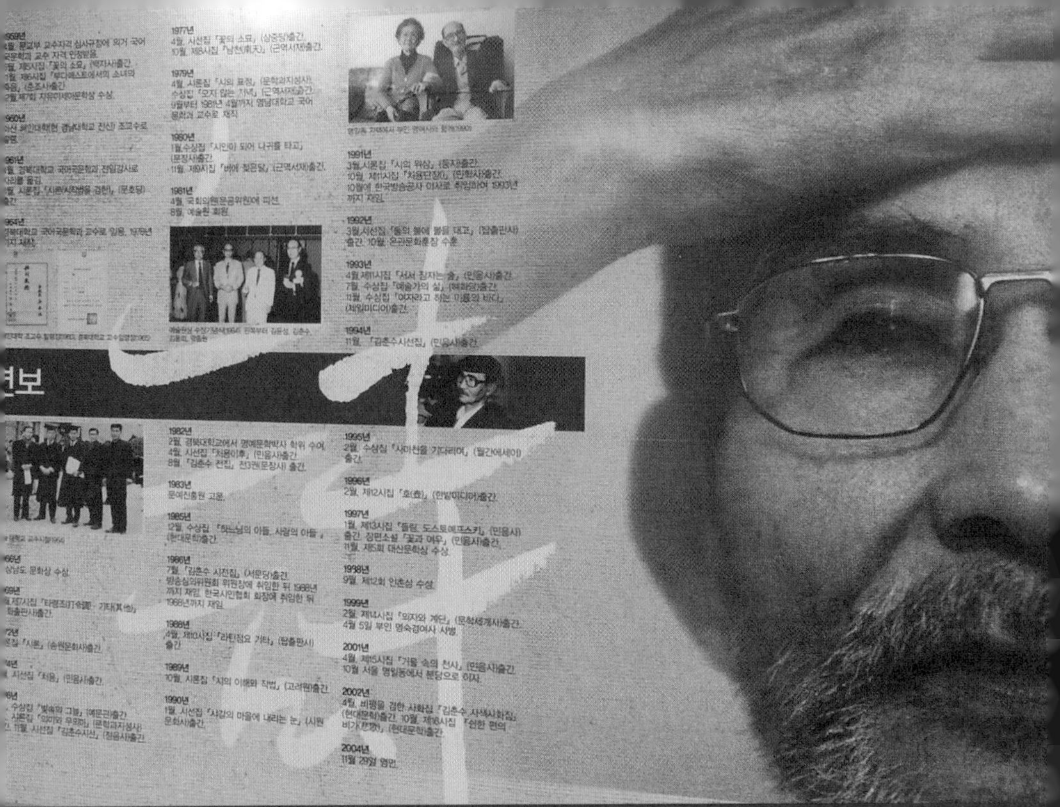

김춘수 유품전시관

바다가 바로 앞인 유품전시관에는 가족들이 기증한 육필원고 126점과 서적, 병풍, 액자 앨범, 문구류, 침구류, 옷 등 330점이 1, 2층에 전시돼 있다. 생전에 사용하던 생활용품이 전시된 안방과 거실은 마치 작가의 집을 방문한 느낌이 들게 한다. 김춘수 유품전시관은 2008년 1월에 개관했다.

이용안내

관람시간 : 09:00~18:00 ※ 매주 월요일 휴관

주소 주소 경남 통영시 해평 5길 142-16 **문의** 055-650-2670

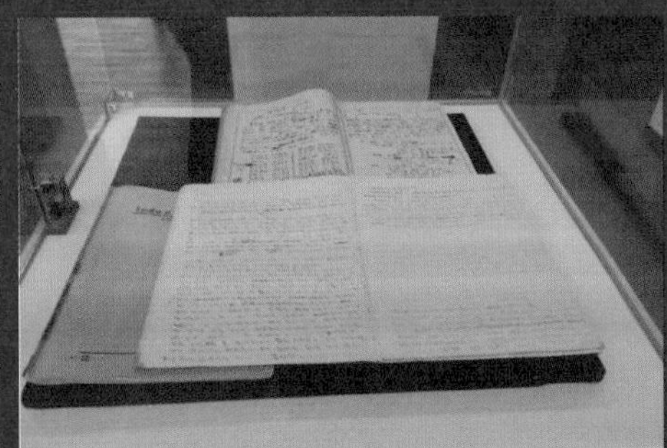

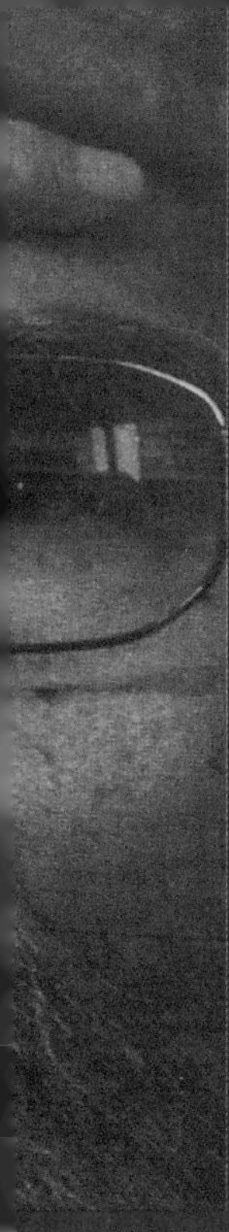

30

통영 앞바다가 한눈에 <김춘수 유품전시관>

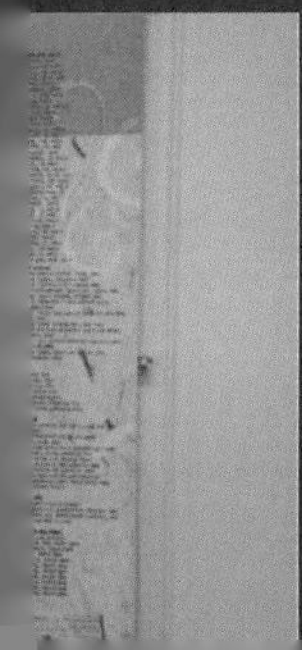

청마 유치환 시인 결혼식 때 꽃다발을 들었던 소년, 바로 그 소년이 자라 시인이 된 김춘수다.

내가 그의 이름을 불러 주었을 때
그는 나에게로 와서
꽃이 되었다. (중략)

그런데 〈꽃〉이라는 시는 알면서 작가를 모르는 독자가 생각보다 많다. 하긴 관심이 없으면 모를 수도 있지만 말이다.

'김춘수 유품전시관'은 비교적 쉽게 찾은 편이다. 안내가 잘되어 있기도 했지만 바다 옆에 있는 건물이 바로 눈에 띄었다. 건물 앞에 주차해 놓고 혹시나 하고 문을 밀어봤는데 열렸다. 대부분 9시부터 개관하는데 그곳은 일찍 열어 여유 있게 전시관을 둘러볼 수 있었다.

4층 건물인데 2층까지가 유품전시관이다. 이곳 역시 작가의 연보가 제일 먼저 눈에 들어온다. 작가는 1922년 11월 25일 경남 통영읍 서정 61번지(통영시 동호동 61)에서 엄격한 유교가풍의 유복한 집안에서 장남으로 출생한다.

1929년 안정의 간이보통학교에 입학했지만 서너 달 만에 통영공립보

전시관은 통영 앞바다를 바라보고 있어 시원하게 트인 시야가 일품이다.

통학교로 전학하여 2학년 때부터 일등을 놓치지 않아 도지사 표창까지 받는다. 보통학교를 졸업하고 서울로 유학, 하숙하면서 5년제 경성공립 제일고등보통학교에 입학했으나 적응하지 못해 성적이 떨어지자 가족이 서울 종로구 명륜동으로 이사까지 한다. 정말 놀라운 교육열이다. 우리나라 학부모들의 교육열은 그때나 지금이나 변한 게 없는 것 같다. 그래서 명문학군들이 생겼나 보다.

부모의 열성과는 달리 마음의 갈피를 잡지 못한 작가는 1939년 11월 졸업을 앞두고 자퇴한다. 부모의 입장에서는 안타까운 일이지만 억지로 안되는 게 자식농사라 하지 않던가.

시인은 아버지의 바람대로 일본으로 건너가 법대에 지원할 생각으로 학원에 등록했으나 다른 길이 작가를 기다리고 있었다. 우연한 기회에 도쿄 학원가 주변에 있는 헌책방에 들어갔다가 일어판 라이너 마리아 릴케의 시집을 읽게 된다. 이를 계기로 1940년 4월 일본대학예술학원 창작과에 입학하여 영미문학을 탐독하며 습작하기 시작한다. 사춘기 때의 방황은 자신의 확실한 길을 찾기 위한 몸부림이었나 보다.

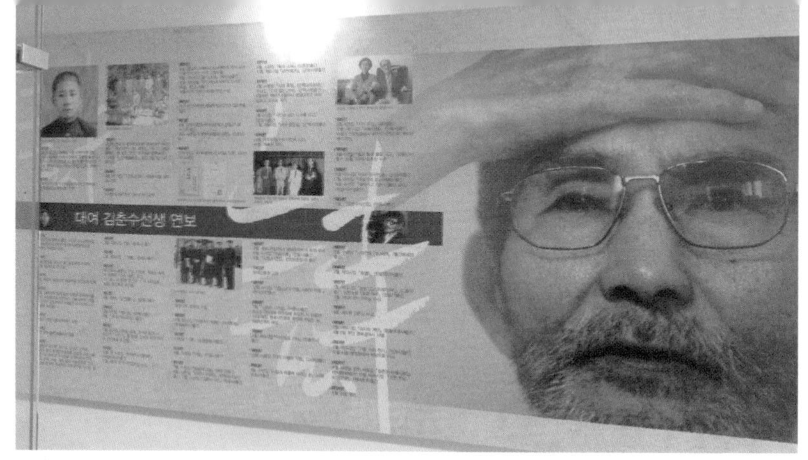

연보를 보면 인생의 변화와 발전상을 한눈에 볼 수 있다.

하지만 1942년 12월, 대학 3학년 때 겨울방학을 맞아 귀향길에 나섰다가 사상혐의로 일경에 체포된다. 친구들을 따라 나카사키항에서 아르바이트로 화물선 하역작업을 하며 휴식 시간에 별생각 없이 내뱉은 일본에 관한 험담이 문제가 된 것이다. 일본천황과 총독정치를 비방했다는 구실로 잡아다 가둔 한국인이 많았던 일제강점기였으니 억울하기 이를 데 없는 일이다.

윤동주 시인을 1943년 7월, 여름방학을 앞두고 그런 식으로 체포해서 고문했고, 결국 1945년 2월 16일에 옥사하게 만들더니 젊은 시인 김춘수도 그랬다니 참 가슴 아프고 슬픈 시대였다.

시인 김춘수는 다니던 니혼대학에서 퇴학당하고, 요코하마 헌병대에서 1개월, 세다가야 경찰서에서 6개월간 유치되었다가 서울로 송치되어 풀려난다. 건강이 극도로 쇠약해져 금강산 장안사에서 1년간 요양한 후, 1944년에 명숙경 씨와 결혼, 광복이 될 때까지 일제 말기의 징집을 피해 처가에서 숨어 지낸다.

이런 험난한 사건은 작품으로 승화돼 시집《부다페스트에서의 소녀의

사진만 봐도 시인의 생애가 읽혀지고, 시인의 빛바랜 유품이 긴 세월을 말해준다.

죽음》을 탄생시킨다. 작가는 대부분 자신의 삶을 모티프로 창작한다는 걸 보여준 예다.

1945년에는 통영에서 유치환, 윤이상, 김상옥 등과 '통영문학회'를 결성, 근로자를 위한 야간중학과 유치원을 운영하면서 연극, 음악, 문학, 미술, 무용 등 예술운동을 전개하고, 극단도 만들어 경남지방 순회공연을 한다.

1946년 통영중학교과 마산중학교 교사로 있으면서 첫 시집《구름과 장미》를 발간하고, 1958년까지 제2시집《늪》, 제3시집《기旗》, 제4시집《인인燐人》과 시 비평지《시와 시론》창간,〈세계근대시감상〉,〈시 연구〉등을 끊임없이 내놓으며 창작열을 불태운다.

1959년에는 제5시집《꽃의 소묘》, 제6시집《부다페스트에서의 소녀의 죽음》을 출간한다. 1960년대는 대학교 강단에 섰으며, 1970년대는 시론집과 시선집《처용》, 수상집《빛 속의 그늘》,《김춘수시선》등 많은 작품집을 낸다.

1981년에는 국회의원에 피선, 예술원 회원, 문예진흥원 고문, 방송심의위원회 위원장, 한국시인협회 회장을 지내기도 한다.

연보를 보면 작가의 발자취가 그대로 드러나 인생의 변화와 발전상을

애송시 〈꽃〉이 꽃잎으로 둘러싸여 아름답다.

한눈에 볼 수 있다.

1990년대도 작가의 창작열은 식은 줄 모르고 수많은 작품집을 발표한다. 작가라면 그 정도의 열정은 있어야 한다. 후배 문인들이 본받아야 할 덕목이다.

2004년 11월 29일 별세하기 전까지 제16시집《쉰한 편의 비가悲歌》를 출간한다. 전반적으로 좀 색다른 이력을 보여준 시인이다.

통영 앞바다가 보이는 대형 사진 아래 진열된 각종 문예지와 저서와 관련 자료들, 육필원고 액자, 〈샤갈의 마을에 내리는 눈〉, 〈꽃〉, 〈통영읍統營邑〉 등 대표작의 시화들, 우리 문단의 영원한 숙제 '김춘수 읽기', 연필통과 다양한 도장들, 잡기장과 작가 생가의 모형, 엽서와 통신부, 육필원고와 앨범 등의 유품들이 1층을 메우고 있다. 2층에도 작가의 생활유품이 전시되어 있다.

'문학관'이라 하지 않고 '유품전시관'이라 한 이유를 2층의 전시관이 대변해 준다고 할까. 2층은 1층과 다른 유품들이 있다. 이부자리가 덮인 대형침대와 행거에 걸려있는 옷들과 탁자와 소파, 도자기가 있는 장식대, 다기 세트, 서재 등이 생전의 생활모습을 생생하게 전해주는 듯하다.

'사진으로 보는 대여 김춘수 선생의 생애'를 보니 작가의 사회활동 모습이 그대로 전달된다. 통영시에서 자랑할 만한 작가였고, 작가도 고향인 통영을 얼마나 그리워하고 사랑했는지 아래 문장이 증명해 준다.

> 요즘도 나는 화창한 대낮 길을 가다가 문득 어디선가 갈매기 우는 소리를 듣곤 한다. 물론 환청이다. 갈매기의 울음은 고양이의 울음을 닮았다. 바다가 없는 곳에 사는 것은 답답하다. 바다가 보고 싶은데 뜻대로 되지 않는다.
>
> 내 고향 바다는 너무나 멀리에 있다. 대구에서 20년이나 살면서 서울에서 10년 넘어 살면서 나는 자주자주 바다를 꿈에서만 보곤 했다. 바다는 나의 생리의 한 부분처럼 되었다. 바다, 특히 통영(내 고향) 앞바다
>
> (중략)

고향은 어느 작가에게든 문학의 근원이요, 모태가 된다. 공감이 가고 그 심정이 이해되는 것은 고향인 부안이 떠올라서다. 고향이 없었다면 나의 동수필《복희 이야기》도 없었을 테니 새삼 고향의 소중함이 느껴진다.

김춘수 유품전시관 1층과 2층을 돌고 나왔다. 통영 앞바다의 바닷바람이 고향에 대한 아련함을 휙 쓸어가 버린다. 조금은 가뿐한 마음으로 다음 목적지를 향해 출발했다. ☆

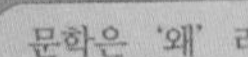

박경리 기념관

박경리 대작가가 문학사에 남긴 업적을 기리고, 선양하기 위해 통영 앞바다가 내려다보이는 곳에 기념관을 건립했다. 전시실에는 작가의 삶과 문학의 세계가 파노라마처럼 펼쳐져 있어 발자취를 따라가며 한눈에 감상할 수 있도록 했다. 2010년 5월 5일에 개관한 기념관은 전시실, 영상실, 자료실, 수장고, 세미나실, 연못, 잔디광장, 사무실, 주차장 등으로 이루어졌고, 박경리 공원도 조성되어 있어 한 바퀴 돌며 만나는 시비의 시를 감상하다 보면 작가의 묘소까지 다다른다.

이용안내

관람시간 : 09:00~18:00 ※ 매주 월요일, 법정공휴일 다음날 휴관

주소 경남 통영시 산양읍 산양중앙로 173

문의 055-650-2541~3

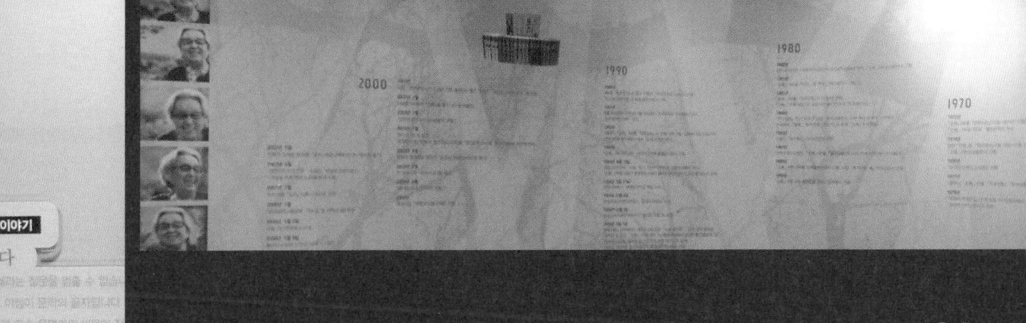

31

통영이 낳은 대작가 <박경리 기념관>

비 온 뒤라 신록의 싱그러움이 코끝을 스쳐가고, 먼 바다엔 해무가, 미륵산 자락엔 운무가 서려 있는 통영의 아름다움에 사로잡혔다고 할까.

'박경리 기념관'으로 들어가는데 연휴이긴 하지만 이른 시간인데도 관람객이 물밀 듯 들어오고 있다. 대작가의 문학관은 역시 다르다.

길옆에 세워진 커다란 건물로 들어가 뒤뜰로 해서 올라갔더니 2층의 기념관 정문이 나온다. 정문 앞에 작가의 동상과 시비, 통영 앞바다가 내려다보이는 곳엔 벤치, 맑은 물이 흐르는 수로 등으로 예쁘게 꾸민 정원이 있다. 묘소로 가는 길 쪽엔 올라가는 계단도 보이고….

책을 들고 있는 전신동상 아래 '버리고 갈 것만 남아서 참 홀가분하다'는 작가가 마지막 남긴 말이 어떤 일침을 준다. 나는 어떤 말을 남길 것인가 자문해본다.

'박경리 작가'하면 대부분 《토지》와 《김약국의 딸들》을 떠올릴 것이다. 영화와 드라마로 더 알려진 작품들이기 때문이다.

《토지》 16권을 아주 재미있게 완독하면서 역사 공부까지 했던 기억이 생생하다. 텔레비전 드라마도 열심히 보았다. 어떻게 그처럼 섬세하게 인간의 다양한 군상과 성격들을 묘사했는지 감동의 연속이었다. 그래서 대작가로 불리나 보다.

작가의 고향을 원주로 알고 있는 독자가 의외로 많다. 원주에서 텃밭

통영이 낳은 대작가의 기념관은 찾는 이의 발길이 끊이지 않는다.

을 일구며 오래 사시긴 했다. 그곳에서 1980년부터 2008년 5월 9일, 작고하실 때까지 많은 작품을 남겨서 그렇게 알고 있는 독자가 많은가 보다. 그런 연유로 원주에도 '박경리 문학공원'이 생겼다.

가까운 원주로 가지 않고 통영까지 간 이유가 있다. 작품의 배경이 된 곳에 세운 문학관도 여럿 있지만, 주로 작고한 작가의 고향에 마련된 문학관을 중심으로 찾아다니는 중이기 때문이다.

전시관 안으로 들어갔다.

'자연과 생명의 존엄 박경리' 사진이 반갑게 맞아준다. 관람방향 표시대로 따라가니 역시 작가의 연보가 대형 곡선에 가득하다.

작가는 1926년 10월 28일 경남 통영군 명정리에서 태어나 통영초등, 진주여고를 졸업하고, 1946년에 결혼하여 딸과 아들을 낳는다. 1950년 6·25 때 남편과 세 살짜리 아들을 잃고 절망스러운 현실에 대응하기 위해 습작을 시작한다. 1955년인 30세부터 작품을 발표하게 된다.

박경리 작가의 진주여고 선배가 김동리 작가의 부인이어서 그동안 써둔 작품을 김동리 작가에게 보일 기회가 생긴다. 김동리 작가는 시를 주로 쓰던 박경리 작가에게 소설을 써보라고 권유했고, 일본어로 소설을

《김약국의 딸들》의 배경 조감도가 섬세하고, 대표작품의 문장비가 쌍둥이처럼 서있다.

써본 적이 있던 박경리 작가는 소설로 방향을 전환한다.

김동리 작가의 추천을 받아 1955년《현대문학》8월호에 〈계산〉을 발표하고, 1년 후에 〈흑흑 백백黑黑 白白〉으로 추천이 완료되어 한국문단에 나온다. 1956년부터 1959년까지 〈군식구〉, 〈전도剪刀〉, 〈불신 시대〉, 〈영주와 고양이〉, 〈반딧불〉, 〈벽지僻地〉, 〈도표 없는 길〉, 〈훈향〉, 〈암흑시대〉, 〈호수〉, 〈연가〉, 〈어느 정오의 결정〉, 〈비는 내린다〉, 〈해동연관의 미나〉, 〈재귀열〉 등을《현대문학》,《신태양》,《사상계》,《여원》,《주부생활》등에 발표한다.

1959년 2월호부터 11월호까지 장편소설《표류도》를 연재하기도 하며 문단의 주목을 받는다.

작가는 대하소설《토지》를 무려 26년이나 걸려 완성한다. 1969년《현대문학》에 대하 장편소설《토지》1부를 선보였고, 1994년에 16권을 완결하여 세상을 놀라게 한다.

최명희 작가는《혼불》을 완성하는데 18년 걸렸다고 한다. 그분들뿐만 아니라 톨스토이, 빅토르 위고, 괴테, 베르나르 베르베르의 작품들이 명작이라고 불리는 데는 다 이유가 있다는 걸 다시 한 번 절감한다. 한 작품에 매달려 몇 십 년씩 심혈을 기울인 결과물이기에.

넓은 책상에 앉아 집필하는 작가의 모습이 무척 정겨워 보이는 것은 인자한 할머니의 풍모가 느껴지기 때문이다.

"사고하는 것은 능동성의 근원이며 창조의 원천이다."

작가에게 생각하는 것이 그만큼 중요하다는 일침이고, 작가의 문학세계가 엿보이는 문구다.

작가의 '삶과 문학'에 전시된 다양한 흑백 사진들은 젊은 시절부터 나이 들어가는 모습까지 한눈에 볼 수 있는 발자취이고, 작가의 아련한 추억이자 역사다. 기둥마다 작가의 주옥같은 시와 글이 있고, 그 아래 유리관에 보관된 유품에서 작가의 향기가 솔솔 풍겨 나온다.

작품연보와 '한국 문학사에 장엄한 산맥을 이룬 소설《토지》'의 대형 사진을 보니 역시 대작가는 다르구나 싶게 놀랍다. 한 벽면을 장식하고 있는 육필원고 '생명을 존중하는 문화'와 토지 1부 일어본, 유리관 속의 정갈한 육필원고 등은 주절주절 설명이 필요 없다. 보는 자체로도 엄청난 자료요, 공부가 된다.

'작가와의 대화'관은 원주의 집필실을 그대로 재현해 놓았고 "문학은 '왜'라는 질문에서 출발합니다. 문학은 삶의 진실을 추구합니다"란 작가의 문학 이야기가 귀에 쏙쏙 박혀 문학공부를 다시 하는 기분이 든다.

'작가와의 대화'관에는 원주의 집필실을 그대로 재현해 놓았다.

살아 있는 모든 것들의 생명은 다 아름답습니다.

생명이 아름다운 이유는 그것이 능동적이기 때문입니다.

세상은 물질로 가득 차 있습니다.

피동적인 것은 물질의 속성이요,

능동적인 것은 생명의 속성입니다.

- 〈마지막 산문〉 중에서 -

원고지에 단아하게 써내려간 《토지》 육필원고 전시관, 그 위에 사진과 함께 쓴 작가의 산문이 울림으로 다가오는 것은 공감이 컸기 때문이다.

드라마와 영화로 제작했던 《김약국의 딸들》의 포스터와 드라마 장면들로 장식하고, 무대가 되었던 통영의 옛 모습을 한눈에 볼 수 있도록 복원한 모형도 인상적이다.

작가의 생전 모습과 육성을 들을 수 있는 영상자료실과 북카페로 들어가는 입구의 문학이야기 "문학을 사랑하는 젊은이들에게" 는 글 쓰는 작가들에게도 꼭 필요한 일침이라 오랫동안 서서 새겨 읽었다.

• 스스로의 자유로운 정신에서 작가는 태어납니다.

• 창조란 순수한 감정이 바탕입니다.

• 불우한 것이야말로 치열한 문학정신이 될지언정 처세가 되어서는 안 됩니다.

• 생각은 모든 것을 포용하고 또 배제합니다.

• 살아 있는 말과 살아 있는 문장은 그 방법에서 별개가 아닌가 싶다. 문장은 응축해야 하는 것이지만 말은 풀어가야 하는 것이 아닐까.

• 작가는 시대를 정확하게 파악해야 합니다. 작가에게 글을 쓴다는 것은 업입니다.

• 작은 기쁨이 없는 것은 아니지만 슬픔을 사랑하세요. 슬픔을 사랑해야 합니다. 있는 대로 견디어야 합니다.

• 작가는 시작이 아닙니다. 결과지요, 아니 아닙니다. 작가에게는 결과도 없습니다. 인생자체에 결과가 없기 때문입니다. 오직 죽음이 있을 뿐.

• 작가는 은둔하는 것이 아니며 작업하는 것입니다. 예술가는 도피하는 것이 아닌 작품으로 참여하는 것입니다.

• 재탕은 예술이 아닙니다. 자기 자신의 마음으로, 자기 자신의 눈으로 세상을 보아야 합니다. 정직하게 사물을 보세요.

• 기억이란 경험과 시간이 축척된 보고입니다.

• 인생을 창조적으로 산다는 것은 희귀한 일입니다. 지성이나 의지가 창조적 삶을 살게 한다 생각하면 안 됩니다. 창조적 삶이란 어떤 논리나 이론이 아닌 감성입니다.

아주 귀한 특강이다. 대작가의 숨결을 느끼며 한 바퀴 돌아 나오니 통영 앞바다에서 불어오는 시원한 바람이 잘 가라고 인사하는 것처럼 느껴진다.

작가가 태어나고 자란 통영은 작가에게 문학의 모태가 되어주었으리라. 그래서 작품의 배경이 된 문학관보다 작가의 고향에 마련된 문학관이 더 소중하게 다가온다. ☆

박재삼과 사람

박재삼과 함께한 아름다운 사람들

박재삼 문학관

한국 서정시의 계보를 잇는 시인의 시 세계와 문학정신, 삶의 뿌리를 엿볼 수 있는 문학관은 2008년11월21일 사천 노산공원에 세워졌다. 전시실을 돌며 소박한 인상의 시인이 어떤 삶을 살며 무슨 작품을 썼고, 어떤 작가들과 교유하며 시작(詩作) 생활했는지를 감상하다 보면 마음이 따뜻해진다. 매년 열리고 있는 '박재삼문학제'에서는 박재삼문학상 시상, 청소년문학상, 학생백일장, 박재삼 시 암송대회, 박재삼 시세계 세미나 등을 개최하고 있다.

이용안내

관람시간 : 09:00~18:00　　※ 매주 월요일, 1월 1일, 설 추석 당일 휴관

주소 경남 사천시 박재삼길 27　　**문의** 055-832-4953

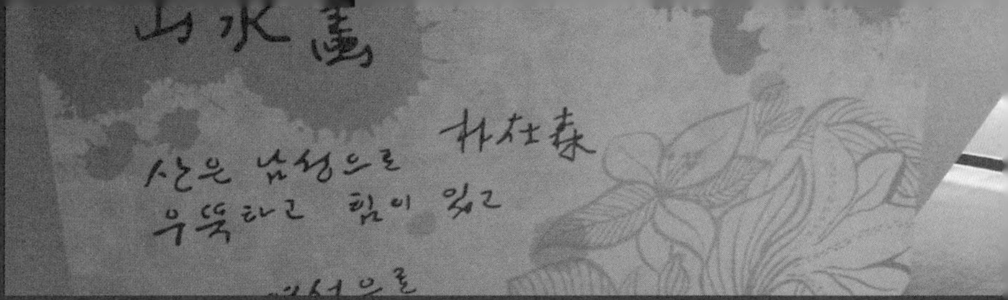

32

사천 노산공원

<박재삼 문학관>

하동에서 출발하여 비구름이 드리워진 산등성이를 넘으며 남편에게 들려준 얘기가 있다.

우리 아이들이 엄마가 쓴 글하고 분위기가 비슷하니 꼭 보라고 권해서 드라마 〈응답하라〉 시리즈를 아주 재미있게 열심히 보았다. 드라마에서 고향으로 내려간 대학생이 통합 시의 명칭 문제로 갈등하고 있는 지역주민회의에 참석한다. 그는 삼천포시의 '삼천'과 사천시의 '사천'을 합쳐 '칠천포시'로 하자고 제안했다가 아버지한테 혼나는 장면이 나온다. '삼천포와 사천'이란 지명만 나오면 그때 생각이 나서 절로 웃음이 난다. 남편도 따라 웃는다.

사천시에 도착했는데도 여전히 비는 내렸지만 목적지를 잘 찾아 안심이 되었다. '박재삼문학제와 박재삼문학상' 행사를 알리는 플래카드가 눈앞에 있었던 것이다. 계단 옆에 있는 '박재삼 문학관, 노산 호연재' 표지판을 보며 가파른 계단으로 올라갔다.

우거진 나무 사이로 바다가 보이고, 먼 산에 드리운 운무도 감상하며 비 내리는 숲속을 걷는데 제법 운치가 있다. 비 때문인지 인적이 끊기고 적막감이 감돌았지만 사색하기엔 최상이었다고 할까.

상아색 광나무 꽃이 만발한 예쁜 길을 따라 올라가니 문학관과 기와집 한 채가 보인다. 보라색 산수국과 병꽃이 경쟁이라도 하듯 흐드러지게 피어 문학관 입구를 장식하고 있다. 역시 벤치에 앉아 있는 작가의 동상을 그 꽃들이 울타리처럼 둘러쌌다. 데크로 만든 바닥에 그네의자와 벤치 몇 개가 놓여 있는 걸 보니 쉼터인가 보다. 작가의 동상 옆에 앉아 사진을 찍을 수 있도록 만든 포토존이 정겹다.

문학관 앞에 있는 기와집은 '호연재'다. 조선 영조 때 만든 학당으로 지역 인재들이 모여 학문을 논하며 시를 짓던 곳이란다. 삼천포초등학교의 모태가 되었다고 적혀 있다. 마당이 제법 넓은 문학관이다. 바로 앞에 수령이 오래된 나무가 긴 역사를 말해주는 듯하다.

문학관 안으로 들어갔다. 안내데스크 앞엔 작가의 흉상이, 벽엔 작가의 커다란 사진들이 걸려 있다. 이름은 많이 들었지만 뵌 적이 없어서 어떤 분일까 궁금했는데, 사진을 보니 소탈하고 어디서 뵌 분처럼 친근감이 느껴진다.

전시관에 들어가자 여러 표정의 재미있는 사진이 먼저 반기고, 그 옆 연보엔 어렸을 때 사진과 학생 때의 빛바랜 흑백 사진들이 그 시절로 데려다 준다.

작가 박재삼은 1933년 4월 10일 일본에서 차남으로 태어나 네 살 때 부모 따라 귀국하여 어머니의 고향인 삼천포시 서금동 72번지에 정착한

노산공원에 자리한 문학관은 마당이 넓고 수령이 오래된 나무가 긴 역사를 말해준다.

다. 삼천포초등학교를 졸업한 뒤 돈이 없어 진학은 못하고, 신문배달을 하다가 삼천포여중학교 가사 선생님의 도움을 받아 사환으로 일한다. 그 학교에 근무하는 시조시인 김상옥 선생님을 만나면서 문학에 관심을 갖기 시작한다.

박재삼 시인에게 문학의 싹을 틔워준 선생님 얘기는 인생에서 소중한 인연 세 가지를 떠오르게 한다. 천륜인 부모자식간의 인연, 인륜인 사제지간의 인연과 부부의 인연이 있고, 누군가의 인생에 큰 도움이 되는 좋은 인연도 있다.

박재삼 시인은 낮에는 일하고 밤에는 야간중학교에 다니면서도 성적이 우수하여 학비를 면제 받았고, 야간중학교가 폐쇄되어 주간중학교로 흡수되면서 주간중학생이 된다.

교내신문에 동요 〈강아지〉, 시조 〈해인사〉를 발표했을 때가 15세였다.

제1회 영남예술제 '한글 시 백일장'에서 시조 〈촉석루〉가 차상한 걸 보면 공부도 잘했지만 문학적인 자질도 뛰어났나 보다. 삼천포고등학교를 수석으로 졸업하고 모윤숙 작가의 추천으로 시조 〈강물에서〉가 《문예》지 11월호에 실린다.

1955년 유치환 시인의 추천으로 〈현대문학〉 6월호에 〈시조 섭리〉를, 서정주 시인의 추천으로 11월호에 시 〈정적〉을 발표하여 추천이 완료된다. 시인이 1997년 6월 8일 10여년의 투병 생활 끝에 65세의 일기로 작

초입에 자리한 작가의 동상은 포토존이고, 시작법의 비밀을 알려주는 전시실이 인상적이다.

고할 때까지 15권의 시집과 여러 권의 수필집과 시선집 등 많은 작품집을 남겼으니 사천시에서 기릴 만도 하다.

학교에서 항상 수석이었다는 것은 가난해서 다른 사람보다 더 치열하게 공부하며 열심히 살았다는 증거다. 그 시대엔 대부분 그렇게 어렵게들 살았다. 나라의 경제사정도 어려웠고, 개인적인 생활의 궁핍도 다음 세대까지도 이어졌다. 가난에서 벗어나기 위한 길은 공부밖에 없었다. 그리고 그때는 그게 가능했다. 사법고시, 행정고시, 외무고시, 입법고시, 기술고시 등에 매달려 합격하고 나면 인생이 달라졌다. 개천에서 용 나오는 시대였다고나 할까.

'박재삼과 사람들'엔 소탈하고 겸손했던 작가가 교유했던 스승 김상옥, 박목월, 서정주, 김동리, 김남조, 고은, 김후란, 조정래 등 문학계의 저명인사들과 찍은 사진들이 보인다. 그만큼 문학 활동을 열심히 했다는 증거다.

바둑기사 조남철과 조훈현 등 바둑계의 인사들과도 교유가 있었던 것은 작가가 바둑을 좋아했고, 언론기자 생활을 했기 때문이다.

육필원고와 친필이 들어 있는 유리관이 있고, 책장과 액자, 작은 탁자 등 소품이 그리 많지는 않다. 그래서인지 단아하고 정결해 보이는 작가의 글방이 눈에 띈다. "시詩 창작의 비법은 없다"를 형상화한 조형물은 천으로 문을 만들어 '그만의 시 비밀'이 있는 것처럼 보이게 만들었다.

벽에 걸려 있는 〈수정가水晶歌〉와 〈흥부의 햇빛과 바람〉이란 작품이 보이고, 그 가운데에 있는 '박재삼 시 체험하기'엔 시어 이어달기를 만들어 시인의 작품을 가까이 느낄 수 있도록 했다. 독특한 발상이 시심을 끌어낼 것 같다.

'시 낭송실'도 있고, '문단의 평가'에 작가의 시집들《춘향이 마음》,《햇빛 속에서》,《천년의 바람》,《어린 것들 옆에서》,《뜨거운 달》,《비 듣는 가을나무》,《추억에서》,《대관령 근처》,《내 사랑은》,《찬란한 미지수》,《사랑이여》등과 1996년 제15시집《다시 그리움으로》까지 간략한 소개와 작품집들을 전시했다. 작품평론도 보인다.

'박재삼의 시, 그 깊은 세계'를 지나 육필원고 액자 앞에 섰다. 원고를 세로로 길게 이어 동판액자로 장식하여 걸었는데 특이하다.

2층에 박재삼의 시를 통한 시인의 일대기를 볼 수 있는 영상실과 박재삼 소장도서 열람, 특별프로그램이 운영되는 세미나실, 기획 전시실이 있다. 3층엔 어린이 도서관과 휴게공간이 있지만 둘러보는 것으로 만족해야 했다. 아무도 없어서 남의 빈집에 들어가는 기분이었다고나 할까.

다시 1층 전시실을 한 바퀴 더 돌아 나와 밖에서 보니 안쪽에 이어진 건물에 '박재삼 문학관 집필실'이란 글판이 보인다. 작가들이 이용할 수 있는 집필실이 있다는 게 부럽다. 바다가 내려다보이는 전망 좋은 노산공원 한가운데에 문학관이 있는 것도 부러웠는데 작가들을 위한 집필실까지 있으니 작가가 대접받는 기분에 발걸음이 가벼웠다고나 할까.

박재삼 시인과 미당 서정주 시인의 일화가 생각난다. 문인들의 에피소드는 언제 들어도 재밌고 낭만적이다.

박재삼 시인은 고려대 국문과를 다니다가 중퇴하고 '현대문학사'에 들어가 근무한다. '현대문학사'는 당시 하나뿐인 문예잡지사여서 많은 중견문인들과 신인들이 드나든다. 김동리, 서정주, 황순원 작가 등은 현대문학사에서 살다시피 했다고 한다.

서정주 시인은 원고료를 받을 때마다 눈짓으로 박재삼 시인을 불러내어 술집에 가곤했는데 술에 취해서 싸우기도 한다. 서정주 시인이 "시를 뭐라 생각하느냐"고 물었고, 박재삼 시인은 "우리 어머니 말씀이 노래 즉 시는 진실이고, 이야기 즉 소설은 거짓말이라 하대요." 했다. 서정주 시인이 반대로 알아듣고 화를 내며 박차고 나갔다가 다음날 자신의 실수를 핑계 삼아 또 술잔을 주고받는다.

박재삼 시인은 서정주 시인을 존경했고, 서정주 시인도 박재삼 시인을 시인다운 시인으로 여기며 스승과 제자로서 흥겹게 자주 술을 마셨다는 얘기다.

박재삼 시인은 서울살이 40년 동안 진주사투리를 버리지 못한다. 진주사투리는 그에게 가난의 말이고, 어머니의 언어이며 목소리여서 결코 버리지 않았다. 언제 어디서 누구에게든 사투리로 주고받았을 정도로 시인에게 사투리는 재산이었던 것이다.

〈신록예찬〉과 〈페이터의 산문〉을 쓴 이양하 교수는 "영시가 무엇인지 알기 위해서는 우리 시를 먼저 알아야 하고, 박재삼의 〈울음이 타는 가을 강〉 같은 시를 알아야 한다"고 말할 만큼 극찬했다는 시는 이렇게 시작된다.

> 마음도 한 자리 못 앉아 있는 마음일 때
> 친구의 서러운 사랑 이야기를
> 가을 햇볕으로나 동무 삼아 따라가면
> 어느새 등성이에 이르러 눈물 나고나 (중략) ☆

여섯

마을을 싸고 물이 돈다 정신이 스며든다

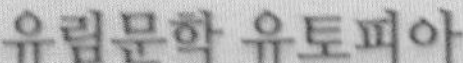

이육사 문학관

일제강점기에 17번의 수감생활을 감수하면서도 오로지 조국의 독립과 나라사랑을 보여줬던 시인의 민족정신과 문학정신을 기리고 선양하고자 탄생 100주년인 2004년 7월 31일에 고향인 원천리 불미골에 문학관을 개관했다. 문학관에서는 이육사시문학상을 시상하고, 전국육사백일장, 전국시낭송경연대회, 그 외 여름문학학교, 문인과 독자와의 만남, 독서토론회 전시회 등의 행사를 개최하고 있다.

이용안내

〈하절기 3~10월〉 09:00~18:00

※ 매주 월요일, 1월1일, 설날, 추석 휴관

주소 경상북도 안동시 도산면 백운로 525

〈동절기 11월~2월〉 09:00~17:00

관람료 : 유료

문의 054-852-7337

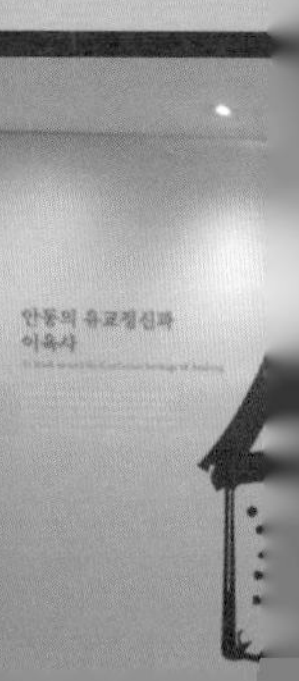

33

정신문화의 고장
안동 <이육사 문학관>

넝쿨장미가 흐드러진 6월, 다시 안동을 찾기로 했다. 지난해는 목적지가 많아서 강행군했지만 이번엔 마음이 느긋한 여행이었다고 할까.

안동시 도산면 도산서원의 주차장을 가로질러 찾아가는 길이 낯익었고 신록으로 우거진 초목이 청량감을 준다. 길가에 노랗게 핀 금계국이 하늘거리는데 가을의 코스모스처럼 정겹다. 종종 만나는 오래된 고택들이 정신문화의 고장을 대변해주는 것 같아 경건한 마음이 된다.

드디어 목적지에 도착, 몰라보게 달라진 '이육사 문학관'을 보고 감탄하지 않을 수 없다. 전국 문학관을 탐방했지만 이처럼 웅장하고 긴 문학관은 처음이다.

담장 밖에 세워진 널따란 시비와 책을 들고 앉아 있는 이육사의 동상 앞에서 〈절정絕頂〉이란 시를 다시 한 번 음미해 본다. 시 〈절정〉과 〈청포도〉는 좋아하는 분들이 많아 대중적인 시로 자리 잡지 않았을까 싶다. 문학관 근처에 군데군데 포도밭이 보이던데, 청포도가 익어가는 7월이 되면 잘된 조경과 더불어 문학관은 한층 더 돋보일 것이다.

'정신관' 입구에서 관람료 2,000원을 내고 들어갔다. 조용한 걸 보니 토요일 오후 1시쯤이면 이른 시간인가 보다. 다행히 한 팀이 들어와 함께 안내데스크 옆는 영상실로 가서 작가의 일대기를 감상하고 나왔다.

확 트인 전시관에서 제일 먼저 눈에 띄는 문구가 '유림문학 유토피아'

원천리 불미골에 세워진 이육사 문학관은 웅장하고 기다랗다.

다. 애국시인이 탄생하게 된 배경이다. 작가의 일대기를 요약한 숫자 17번의 감옥 생활, 30년에 첫 시 〈말〉 발표, 27년에 첫 감옥살이, 44년에 베이징 감옥에서 순국(40세), 바로 앞에는 '민족시인 육사 이원록' 흉상이, 그 옆엔 〈소년少年에게〉란 시가 있다.

왼쪽 하얀 벽면에 그린 포도송이와 연도 1904와 1944가 있다. 뭘 의미하는지 짐작이 간다. 작가의 대표 시 〈청포도〉와 생몰 연도이다.

'이육사를 그리는 마음' 코너엔 초록색 메모지들이 마련되어 있고, 그곳에서 관람객들이 쓴 메모지를 걸어놓으면 이육사 시인의 초록얼굴이 완성되도록 했는데 발상이 재밌다.

'이육사의 발자취'를 따라가 본다. 원목으로 장식한 벽면의 입체 연보가 하나의 작품처럼 보인다. 영상실에서 보았던 내용이 구체적으로 나타나 있어 머릿속에 쏙쏙 들어온다. 시험공부도 그런 식으로 시청각을 이용하면 효과가 좋지 않을까.

'이육사의 집안'은 오랫동안 글과 벼슬로 이어져왔다. 작가는 퇴계 이

복원한 생가는 당호가 육우당이다. 시비 〈절정〉과 동상은 문학관 밖에 있다.

황의 14대손으로 일찍부터 할아버지 이중직에게 글을 배운다. 외가는 의병장 집안으로 만주지역 독립운동에 이바지했다니 작가의 정신세계가 뿌리 깊이 단단하게 박힐 수밖에 없는 환경이다.

거기에다 조선시대 문신이며 문인인 농암 이현보와 월천 조목에게서 선비정신과 성품, 학문적 분위기, 한학적 소양 등 안동 유교정신의 영향을 받은 것은 당연하다. 독립운동가 석주 이상룡, 향산 이만도, 봉경 이원영은 이육사 시인의 애국심에 단초가 된다.

이런 주변 환경이 일찍부터 자의식은 물론 민족과 국가에 대한 정서와 가치관을 확립시켜줬고, 독립운동에 뛰어들게 만든다. 이육사 6형제 중 4형제가 의열단에 가입하여 활동한다. 이육사 문학관에서 또 한 번 환경의 중요성을 깨닫게 된다.

'어머니 회갑연 기념 병풍'이 가장 인상적이다. 이육사 형제들과 사촌이 맡은 역할이 적혀 있는 12폭 병풍엔 '장자인 원기는 축하 글을 쓰고, 육사는 술을 올리고, 원일은 병풍 글씨를 썼으며, 원조는 병풍 글을 읊었고, 원창은 색동옷을 입고 춤을 추었으며, 사촌 원균은 꽃을 올렸다.' 그 시절 회갑연의 순서와 장면을 떠올리게 한다는 점에서 문화적 가치가 더 돋보인다고 적혀 있다.

'이육사의 외국유학과 독서경험'을 보면 일본과 중국에서 유학하며 전통적인 교육에 근대의 신지식을 더하여 자신의 의식과 시야를 넓혔다. 우리 세대도 독서를 통해 새로운 세계와 다양한 문화를 간접경험하며 가치관이 정립되었다. 요즘 세대들은 독서보다 게임을 더 즐기고, 독서는 시험공부를 위해 하는 것 같아 안타깝다. 아무리 그래도 직접 눈으로 읽으며 상상하는 독서하고는 차원이 다르니 독서를 권장하고 싶다.

'이육사'하면 제일 먼저 떠오르는 게 수감번호 264다. 감옥생활을 자주 했다는 것은 문학관을 방문하고서야 알았고, 여고시절에 배웠던 주옥같은 시들을 암송하며 절개 있는 애국자라 더 존경심을 가졌던 시인으로 기억하고 있다.

'격랑의 중심에서'는 투옥되기 시작한 사건들을 보여준다. 실제로 만든 쇠창살 안에 당시의 흑백사진들이 있다. '수감번호 264, 이원록'을 보니 가슴이 저민다. 호를 수감번호로 사용했다니…. 직접 들어가 체험해 보라고 아주 작은 감방을 만들어 놓았다.

애국지사이며 시인인 이육사는 17번이나 감옥에 갇혔고, 1925년 독립운동단체에 가입한 뒤 일본과 중국을 무대로 항일활동을 시작한다. 1926년 잠시 귀국해《문예운동》창간호에 시〈전시戰時〉를 발표한다. 이 무렵에 발생한 조선은행 대구지점 폭파사건에 연루되어 3년형을 언도받고 투옥되었다가 1929년에 출옥한다. 이후 중국 베이징대학교 사회학

이육사의 가치관에 영향을 준 안동의 유교정신. 초록 메모지를 붙여 나가면 작가의 얼굴이 완성된다.

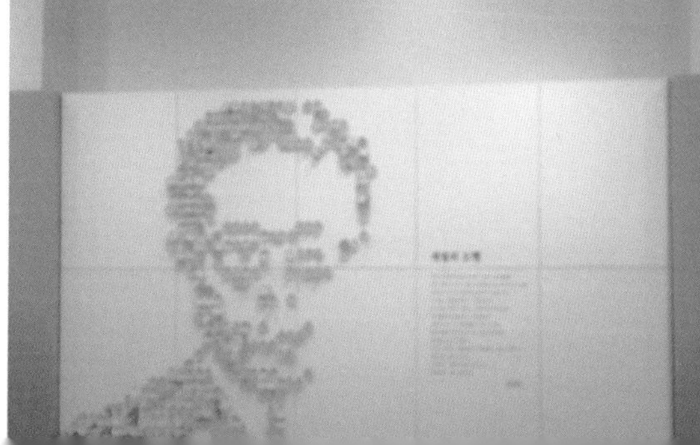

과에 입학한 뒤 군정서軍政署, 정의부政義府, 의열단義烈團 등 독립운동단체에서 항일운동과 학업을 겸한다.

중국의 대표적 작가 노신과 교유하며 문학적 자극을 받아 1933년 귀국하여 본격적으로 창작에 몰두, 작품을 발표하기 시작하며 신조선사, 중외일보사, 조광, 인문사 등 언론계에 종사하기도 한다.

1937년에 신석초 , 김광균 , 윤곤강 등과 동인지《자오선》을 내고〈노정기路程記〉,〈교목喬木〉,〈파초〉 등의 시를 발표, 1939년《시학》에〈연보年譜〉,《문장》에〈청포도〉 등을 발표했지만 남겨진 시는 총 36편이다.

요시찰 인물로 숱한 죄명을 17번이나 수감생활을 했지만 의연했던 이육사 시인은 1943년 6월, 베이징에 다녀온 뒤 동대문경찰서 고등계 형사에게 체포되어 다시 베이징으로 압송되었다. 다음해인 1944년 1월 16일, 끝내는 베이징 감옥에서 마흔의 나이에 순국했다니 얼마나 절통한 일인가.

전국 문학관을 탐방하면서 만난 작가 44명 중 30전후해서 요절한 작가는 많았지만, 이육사만큼 치열하게 저항정신을 시어로 표출하며 꼿꼿한 선비정신과 지사다운 면모를 보여준 작가는 없다.

북카페의 안락한 의자에 앉으니 시야가 확 트여 작가의 생애로 인해 울적했던 마음이 가라앉는다. 널찍한 카페엔 다양한 책들이 빼곡하게 꽂힌 서가가 있고, 작가의 작품집과 기념품들을 판매하는 곳이 있어 다시 한 번 음미해 볼까하고《청포도》 시집 한 권을 샀다.

1층 전시관이 보이는 계단으로 내려갔더니 특이한 서재가 눈에 띈다. '이육사 서재'라고 해서 진짜 책이 꽂혀 있는 줄 알았는데 모형 책들이 많았고, 진짜 서적은 손에 꼽을 정도다. 짧은 인생, 그마저 옥중에서 보내다 보니 남겨진 자료가 많지 않다는 증거인가 보다.

작가가 쓰던 벼루와 펜, 성경책, 이육사의 여섯 형제들 사진, 이육사를 추억하며, 베이징으로 간 이육사, 당대 시인들과의 교류, ㄱ자로 된 작품 연보 등을 살펴본다. 이육사 순국 2년 뒤인 1946년에 동생 이원조가 발간한《이육사 시집》에 20편의 작품이 수록되었고, 당대 작가였던 신석초, 김광균, 오장환, 이용악이 서문을 썼다. 이원조 작가는 1947년에 월북하여 북에서 옥사한 것으로 전해진다.

이육사 사후 출간된 책 4권이 소중하게 모셔져 있다. 모두 유고 시집이다. 현대시, 시조, 한시, 소설, 번역, 수필, 문예·문화시평, 시사평론, 방문기, 서간 등 꾸준히 발굴된 96편의 작품이 전해오고 있다고 한다.

문학관 위에 새로 마련된 생가가 있다. 생가터는 안동댐으로 수몰되었고, 새로 지은 생가는 옛집을 그대로 복원했다는데 아직 개방하지는 않았다. 그래도 천천히 올라가봤다.

작가의 어머니가 육형제에게 늘 우애하라고 강조했는데 원기, 원록(육사), 원일, 원조, 원창, 원홍 육형제의 돈독한 우애를 기리는 뜻으로 큰형이 당호를 '육우당六友堂'이라 지었다고 한다. 현판이 마루 위에 걸려 있어서 사진으로 담아왔다.

나도 밥상머리에서 삼남매에게 늘 얘기한다. 형제자매가 우애하는 게 제일 큰 효도라고. 예나 지금이나 부모 마음은 같다. 형제자매가 우애하는 모습만 보아도 기쁘고 흐뭇하지 않던가. ☆

요산 문학관

한국의 대표적인 작가이며 부산의 자랑인 요산 김정한 작가의 문학정신과 작품세계, 삶의 발자취 등을 감상할 수 있도록 2006년 11월 20일에 건립했다. 생가 옆에 마련된 요한 문학관 2층의 전시실에 진열된 육필원고와 유품들이 한눈에 들어오고, 작가가 직접 만든 우리말 카드와 손수 그려 만든 식물도감이 특히 눈길을 끈다. 매년 개최되는 요산문학축전에서는 요산문학기행, 요산백일장, 인증샷 시상식, 시민과 함께하는 문학콘서트, 심포지엄, 요산문학상 시상식, 요산 독후감 토론대회, 요산창작지원금 수여식 등 다양한 행사가 이뤄진다.

이용안내

관람시간 : 매주 화요일~일요일 10:00 ~ 17:00

※ 매주 월요일, 국경일 휴관

관람료 : 유료

주소 부산시 금정구 팔송로 60-6

문의 051-515-1655

34

부산 금정산 자락
김정한 <요산 문학관>

창원에서 1시간가량 달려와 찾은 곳이 '요산 문학관'이다. 동네 언덕으로 오를 때만 해도 감을 잡을 수 없었는데 주변에 학생들이 많은 걸 보니 제대로 찾았구나 싶다. 학생들이 삼삼오오 들어가는 언덕 골목에 겨우 차 한 대 세우고 내렸다. 문학관 정문 앞이다.

대문에 '소설가 김정한 선생 생가' 안내문이 크게 걸려 있고, 쪽문 벽 돌기둥에 '요산 문학관' 표지판이 있는데 마치 개인집 대문처럼 느껴진다. 열린 쪽문으로 들어갔다. 작가의 생가터에 복원했다는 기와집이 질 푸른 잔디밭과 조화를 이루어 평화롭게 보인다.

마루에 걸터앉아 쉬고 있는 여학생들을 보니 풋풋함이 느껴진다. 남녀학생들이 인증 샷을 찍느라 바쁜 걸 보니 학교에서 과제를 내준 모양이다. 어떤 이유로든 찾아와 한 바퀴 돌며 작가의 숨결을 느껴보는 것도 의미 있지 않을까.

요즘 학생들은 소설보다 웹툰을 더 좋아한다. 한국단편소설집을 읽으면 좋을 텐데 시험공부하기 바빠서 소설 읽을 시간이 없단다. 디지털 세대이니 시대의 흐름에 따라 누려야 할 문화겠지만, 좋은 책들이 얼마나 많은데 스마트폰에 시간을 소비하다니 안타깝다.

우리 아이들은 엄마시대완 다르다며 자꾸 비교하지 말란다. 그 말은 맞다. 하지만 물질적 풍요는 누리지 못했어도 정서적으로는 우리 세대

문학관 정문이 마치 여념집 대문같다. 작가의 생가터에 복원한 기와집도 보인다.

가 더 행복했다고 자부한다. 풍부한 독서는 무한한 상상력과 수많은 세계를 간접 경험하도록 해주고, 글쓰기의 바탕이 돼주기도 한다.

문학관 탐방하면서 놀라웠던 것은 청소년 시절에 읽었던 내용이 생생하게 떠오른다는 거였다. 어릴 적 기억이 오래가는 이유를 체득했다고나 할까. 막내에게 늦지 않았으니 지금이라도 게임하는 시간을 줄이고 독서하면 어떨까 물으니 엄마의 과분한 욕심이란다. 시대의 흐름을 따라가는 것이니 강요하지 말라고 한다.

요산 김정한의 발자취를 돌아본다. 생가 앞마당을 지나자 건물이 특이한 문학관 앞에 요산 김정한의 흉상이 인자한 모습으로 반겨준다. 데크로 된 1층 로비는 막힘없이 앞뒤로 뻥 뚫려 있고, 유리벽에 붙은 작가의 커다란 사진 옆에 '사람답게 살아가라'는 붉은 글씨가 마치 내게 하는 말 같아 뜨끔하다.

과연 사람답게 살아왔나 자문하며 2층으로 올라간다. 복도 벽면의 아주 기다란 플래카드의 사진과 어록이 눈에 들어온다.

무척 긴 어둠의 날들을 살아온 셈이지만

문학관 로비 벽면에서 작가의 외침이 들리는 것 같다.

> 밝고 곧은 것에 대한 희망을 포기해 본 적이 없다.

이 어록은 김정한 작가의 삶에 배어있는 문학 철학일 테고, 분명 글과 삶과 행동이 일치했을 거라는 생각이 든다.

전시실이 복도처럼 하나로 길게 트여 있어 시원하고, 꾸밈없는 단조로움에서 여백의 미와 진심이 느껴진다. 작가는 어떤 발자취를 남겼을까 궁금하여 오른편에 있는 작가의 생애 앞에 선다. 연보 위에 흑백사진들이 작가의 발자취를 생생하게 전해준다.

작가는 1908년 9월 26일 경남 동래군 북면 남산리에서 7남매의 맏이로 태어나 한학을 배운다. 3·1운동이 일어난 1919년엔 동네 부근에 있는 범어사 경내의 사립명정학교를 다니며 만세를 불렀을 때가 12살이었다. 16세 때 서울 중앙고보에 입학했다가 17세에 부산 동래고보로 전학, 20세에 결혼한다.

21세인 1928년부터 교사생활을 하며 시와 시조를 투고한다. 일본에서 유학생활하며 조선인 유학생회에서 발간하던 잡지 《학지광》 편집에 참가한다. 《조선시단》, 《신계단》 등에도 시와 단편소설을 발표한다. 29세

정문에서 바라보면 생가 마당을 지나 문학관 건물이 보인다.

인 1936년에 우리가 교과서를 통해 배웠던 〈사하촌〉이 〈조선일보〉 신춘문예에 당선된다. 필명으로 응모했는데 신문에는 본명으로 발표되는 바람에 곤욕을 치른다. 소설 내용에 불만을 품은 사람들이 반발하기도 하고, 정체를 알 수 없는 무리들에게 테러를 당하기도 한다.

김정한 작가는 이에 굴하지 않고 중편 〈옥심이〉를 〈조선일보〉에 연재하고, 단편 〈항진기〉, 〈기로〉, 〈그러한 남편〉, 〈낙일홍〉, 〈추산당과 곁사람들〉, 〈월광한〉 등을 발표하여 작가의 진면목을 보여준다.

작가는 언론사 지국 운영, 논설위원, 교직생활, 교수생활을 거치면서 1956년 첫 창작집 《낙일홍》을 간행하고, 1966년에 단편 〈모래톱 이야기〉로 문단에 복귀한다. 10년 동안 작품을 발표하지 않았다는 얘기다.

1967년 한국문인협회 부산지부장으로 활동하면서 단편 〈과정〉, 〈입대〉, 〈곰〉, 〈유채〉, 〈축생도〉, 〈제3병동〉, 〈굴살이〉, 〈뒷기미나루〉를 발표하고, 중편 〈수라도修羅道〉로 주목을 받고 제6회 '한국문학상'과 '부산시문화상'을 받는다.

1970년에 단편 〈지옥변〉, 〈독매〉, 〈실조〉, 〈어둠 속에서〉와 평론 〈역사와 사회의식에 주력〉을, 소설문학사에 남긴 역작 〈인간단지人間團地〉에

작가의 생애와 도자기에 쓴 작품들이 보이고, 작가가 만든 우리말 낱말사전이 전시되어 있다.

이어 〈산거족山居族〉을 발표해 다시 한 번 주목 받으며 제3회 '대한민국 문화예술상'을 받는다.

1974년 부산대학교에서 정년퇴직한 뒤 세 번째 창작집《김정한 소설 선집》을 펴내고, 1976년에는《제3병동》으로 '문화훈장 은관'을 받았다고 하니 작가로서 명예로운 상은 다 받은 셈이다.

유리관에 전시된 낱말사전인 〈우리말〉이란 노트 9권과 식물도감을 작성한 〈식물연구〉라는 노트 2권이 눈길을 끈다. 어떻게 그 많은 자료를 만들었을까. 대단한 열정이 아니면 엄두도 못 낼 일이다. 지금은 디지털화되어 클릭만 하면 모든 정보를 얻을 수 있지만, 30년대의 낱말카드는 아주 소중한 자료가 되었을 것이다.

《낙일홍》은 작가의 첫 창작집이고,《사람답게 살아가라》는 수필집이다. 그래서 주차장 바닥이나 유리벽에 '사람답게 살아가라'고 일침을 가했나 보다.

연보와 작품연보 아래에 글이 적힌 도자기와 친필원고, 미완의 장편소설《세월》의 빛바랜 원고지가 눈에 띈다. 전시실 중앙의 유리관에는 작가가 쓰던 사무용품과 모자, 생필품 등의 유품들이 가득해 작가의 체취가 전해온다. 유품을 보면 작가가 젊은 시절에 향유했던 문화와 생활을 엿볼 수 있다. 곧 우리나라 근대사의 모습이기도 하다.

'요산 김정한 소설과 부산의 도시 공간'은 작가가 고향을 배경으로 쓴 작품을 소개한 것이고, 만화로 쉽게 풀이한 작가의 생애는 어린이를 위한 배려이지 않을까.

전시실 옆 작은 도서관에는 책들이 양면 서가에 빼곡하고 아주 조용해서 독서하기엔 그만이겠다. 쾌적하고 귀한 공간이 부러울 뿐이다.

전시실을 한 바퀴 돌아보며 생가를 내려다보니 운치가 있고, 연휴라서 찾아오는 학생이 많아 활력이 느껴진다. 그 중에는 문학의 꿈을 키우고 있는 학생도 있으리라 믿고 싶다.

3층은 '창작실'이라는데 출입금지였고, 1층으로 내려갔더니 소모임을 하기에 좋은 세미나실이 있다. 우리 안양에도 그런 장소가 있다면 자유롭게 문학모임도 하고 좋을 텐데 부럽다.

안내데스크가 그 안에 있어서 2015년 제18회 요산문학축전 자료집 《문학-정의롭게, 겸손하게》를 받아왔다. 지하 1층엔 강당이 있다는데 가보지 못하고 돌아섰다.

이번 문학관 탐방이 아니면 언제 또 오겠나 싶으니 전국 문학관 탐방 계획은 일생에서 가장 소중하고 귀한 경험이 될 것 같다. 그것도 남편하고 함께 다니니 더 즐겁고 의미 있는 한 해가 되리라. ☆

"욕망과 현실을 길항하는
서정적 리얼리즘의 세계"

오영수의 작품은 근대적 도시문명으로부터 이격되어 있는 농촌, 산골, 어촌 등의 시골 마을을 배경으로 서민들의 애환을 담아낸 것이 특징이다. 특히 도시문화의 혜택으로부터 소외된 사람들의 공동체적 정서와 친화적 유대감을 바탕으로, 이기적이고 속물적인 도시 공간과 생활에 대한 생래적인 거부감이 작품 연면에 아로새겨져 있다. 그리하여 전통적인 전원 지향성에 대한 옹호 속에 인간의 본원적 심성에 대한 탐구가 주요한 축으로 전개되고 있다. 그렇다고 해서 거의 작품이 당대의 리얼리티를 벗어나 초월적 낭만의 세계로 경도되어 있는 것만은 아니다. 인본주의를 바탕에 깔면서 이데올로기적 대립과 분단 현실에 대한 극복 의지를 비롯하여 사회적 약자와 소수자에 대한 연민과 위무를 텍스트 내부에서 표방하고 있기 때문이다.

-오태호(경희대학교 후마니타스 칼리지 객원교수)-

오영수의

오영수는 전형적인 단편소설
이 그 바탕에 깔려 있다. 즉, 그의
대부분 가난한 자, 서민, 변두리
사람이 많다. 이들은 감정적이며
다니는 인생이며, 어리숙하다.
그러나 그들은 대체로 의리
온정을 베푸는 쪽이며, 서술자
바라보고 있다.

오영수 문학관

난계 오영수 작가의 문학정신을 기리고, 선양하기 위해 고향인 울주군 언양읍 화장산 기슭에 오영수문학관을 2014년 1월 21일 개관했다. 전시실에 마련된 육필원고와 미술작품, 작가의 발자취 등을 감상하며 한 바퀴 돌다 보면 〈갯마을〉, 〈머루〉, 〈화산댁이〉 등 작가의 작품 세계가 절로 스며든다.

이용안내

관람시간 : 09:00~18:00

※ 매주 월요일(공휴일 경우 다음날), 1월1일, 설날, 추석당일 휴관

주소 울산시 울주군 언양읍 헌양길 280-12 **문의** 052-264-8511

35

울주 언양 화장산 기슭 <오영수 문학관>

전국 문학관을 찾아다니면서 새로 인생 공부하는 기분이다. 다양한 간접경험을 통해 반면교사나 타산지석으로 삼을 만한 일이 많았다. 친정어머니한테 누누이 들으며 자랐던 말의 실체를 몸소 경험했다고나 할까.

마흔 개 가까운 문학관을 탐방하다 보니 멀리서 찾아왔다고 반기면서 극진히 손님 대접하는 곳이 두 군데 있었다. 그렇게 고마울 수가 없었다. 느긋하게 앉아서 차 마실 시간은 없었지만 그 마음이 고마워서 감동 받았다.

새삼 친정어머니의 밥상머리 교육이 떠올랐다. "대접을 받고 싶으면 먼저 대접하라, 친절해라, 베풀어라, 예의바른 사람이 되라, 겸손해라. 착한 일은 왼손 모르게 해라" 등 수없이 들었던 말이다. 지금까지 살면서 어머니의 말씀이 다 옳았다는 것을 수시로 느낀다. 그래서 나도 똑같은 방법으로 삼남매에게 밥상머리 교육을 하고 있다.

지조 높은 선비마을인 주실마을의 '지훈 문학관'과 울진 언양의 '오영수 문학관' 은 잊을 수 없을 것이다.

부산 이주홍 문학관에 갔더니 문이 굳게 잠겨 있어 아쉬워하며 곧바로 울주로 달려 언양읍 송대리 산기슭에 자리 잡은 '오영수 문학관'을 찾았다. 녹음이 우거진 숲을 배경으로 나앉은 2층 건물에 현수막이 보였

화장산 기슭에 자리 잡은 문학관이 아늑하게 느껴진다.

다. '작가 오영수 37주기 추모제' 날짜를 보니 이미 5월 15일에 끝났다.

문학관 안으로 들어갔더니 안내데스크의 직원이 반색하는데 피로가 확 풀리는 것 같다. 그 먼 곳을 찾아갔는데 보는 둥 마는 둥 한다면 얼마나 맥이 풀리겠나. 돌아가신 친정아버지 생각이 났다. 자주 만나는데도 오랜만에 만나는 것처럼 항상 반겨주시던 아버지를 보면서 나도 그러리라 다짐하곤 했다.

전시실로 들어가니 작가의 흉상이 제일 먼저 눈에 띄고, 우리나라 대표 서정 단편소설 작가임을 알려주는 '오영수는 누구인가'를 살펴보았다. 어떤 분인지 금세 알았지만, 그래도 구체적으로 알고 싶어 화살표 방향으로 따라 갔다. '미술교사 시절'의 전시관에 작가가 그린 그림과 서예 작품, 서예도구들이 전시되어 있다.

1955년 우리나라 대표 문학잡지인 《현대문학》을 창간했고, '현대문학상'도 제정했다. 1971년에는 시 전문지 《시문학》도 창간, 가로쓰기 출판을 시작했으며 1983년에는 출판부도 신설해 단행본을 출간했던 역사가 한눈에 보인다.

순수문예지 《현대문학》을 통해 배출한 작가들은 우리가 알고 있는 박경리, 마종기, 문덕수, 박재삼, 홍사중, 한말숙, 김우종, 황동규, 고은, 정을병, 허영자, 김윤식, 정현종, 오세영 등 아주 많았다.

작가의 가계도가 굉장하다. 10남매의 장남이고 자녀도 육남매다. 그 시절엔 모두들 많이 낳았다. 산아제한 방법도 몰랐고, 열악한 환경으로 자라면서 잃어버리는 경우도 많아서 그랬다는 걸 요즘 젊은 세대들은 이해할까?

유리전시관에 작가가 즐겨 썼던 베레모와 담배파이프가 진열되어 있고, 작가의 서재를 재현한 디오라마가 눈길을 끈다. 작가로 활동한 사진과 대표작들의 전시, 작품의 한 대목을 감상할 수 있는 헤드셋도 보인다.

지금까지 오영수 작가의 《갯마을》은 '서산 갯마을'이 배경인 줄 알았다. 내 고향이 서해안이라서 서해의 갯마을만 생각했는데 알고 보니 부산시 기장군 일광면 학리가 소설의 배경이다.

울진 언양에서 태어난 작가는 일제징용을 면하려고 1943년부터 일광에 살며 일광면사무소 임시직으로 근무한다. 그곳에서 생활하며 소설가 김동리와 교분을 쌓기도 하고, 소설을 구상한다. 당시 학리는 해녀들이 많아 해녀마을로 불리었다. 그곳에서 일어난 얘기를 모티프로 해서 나온 작품이 《갯마을》이다.

'오영수는 누구인가' 코너는 작가를 한마디로 설명하고 있다.

서西로 멀리 기차 소리를 바람결에 들으며, 어쩌면 동해 파도가 돌각담 밑을 찰삭대는 H라는 조그만 갯마을이 있다. 덧게덧게 굴딱지가 붙은 모 없는 돌로 담을 쌓고, 낡은 삿갓 모양 옹기종기 엎딘 초가가 스무 집 될까 말까?

이렇게 시작되는 《갯마을》은 1965년 당시 유명한 배우 고은아, 신영균, 황정순이 출연한 영화로 더 많이 알려졌다. 흑백영화였지만 배경이 아주 아름다웠다는 평이다. 주변의 풍광이 아름다운 일광바닷가에서 영화를 찍었다 해서 오영수 작가의 《갯마을》이 축제의 모티프가 돼 '기장 갯마을축제'가 성대하게 치러지고 있다는 얘기다.

작가의 대표작 《갯마을》과 닥종이로 만든 어촌 '갯마을 속으로'가 실감나는 것은 영화의 장면과 함께 있어서일까. '작가의 소설 소개, 낭송실'을 지나니 그제야 '울주가 낳은 소설가 오영수'가 나온다. 다른 문학관은 연보가 제일 먼저 나오던데.

작가는 1909년 2월 11일에 경남 울산군 언양면 동부리 313번지에서 태어나 고향에서 학교를 다닌다. 19세부터 〈병아리〉 등 많은 동시를 발표하고, 24세에서 29세까지 일본에서 공부한다. 30세부터 교편생활을 시작, 만주에도 다녀와 김동리 작가와 교유한다.

1949년 김동리의 추천을 받아 《신천지》에 〈남이와 엿장수〉로 등단한다. 방랑시절을 끝내고 부산에서 교사생활하며 단편소설을 발표한다. 《현대문학》 창간과 편집장 시절이 있었고, 《현대문학》과 결별하고 낙향하여 창작의 열정을 불태운다. 〈화산댁이〉, 〈코스모스와 소년〉, 〈갯마을〉, 〈박학도朴學道〉, 〈여우〉, 〈후조候鳥〉, 〈명암明暗〉, 〈메아리〉, 〈개개비〉,

〈은냇골 이야기〉, 〈수련睡蓮〉, 〈섬에서 온 식모食母〉, 〈요람기〉, 〈실걸이꽃〉, 〈어린 상록수〉 등 우리가 알고 있는 작품들도 눈에 띄어 반갑다.

작가와 관련된 1979년도 사건은 지금도 또렷하게 기억하고 있다. 여의도에서 직장생활하고 있을 때였다. 전라도 사람을 겉 다르고 속 다르다며 '표리부동表裏不同하여 신의가 없다'고 해서 호남인들이 발끈해서 들고 일어났다. 꼬리말에 '유우'로 느리다고 평한 충청도 사람들도 불만이 컸다. 바로 오영수 작가의 〈특질고特質考〉가 사회적으로 물의를 일으킨 것이다. 팔도 사람들이 모여 사는 서울에서는 '특질고'를 핑계로 서로 지역감정을 앞세워 싸우는 일도 비일비재非一非再했다.

〈특질고〉를 게재했던 《문학사상》은 몇 달간 문을 닫았고, 작가는 그 사건으로 절필했을 뿐만 아니라, 병이 악화되어 그해 5월 15일 71세로 운명하셨다. 펜의 힘이 칼보다 강하다는 것은 알고 있었지만, 글이 사회에 미치는 영향이 얼마나 큰지 똑똑히 보여준 사건이었다.

1층의 전시실을 한 바퀴 돌고 2층으로 올라가며 계단 벽에 걸려있는 작가와 관계된 빛바랜 사진들을 본다. 그때 그 시절이 그리워진다. 흘러간 세월은 역사의 한 부분이 되고, 흔적은 사진으로 남는다.

2층 '문화사랑방' 옆 벽면의 대형 원고지가 눈길을 끈다. 비슷한 육필원고는 많이 봤지만 한 벽면을 가득 메울 만큼 큰 천에 만든 원고지는 처음이다.

작가의 책과 여러 책을 읽으며 쉬어갈 수 있는 사랑방이 '문화사랑방'이었고, 그 옆에는 각종 행사를 치르는 아담한 '난계홀'이 있다. 테라스의 비치파라솔과 원탁 테이블이 운치 있다. 그곳에서 내려다보니 '누나의 별'이란 야외공연장과 나무 그루 아래의 벤치에 앉아 책을 보고 있는 작가의 동상이 한눈에 들어온다.

산새가 좋은 곳에 자리한 문학관에서 작가의 향기를 음미하며 내려왔더니 직원이 차 한 잔 하고 가라며 사무실로 안내하기에 감사한 마음으로 그 친절함까지 마셨다.

그러고 보니 오영수 작가의 따뜻한 일화가 생각난다. 오영수 작가는 6·25 때 부산으로 피난 온 작가 김동리, 조연현, 황순원, 박용구, 이봉구, 박기원에게 미리 비워 두었던 방 몇 개를 내주었다. 또 자신이 근무하는 여학교 건물을 육군병원과 부대시설로 쓸 수 있도록 발 벗고 나섰으며, 여학생 제자들에게 이 병원의 간호보조 업무를 맡도록 했다는 얘기가 문학가에서 회자되고 있다. 또 피난 작가들이 모인 다방을 거의 날마다 들여다보던 작가는 그들을 집으로 불러들여 술과 음식을 대접하며 기꺼이 온정을 베풀었다는 얘기다.

사람은 어려움에 처했을 때 진가가 나타난다. 형편이 좋을 때는 누구라도 친절하고 가깝게 지내지만, 막상 어려움이 닥쳐 도움이 필요할 때는 등 돌리는 경우가 많은 세상이다. 그런데 그 어렵고 힘들던 전쟁 때 베풀었다니 잔잔한 감동이 스며든다.

토박이 원주민들은 비교적 순박하고 인정이 많은 편이다. 못사는 나라일수록, 시골로 갈수록, 문명의 혜택을 받지 못한 사람들의 순수함은 자연에 가깝다. 오영수 작가도 그런 순박한 마음이 작품 속에 녹아들어 좋은 작품을 쓰지 않았나 싶다. ☆

동리목월문학관

천년고도 경주가 낳은 한국문단의 거봉 김동리, 박목월 두 분의 문학정신을 기리고, 선양하기 위해 2006년 3월 24일 동리목월기념사업회가 중심이 되어 문학관이 건립되었다. 동리목월기념사업회에서는 새로운 문학인재를 발굴하고 육성하기 위해 동리목월문예창작대학을 운영하고, 동리목월문학상을 제정하여 시상하고 있으며 문학 심포지엄, 시낭송의 밤, 전국 백일장, 동리목월 음악제, 한터 문학심포지엄 등 다양한 행사를 개최하고 있다.

이용안내

〈하절기 3~10월〉 09:00~18:00 〈동절기 11월~2월〉 09:00~17:00 관람료 : 유료

※ 매주 월요일, 1월 1일, 설날, 추석 당일 (1월1일, 설날, 추석 당일이 월요일인 경우 화요일) 휴관

주소 경북 경주시 불국로 406-3 **문의** 054-772-3002

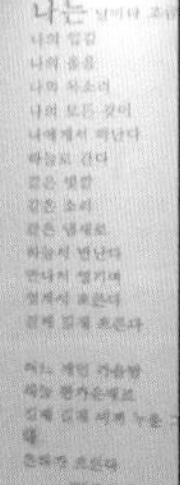

36

천년고도 경주의 쌍두마차 <동리목월문학관>

'천년고도'라 불리는 경주는 신라의 천년 역사를 간직한 도시로, 역사의 흔적이 고스란히 남아있어 역사공부에 도움도 되고, 볼거리도 많아 수학여행지로선 최고다.

경주시내로 들어오는 관문부터 다르다. 곡선이 아름답고 웅장한 기와지붕은 그 어떤 관문과는 격이 다르다. 시내 곳곳 눈에 들어오는 건물마다 기와지붕이고, 숙소는 물론 주유소까지 기와여서 천년고도임이 실감난다.

연휴를 이용하여 여행하는 동안 제일 난감했던 것은 목적지가 휴무인 경우다. 문학관은 대부분 월요일이 휴관이지만, 월요일이 공휴일인 경우 다음날 휴관일로 정한 곳도 있다. 감사하게도 '동리목월문학관'이 그 경우다.

불국사로에 위치한 숙소에서 가까운 곳에 있는 '동리목월문학관'으로 가는데 빗방울이 떨어지기 시작한다. 비가 오는데도 주차장과 식당, 판매점 등에 관광객이 많다. 연휴의 마지막 날이기도 했지만 이름난 불국사를 찾는 관광객들이다.

입장료를 내고 안으로 들어갔더니 우아한 기와건물의 구조가 쌍두마차처럼 보인다. 문학의 거장인 두 분의 문학관다웠다고 할까.

전시실로 들어가기 전에 마당 오른편에 있는 석탑 앞으로 갔다. 신라

1층 왼편에 동리문학관, 오른편에 목월문학관이 자리하고 있다.

의 상징, '아사달의 혼魂'이란 거대한 석탑이 또 하나의 예술품이다. 주변에 일정한 간격으로 세워져 있는 작가들의 글판 속에 안양문협의 신규호 선생님 작품이 있어 만난 듯 반갑다. 촉촉이 젖어 싱그러움이 묻어나는 울안을 한 바퀴 돌아 문학관 중앙계단으로 올라가는데 상형한자로 쓴 현판에서조차 천년고도의 숨결이 느껴진다.

출입문을 열고 들어갔더니 왼편에 '동리문학관' 오른편에 '목월문학관'이 있어 먼저 목월보다 선배인 동리문학관으로 들어갔다.

〈등신불〉의 작가 '동리문학관'

'동리문학관'을 들어서면 작가의 흉상이 마주 보이고, 오른편에 작가의 연보가 보인다.

김동리 작가는 1913년 11월 23일 경북 경주시 성건동 186번지에서 5남매 중 막내로 태어난다. 1926년 대구계성학교 2년 수료, 1928년 서울경신학교 3년에 편입, 1929년 16~17세부터 시 〈고독〉과 수필 등을 발표한다.

1934년엔 〈조선일보〉 신춘문예에 시 〈백로白鷺〉 입선, 1935년 〈중앙일보〉 신춘문예에 단편소설 〈화랑의 후예〉 당선, 시 〈폐도시인廢都詩人〉,

〈생식〉 발표한다. 1936년에는 〈동아일보〉 신춘문예에 단편소설 〈산화山火〉 당선, 단편 〈바위〉, 〈무녀도巫女圖〉, 〈술〉, 〈산제山祭〉, 〈팥죽〉 등을 발표하며 투병기간 5년여를 제외하고, 1995년 6월 17일 82세로 돌아가실 때까지 작가로서 자리를 굳건히 지킨다.

대표작으로 〈무녀도〉, 〈황토기〉, 〈등신불〉, 〈사반의 십자가〉 등이 있다. 학창시절 암기했던 작품들이다.

김동리 작가는 늦둥이로 태어난 막내였다. 그래서 큰형이 부모처럼 많은 가르침을 줬다. '동리東里'라는 필명도 큰형이 지어준다. 큰형 범부 김정설(1897~1966)은 대단한 분이다. 어렸을 때 신동이라 불렸고, 한학자, 동양철학자, 제2대 국회의원, 1946년부터 1949년까지 대한민국 육군 장교로 복무, 계림학숙(영남대 전신) 초대 교장을 지낸 분으로 작가에게 아주 많은 영향을 준다. 범부 김정설의 저서는 《화랑외사花郎外史》가 있다.

주변 환경이 미치는 영향은 이처럼 크다. 그래서 나도 아이들에게 늘 잔소리했던 것인데, 어디 가느냐, 누구를 만나서 뭘 하느냐고 물으면 무척 싫어한다. 엄마가 묻기 전에 미리 말해주면 좋으련만.

작가의 젊었을 때 사진들, 스크랩한 기사, 노트와 시계들, 각종 수첩과 문방사우, 명패와 인장 등 많은 전시물은 문학인으로, 교육자로, 문화인으로 열심히 살았다는 흔적이다.

후학을 가르치는 명장으로 불린 것은 서라벌예술대 6회 졸업생 전원

시 〈은하〉 앞에 있는 시인의 모습. 〈황토기〉의 배경에 대해서도 잘 설명되어 있다.

이 문단에 나왔고 서울대, 고려대, 중앙대 예술대에서 가르친 30년 동안 1백여 명이나 되는 현역작가들이 나왔대서다.

김원일, 김주영, 백시종, 오정희, 유현종, 이근배, 천승세, 한분순, 이문구(작고) 등 지명도 있는 작가들이 많아서 놀랍다. 창간한 잡지도 4종이나 된다고 해서 찾아봤다. 1968년에《월간문학》을, 1973년에는《한국문학》을 창간했고, 미당 서정주 시인과 '시인부락'을 결성하기도 한다. 매달 받아보는《월간문학》을 창간했다니 감회가 새롭다.

일제에 저항하고 서정주, 박목월, 조지훈, 박두진, 유치환 등과 '청년문학가협회'를 결성하여 좌익문학에 맞서기도 했고, 말년에는 시와 서예의 명상세계로 돌아와 묵향에 묻혀 지낸다.

인생이란 그런 거다. 누구에게 보여주기보다 주어진 여건에서 열심히 살다보면 평가는 남이 해주는 거고, 흔적은 저절로 남게 되는 것이다. 뭐든 할 수 있을 때, 작은 일에도 성실하게 최선을 다하자고 아이들에게 각인시키고 있다.

'작품속의 경주' 는 작가가 고향을 배경으로 쓰거나, 고향이 소재가 된 작품들을 소개했다. 작가들은 고향을 정신적 지주로 삼는 게 분명하다는 걸 문학관 탐방하면서 느꼈다.

〈등신불〉의 매직비전이 있고, 작가의 '창작실'은 실물 그대로 보여줘 작가의 체취가 그대로 전달되는 느낌이다. 책상, 옷걸이, 족자, 사진, 소파, 장식대, 벽시계, 도자기 등은 여느 집 안방 같은 분위기였다고 할까. 붓이 줄줄이 걸려있는 붓걸이는 작가가 서예에 얼마나 심취했는지 보여준다. '작가의 작품세계, 〈황토기〉의 애니메이션, 〈무녀도〉 모형, 김동리찬金東里讚, 동리목월기념사업회' 등을 돌아보고 맞은편에 있는 후배 '목월문학관'으로 향했다.

청록파 시인, '목월문학관'

'목월문학관'도 마찬가지로 두 거장의 문학관은 내부도 쌍두마차처럼 닮았다. 자라온 환경과 활동내용이 조금 달랐을 뿐, 문학인으로서의 삶이 비슷했다고 할까. 같은 고향, 동문 2년 선후배, 같은 문학인으로 살았으니 당연하지 않을까 싶다.

전시실로 들어서니 역시 맞은편에 작가의 흉상이 있고, 그 뒤에 '구름에 달 가듯이'란 시구가 보인다. "강나루 밀밭 길을 구름에 달가듯이 가는 나그네…"

〈나그네〉란 이 시는 만인이 좋아하고 자주 읊조리는 애송시다.

오른편의 연보 앞에 서서 살펴본다. 시인은 1915년 1월 6일 경북 경주군 건천읍 모량리 571에서 2남 2녀 중 맏이로 태어난다. 본명은 영종이고, 건천보통학교 졸업, 대구계성학교 3학년 때 동요 〈통딱딱 통짝짝〉과 〈제비맞이〉가 《어린이》와 《신가정》에 당선된다. 동요시인으로 등단한 때가 18세다. 그 시절의 나이는 지금의 나이와 많이 다르다. 아주 어릴 때부터 교육해서 정신연령이 높았다. 그래서 결혼도 대부분 20세 전후로 많이 하지 않았나 싶다.

1939년에 정지용 시인에 의해 《문장》지 9월호에 〈길처럼〉, 〈그것은 연륜이다〉를 발표, 12월호에 〈산그늘〉, 1940년 9월호에 〈가을 어스름〉과 〈연륜〉으로 3회 추천이 완료되어 문단에 등단한다. 정지용 작가의 영향을 받은 작가가 많은 것을 보면 그 시대 문학계에선 그가 대부代父 같은 존재였나 보다.

1946년에 조지훈, 박두진과 함께 3인 시집《청록집》을 발간한다.《박영종 동시집》,《초록별》, 어린이 잡지《아동》편집 발간, 1949년엔 이화여고 교사, 서울대 음대 강사로 출강하며, 한국문학가협회 결성에 참여하고, 출판사 '산아방'을 경영하면서 학생잡지《여학생》을 창간한다.

한국전쟁을 겪고, 1953년 환도 후 서라벌예대와 홍익대 강사, 1955년엔 첫 개인 시집《산도화》를, 1959년에 시집《난·기타》와 수필집《여인의 서》,《문학강화》도 발간한다.

1962년에 한양대 문리대 국문과 조교수, 동시집《산새알 물새알》을, 1963년에《동시의 세계》, 1968년엔 시인협회 회장과 수필집《불 꺼진 창에도》, 1973년엔《박목월 자선집》을 펴내고, 시 전문지《심상》을 창간한다.《심상》은 지금도 권위 있는 시 전문지로 유명하다. 1976년엔 시집《무순》을 발간하고 한양대 문리대 학장에 취임한다.

그 이듬해인 1978년 3월 24일 아침 산책에서 돌아와 68세의 일기로 조용히 영면하신다. 학교 다닐 때 텔레비전을 통해서 종종 뵈었던 시인으로 대표 시《나그네》와《윤사월》을 많이 읊조리고 다녔는데….

'생애와 문학'의 전시관은 연보를 구체적으로 풀어놓았고, 오래된 책들과 앨범, 빛 바랜 사진 등의 유품을 전시했다.

인텔리 유지였고, 교회에 나가는 어머니의 신앙에 영향을 받았으며 할아버지의 개화의식이 작가에게 영향을 미친 '집안 분위기'가 그 당시의 가정환경을 말해준다. 십 리길 통학하는 손자를 위해 읍내로 분가시켜준 할아버지의 배려가 보이는 '경주에서의 유년', 대구 수학시절의 동시 세계, 취업과 문인과의 교유, 해방과《청록집》발간, 대학 강의와《산도화》,《난·기타》발간 등 생전의 활동 내용을 구체적으로 설명한 부분

목월문학관은 전시실 한가운데에 사각유리관이 기둥처럼 받치고 있어 동리문학관과 구별된다.

은 '동리문학관'과 같다.

'시의 배경, 경주'엔 경주가 시의 배경이 된 여덟 개의 시를 위아래로 네 개씩 진열했고, '자연 지향의 시와 인간 지향의 시, 존재 지향의 시'로 나눈 대형 전시판이 많은 공간을 차지하고 있다. 그만큼 중요한 부분이기 때문이다.

동리문학관과 다른 점이 있다면 전시실 한가운데에 사각유리관이 기둥처럼 받치고 있었던 점이랄까. 폐쇄감 없이 좌우로 감상할 수 있어 좋다. 조명이 비친 유리관 속의 유품이 선명하게 보인다. 박목월 시인의 육성, 시낭송 영상 옆에 있는 작가의 창작실은 서가와 책상, 액자, 사진, 옷이 걸린 옷걸이, 장식장 등이 소박하고 단아하다.

'문학의 동반자'엔 김동리와의 만남, 정지용의 추천, 《청록집》 간행 등을 사진과 함께 자세히 설명했고, 동시의 세계, 동시검색 코너, 박목월을 기리며를 둘러보고 전시실 밖으로 나왔다.

쌍두마차인 두 분의 숨결을 느끼며 계단 아래로 내려갔더니 그곳에 넓은 창작교실과 영상실, 사무실, 기념사업회, 자료실이 있었다. 한곳에서 모든 시설과 자료를 공유하고 있으니 후학들에게 미치는 문학적 영향도 배가 되지 않을까 싶다.

> 기러기 울어 예는
> 하늘 구만리
> 바람이 싸늘 불어
> 가을은 깊었네. (중략)

가을만 되면 나도 모르게 이 노래가 입 밖으로 흘러나온다. 마음이 울적하고 어디론가 떠나고 싶은 충동이 일어나는 것은 가을병 때문이다. 사랑하는 가족이 옆에 있는데도 허전하고 쓸쓸한 마음을 종잡을 수가 없을 때, 박목월 시인의 〈이별의 노래〉를 흥얼거리게 된다.

시인이 한때 사랑하는 사람과 헤어지고 이 시를 지었다는 사연 때문인지 더 애절하게 느껴진다. 감정이 이성을 이기지 못했던 세월은 아주 짧았지만 〈이별의 노래〉는 영원히 남겨져 애창되고 있다. ☆

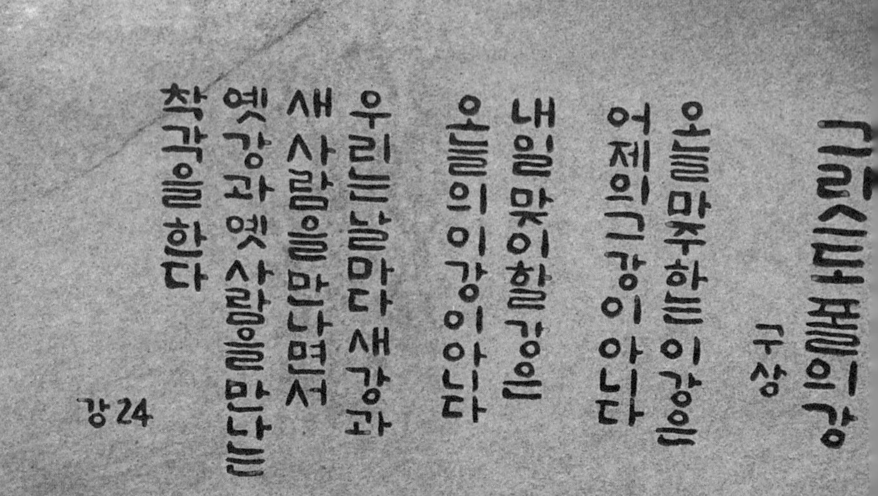

구상 문학관

칠곡군에서는 구상 시인이 22년간 왜관에 거주하며 창작 활동했던 관수재를 복원하고, 프랑스 문인협회가 선정한 세계 200대 문인 반열에 오른 시인의 삶과 문학과 구도자적 정신세계를 기리고 선양하기 위해 2002년 10월 4일 개관했다. 구상 문학관은 2층 건물로, 1층에는 삶의 흔적인 사진들과 지인들과 주고받았던 편지, 서화, 생활유품, 수십 권의 작품집 등이 전시되었고, 2층에는 구상 시인이 기증한 27,000여 권의 소장도서가 있다.

이용안내

〈화~금요일〉 09:00~18:00 〈토요일〉 09:00~17:00 〈일요일〉 09:00~18:00

※ 매주 월요일, 법정 공휴일 휴관

주소 경상북도 칠곡군 왜관읍 구상길 191 **문의** 054-973-0039

낙동강이 보이는
왜관 <구상 문학관>

공통점은 강을 회심의 수도장으로 삼고

한 상념이 시인으로 하여금 강을 연작
게 하였다. 물론 시인이 여의도에 살아
마주하였다거나, 시골집도 왜관이라
접하는 것에서 오는 친근감도 작용하였
이 〈강〉 65편을 완성하면서 강을 회심의
은 분명한 사실이다.

난생 처음 가보는 왜관, 낯선 역에 내려서 보니 마치 이방인이 된 기분이지만, 말이 통하는 내 나라임이 얼마나 감사하고 고마운지 새삼 애국심이 생긴다. 역사를 빠져나와 둘러보니 저만치에 시비 하나가 눈에 띈다. 가봤더니 역시나 구상 선생님의 〈꽃자리〉였다.

반갑고 고맙고 기쁘다
앉은 자리가 꽃자리니라
네가 시방 가시방석처럼 여기는
너의 앉은 그 자리가
바로 꽃자리니라 (중략)

가슴에 와 닿는 시를 음미하며 역전에서 택시로 '구상 문학관'까지 가는데 10분도 안 걸린다. 아주 먼 데라 생각했는데 의외여서 마음의 여유가 생겨 느긋해진다.

밖에서부터 사진을 찍고 안으로 들어가 전시관을 관람하는데 여느 문학관이나 마찬가지로 작가의 일대기가 제일 먼저 눈에 들어온다. '구상의 삶'을 보니 1919년 9월 16일 서울 종로구 이화동 출생, 본명은 구상준이다. 1923년 함경남도 문천구 덕원면 어운리로 이주, 1953년 경북 칠

왜관에 터를 잡은 구상 시인은 프랑스에서 뽑은 세계 200대 문인의 반열에 올랐다.

곡군 왜관에서 20여년 거주, 2004년 5월 11일 작고하셨다. 그래서 본적이 왜관읍 왜관리 789번지였고, '구상 문학관'이 낙동강을 바라보고 서 있던 거였다.

작가의 경력이 화려하다. 작가 생전의 모습은 언론매체나 매스컴을 통해 자주 뵈었다. 프랑스에서 뽑은 세계 200대 문인의 한 사람으로 우리나라에서는 유일하게 한자리를 차지한 시인이란다.

1946년 '원산문학동맹'에서 펴낸 동인시집 《응향》에 〈길〉, 〈여명도〉, 〈수난의 장章〉을 발표하며 문단생활을 시작한다. '북조선문학예술총동맹' 중앙위원회는 동인시집에 실린 몇몇 시인의 작품이 회의적, 공상적, 퇴폐적, 현실 도피적 반동성을 띠었다고 몰아붙여 혹독한 시련을 겪는다. 그 후 '표현의 자유'가 없는 이북을 떠나 홀로 남한으로 왔을 때가 1947년이다.

〈연합신문〉 문화부장으로 있으면서 《백민》에 〈발길에 채인 돌멩이와 어리석은 사나이〉, 1948년 〈유언〉, 1949년 〈사랑을 지키리〉를 발표, 《문예》에 〈옥상실존屋上實存〉, 《신천지》에 〈백련〉, 1950년 《문예》에 〈구상 무상具常 無常〉 등을 내놓으며 남한 문단에서 기반을 굳힌다.

작가는 6·25 때 대전, 대구, 부산 등지에서 임시로 발족한 '문총구국대'의 선봉자로서 전란의 충격 때문에 정신병 증세를 보이던 서정주 시인을 비롯해 시련에 처한 동료 문인을 발 벗고 도와준다.

1951년 1·4 후퇴 때는 〈승리일보〉 기자 신분증을 발급해 동료 문인들을 피신시키고, 정작 본인은 마지막 순간에야 서울을 벗어났으며 피난지에서 첫 시집 《구상 시집》을 펴낸다. 〈영남일보〉로 이직하여 주필 겸 편집국장을 맡으며 〈고현잡화告現雜話〉, 〈침언부어沈言浮語〉, 〈성외춘추城外春秋〉 같은 칼럼을 통해 정권을 비판하여 영남일보사는 신문을 압수당하고, 시인은 특무부대에 쫓겨 달성공원 하상부락으로 피신하는 곤욕을 치른다.

환도령이 떨어져 피난 왔던 문인들은 서울로 돌아갔으나 구상 시인은 대구에 남아 글을 쓰며 효성여대와 청구대학에서 강의한다. 1953년 사회평론집 《민주 고발》을 펴내고, 1956년 두 번째 시집 《초토의 시》를 내놓으면서 문단의 주목을 받는다.

1958년 〈승리일보〉의 주간으로 취임하고, 1961년에 수상집 《침언부어》 간행, 1962년 〈경향신문〉으로 옮겨 논설위원 겸 일본 도쿄지국장 역임, 희곡과 시나리오에 관심을 갖고 1965년 희곡 〈수치〉를 드라마센터 무대에 올렸으며 1967년 《세대》에 시나리오 〈갈매기의 소묘〉, 1969년 《월간문학》에 시나리오 〈단군〉을 발표한다.

구상 시인의 작품집 그리고 관수재. 관수재는 작가의 서재이면서 사랑방이었다.

1970년에 미국 하와이대학교 교환교수로 초빙되어 외국생활하면서 1972년 《월간문학》에 〈요한에게〉, 1973년 하와이대학교 교재용으로 《한국 전승문화 독본》을 펴낸다.

1980년대에도 꾸준히 작품집 《까마귀》, 《나는 너에게 너는 나에게》, 《드레퓌스 벤치에서》, 《구상연작시집》, 《구상 시 전집》 등을 펴낸다. 1990년에는 《문학사상》에 연작시 〈관수제시초觀水濟詩抄〉를 발표하고, 1996년엔 중앙대 문예창작과의 정교수 자리에서 물러났으나 대학원 강의를 지속, 문학 강좌에 나가며 문학열을 보여준다.

문학계에서도 대한민국예술원 회원, 아시아시인회의 서울대회장, 세계시인대회 명예대회장, 국제펜클럽 한국본부, 한국문인협회 고문 등을 지냈으며 상훈도 화려하다.

그만큼 열심히 살았다는 흔적이다. 누구나 열심히 살다보면 흔적은 자신도 모르는 사이에 나타나는 게 우리네 인생이지 않을까. 그래서 나도 아이들에게 잔소리를 많이 한다. 즉흥적으로 살지 말고 먼 미래도 생각하면서 현재에 최선을 다하자고.

작가의 가계, 출생, 유년시절을 보다가 작가의 어머니가 마흔넷에 작가를 낳아서 '만득이'라 불렀다는 부분에 눈길이 멈췄다. 나도 마흔에 막내를 낳아서 '늦둥이'라 불렀고 내 인생에서 가장 행복했던 시절이 늦둥이 키울 때였다. 그래서 첫 작품집 제목을 《마흔에 만난 애인》이라 붙였고, 지인들은 만날 때마다 마흔에 만난 애인은 잘 있느냐고 안부를 묻곤 한다. 그 늦둥이가 벌써 대학생이 되어 전공과 다르게 글도 쓰고 연극공연도 하고 독립영화를 찍더니 '예술인패스'까지 받았다.

작가 구상을 가톨릭 시인이라 부른다. 가톨릭 집안에서 태어나 종교관이 확실했고, 대학도 일본에서 기독학과를 졸업했으며 신부인 형도 있고, 결핵으로 힘들 때 종교에 많이 의지했기 때문이다. 그래서 종교적인 작품집 《그리스도 폴의 강》(1978)과 묵상집 《나자렛 예수》(1979)를 펴내기도 했지만, 더 감동적인 일화가 있다.

1948년 월남 후 폐결핵이 두 번째 발병했을 때 경제적으로 가장 어려운 시기여서 병원에 입원해 있어도 가시방석이었다. 그런데 진주에 사는 설창수 시인이 인편으로 편지와 상당 액수의 위문금과 두루마리에 정성스럽게 쓴 모금취지문과 그 갹출자 명단을 보내왔다.

그 발기문에는 "해당화 피는 원산에서 공산당들에게 시를 쓴 죄로 결정서와 박해를 받고 월남 탈출하며 사고무친한 자유 남한에서 해당화 같은 피를 쏟으며 고독하게 쓰러진 시인 구상을 구출하자"라 쓰였고, 갹출자들은 진주의 민족진영 각계의 지도층과 문화인들이었다. 이를 계기로 구상 시인과 설창수 시인은 결의형제가 되었으며, 구상 시인은 매년 진주의 개천예술제에 참가했다는 얘기다.

동란 이후 대구의 피난처에서 각혈을 하고 두 번이나 병원 신세를 졌지만 의사인 부인이 시인의 정양처를 구하여 개업한 곳이 왜관이었다. 왜관 집에는 살림집과 방 두 칸의 독채를 지어놓고 '관수재'라 이름 붙였던 것이다. 부인이 구상 시인을 위해 지은 정양소가 시인의 서재 겸 사랑방이었다.

의사였던 부인 서영옥 여사의 지극한 간호로 건강을 되찾았다. 1974년 서울로 이사하기 전 왜관에서 20년이나 거주한 사연이 시인의 건강을 위해서였다니 잔잔한 울림이 전해온다.

전시관에 진열된 유품과 작품들은 작가의 활발한 활동을 뒷받침해 주는 삶의 흔적들이다. 《유치찬란》, 《황진이》, 《모과옹두리에도 사연이》, 《타버린 땅》, 《밭과 강》 등 칸칸이 전시한 36권의 대표작품들이 장식장을 가득 메웠다.

작가의 문학 지인들을 보니 학창시절에 배워서 알고 있는 작가가 많았다. 소설가 이무영, 공초 오상순, 아동문학가 마해송, 시인 김광균, 천재화가 이중섭 등과 교유하며 행복하지 않았을까.

영상실에 들어가 작가가 직접 낭송하는 "강은 과거에 이어져 있으면서 과거에 사로잡히지 않는다. 강은 오늘을 살면서 미래를 산다"는 〈강〉이란 시와 홍보영상물을 육성으로 들려주는데 살아계시는 것 같다.

혼자서 문학관을 관람하고 있는데 관장님이 오셔서 '관수재觀水齋'에 갈 수 있도록 문을 열어준다. 관수재는 시의 원천이 된 낙동강을 바라볼 수 있는 위치에 있다. 관수재의 단골손님은 화가 이중섭이었고, 중광 스님, 여러 문인들이 찾아왔다고 한다.

작가는 직업상 문명의 혜택을 받아서인지 육필원고는 많지 않았고, 타자기와 필기도구가 관수재 방에 전시되어 있다는데 문이 굳게 닫혀 있어 보지는 못했다.

혼자서 알찬 관람을 하고 나왔더니 구름 낀 날씨치고 무척 더워 땀이 배기 시작한다. 집에서 나올 때는 쌀쌀했는데, 작은 땅덩이에서도 이렇게 기온차가 많이 나는가 싶다. 봄날 하루를 이렇게 알차게 보낼 줄이야. 정말 기분 좋은 여행이었다. ☆

지훈의 직계가족

맏아들 조광렬

둘째아들 조학렬

지훈 문학관

청록파 시인, 지조가 있는 학자 조지훈의 올곧은 선비정신을 기리고, 선양하기 위해 주실마을 초입에 'ㅁ'자 모양의 목조 기와집인 문학관을 건립하여 2007월 5월 18일에 개관했다. 미망인 김난희 여사가 직접 현판을 쓴 문학관은 작가의 소년시절부터 이야기가 전개된다. 많은 유품과 학자가 많이 배출된 가족 이야기, 명문가 주실마을 이야기가 눈길을 끈다. 해마다 5월이면 주실마을에서 지훈 시 퍼포먼스대회, 지훈백일장, 사생대회, 체험행사, 지훈문학특강, 공연행사 등 축제행사인 '지훈예술제'가 열린다.

이용안내

〈하절기 3~10월〉 09:00~18:00(입장 17:00까지) 〈동절기 11월~2월〉 09:00~17:00(입장 16:00까지)

※ 매주 월요일(공휴일 경우 그 다음날), 1월1일, 설날 당일, 추석 당일, 군수 지정일 휴관

주소 경상북도 영양군 일월면 주실길 55 **문의** 054-682-7763

38

영양 주실마을
<지훈 문학관>

안동에서 1박하고, 9시 개관에 맞춰 일찍 출발하여 영양군으로 향했다. 영양 읍내로 들어서니 가로등마다 새빨간 고추 3개씩 매달려 있고, 가로등 갓 위에는 캐릭터 반딧불이가 앉아 있다. 영양군의 특산물이 뭔지 금방 알 수 있도록 한 발상이 재밌다.

신록이 우거진 가로수 길을 사열하듯 달리면서 무척 궁금했다. 조지훈 시인이 명문 집안에서 태어난 것은 알고 있었지만 이런 산골에 생가가 있다는 게 의아했는데 이내 궁금증이 풀렸다. 길 따라 곳곳에 '주실마을'이란 이정표가 있다는 것은 특별한 뭔가가 있다는 것일 게다.

과연 오래된 기와집들이 옹기종기 모여 있는 마을의 전경이 눈에 들어온다. 마을 입구의 다리를 건너자마자 왼편에 '청록파 시인 조지훈'의 조형석물이 보여 반가웠다.

마을 입구에서부터 사진을 찍는데, 어르신 한 분이 오시더니 문학관은 휴관이라며 작가의 생가인 '호은종택'이나 둘러보란다. 그럴 리가. 미리 전화로 확인하고 왔는데…. 나도 실망했지만 그 먼 길, 그것도 5일째 운전한 남편에게 정말 미안했다. 어르신 말씀대로 마을을 둘러보는 것으로 만족하려 했지만 여전히 미련이 남는다.

마을을 내려다보는 시인의 동상과 "꽃이 지기로소니/바람을 탓하랴/주렴 밖에 성긴 별이/하나 둘 스러지고"로 시작되는 〈낙화〉와 "외로이

마을 입구의 조형물이 작가의 고향임을 알려준다.

흘러간 한 송이 구름/이 밤을 어디메서 쉬리라 던고/…"의 〈파초우〉, "얇은 사 하이얀 고깔은/고이 접어서 나빌레라/파르라니 깍은 머리…"의 〈승무〉 시비詩碑와 시의 상징인 황금동상, 오래된 정자, 많은 시비로 둘러싸인 시 공원이 조금 전의 섭섭한 마음을 풀어준다.

왔던 길을 다시 내려와 문학관 앞에서 '휴관 안내문'을 보니 공휴일인 월요일에 문을 열었기 때문에 화요일은 쉰다고 쓰여 있다. 마침 연락처가 있어 전화를 했다. 남자분이 받는데 그렇지 않아도 잘못 알려줘 걱정했다며 담당직원에게 연락해보고 다시 연락해 주겠다더니 금세 전화가 왔다. 15분만 기다리면 직원이 가서 문을 열어줄 거라고.

얼마나 고맙고 반갑던지 가슴이 다 뭉클해지고, 민족적 기개와 지조를 갖춘 '선비의 마을'이라더니 과연 문학관까지 믿음을 주는구나 싶었다. 아무리 멀리서 찾아왔다 해도 쉬는 날 찾아온 한 사람을 위해 문을 열어준다는 게 쉽지 않은 일이다.

평화로워 보이는 문학관 야외공원과 주변을 둘러보며 자연의 정취에 흠뻑 빠져있는데 저 멀리 차 한 대가 들어오는 게 보인다. 바쁘게 온 담당 여직원이 대문을 활짝 열어주며 잘못 알려줘 마음에 걸렸다며 연신

미안해하고, 난 쉬는 날 수고를 끼쳐 더 미안하다 했다.

2007년에 건립했다는 ㅁ자 단층 기와 건물이 무척 인상적이다. 건물에서조차 선비의 지조가 느껴진다. 현판은 작가 부인이 쓴 글씨라는데 예술작품이다.

우리 아이들에게 '조지훈 시인'하면 뭐가 제일 먼저 떠오르지 물었더니 〈승무〉와 '청록파 시인'이라고 한다. 동감이지만 거기에 〈지조론〉도 빼놓을 수 없다.

1960년 3월《새벽》에 발표한 수필로, 혼란스럽던 50년대 말 일제강점기 때 친일파였던 사람들이 광복 후엔 반성도 않고 정치인이 되어 당당하게 행세하고, 지조 있던 정치지도자들마저 신념 없이 변절을 일삼으며 한 자리 하려는 모습에 절망하여 신랄하게 비판한 글이 〈지조론〉이다. 좀 긴 수필이지만 얼마나 통쾌하고 속이 후련한지 한 번씩 읽어보라고 권하고 싶다. 그리고 오늘날의 정치인들에게도 꼭 해당되는 글이니 새겨들었으면 좋겠다.

조지훈 시인은 1920년 12월 3일 경북 영양군 일월면 주실마을에서 태어난다. 본명은 동탁으로 한학자인 할아버지와 개화 지식인 아버지 밑에서 한학을 익힌다. 시인은 독학으로 중학과정을 공부하고 1938년 혜화전문학교 문과에 입학, 2학년 때《문장》4월호에 투고한 시 〈고풍의상古風衣裳〉으로 청록파 중 가장 먼저 초회 추천을 받는다. 그 뒤 유교 분위

기와로 지은 문학관 건물이 웅장하면서도 고풍스럽게 보인다.

기에서 성장한 배경과 불교 체험에서 쓴 작품 〈승무僧舞〉, 〈봉황수〉, 〈향문〉으로 세 번의 심사를 거쳐 이듬해인 1940년 2월, 박두진보다 한 달 늦게 추천이 완료되어 등단한다.

이 무렵 일제의 탄압이 심해지자 오대산으로 입산하여 월정사강원月精寺講院의 외전강사外典講師로 일하며 당시唐詩와 불경佛經을 탐독하며 지낸다. 광복 후인 1946년에 박두진의 주선으로 박목월과 함께 박두진이 근무하던 을유문화사를 통해 《청록집》을 펴낸다. 이 《청록집》은 조지훈의 시 〈고풍의상〉, 〈승무〉, 〈완화삼玩花衫〉등 12편과 박목월의 시 〈임〉, 〈윤사월〉, 〈청노루〉, 〈나그네〉 등 15편, 박두진의 시 〈묘지송墓地頌〉, 〈도봉道峰〉, 〈설악부雪岳賦〉 등 12편을 포함, 총 39편으로 묶었다.

뚜렷한 소재, 자연지향성, 국어말살정책의 어려움 속에서도 우리말의 리듬과 토속적 아름다움을 잘 살려냈다 하여 세간의 주목을 받았고 '청록파'란 유파로 불리게 된다. 이들은 시단을 청록파로 물들이며 많은 활동을 하였고, 특히 조지훈 시인과 박목월 시인은 아주 가까이 지낸다.

두 시인이 주고받은 시에서 우의가 어느 정도였는지 느낄 수 있다.

"차운 산 바위 우에 하늘은 멀어 산새가 구슬피 울음 운다./ 구름 흘러가는 물길은 칠백리/…"로 시작되는 〈완화삼〉이라는 시를 지어 '목월에게' 헌사하고, 목월은 우리가 잘 알고 있는 〈나그네〉란 시 "강나루 건너서 밀밭 길을/…" 화답시로 짓는다. 두 분의 절친함이 드러난 일화다.

조지훈 시인은 경기여고 교사, 서울여자의과대학, 고려대 교수로 재직한다. 고려대 재직 시절에 한국동란을 겪고 초대 국회의원이던 아버지 조헌영이 납치된다. 1·4후퇴 때 피난지인 대전에서 종군 작가단에 참여, 문총, 한국문인협회의 중앙위원과 대표이사를 지낸다.

1952년에 첫 시집《풀잎단장》을, 1953년에 시론집《시의 원리》와《시와 인생》을, 1956년에《조지훈 시선》을 간행하고, 자유문학상을 받는다. 1959년 광복 후 이념갈등과 분열로 혼란의 격동기를 담아낸《역사 앞에서》를 펴내고, 1960년 4·19의 열기를 전하는 시〈마침내 여기 이르지 않곤 끝나지 않은 줄 이미 알았다〉에서는 현실참여와 시의 대담성을 보여주고, 1962년 그 유명한《지조론》을 간행하여 부글거리는 국민의 가슴을 뻥 뚫어준다.

1962년 고려대학교부설 민족문화연구소장에 취임하면서 민족문화연구에 몰두, 1964년에《한국문화사서설》,《신라가요연구논고》,《한국민족운동사》등의 이론서를 발간한다. 같은 해에 나온 마지막 시집《여운》에서는 자신의 시적 상상력의 모태인 '자연'으로 귀의하게 된다.

부인 김난희의 매·란·국·죽 액자와 족자 등도 넓은 전시관 안에 자리하고, 시인이 1968년 5월 17일 49세에 기관지 확장으로 영면하기 전까지 대학교수와 여러 방면에서 사회활동하며 많은 작품을 남긴 발자취가 문학관 안에 고스란히 담겨 있다.

조지훈 시인의 시와 산문, 학문연구기, 육필원고와 서간문, 유품 전시, 한 벽면을 장식한 각종 사진들, 고향 주실마을의 개척기, 풍수, 지리적 환경, 삼불차 이야기, 종택, 주실이 낳은 선비 등을 관심 있게 살핀다.

작가의 400여 년 전통의 명문가문과 일제강점기에도 한양 조씨 집성

전시실 입구에서 보이는 작가의 흉상과 사진. 시 공원에 세워진 시비〈승무〉와 황금동상.

촌은 창씨개명하지 않았다는 지조 있는 선비마을의 기개를 엿보며 〈지조론〉이 나올 수밖에 없는 환경에 감복한다.

한양 조씨 집안의 '삼불차 이야기(세 가지를 빌리지 않는다)'는 유명하다. "재물을 빌리지 않고, 사람을 빌리지 않고(양자), 문장을 빌리지 않는다." 조상 대대로 내려오는 이 가훈을 지금까지 지켜오고 있다는 얘기다. 할아버지 조인석은 신문명과 일본 문화를 받아들이기를 끝까지 거부한 반일 지사로 일제강점기 때 자결했고, 제헌의원이었던 아버지 조헌영은 영문학과 동양의학을 공부한 분으로 6·25 때 서울에 남아 있다가 납치되어 북으로 끌려갔다. 작가의 백부, 숙부, 고모가 모두 국립도서관장, 도 경찰국장, 시인 등으로 해방 후 우리나라 정계, 문화계에서 중추적 역할을 한다.

조지훈 시인에게는 세 살 위의 형 '동진'이 있었다. 이 형은 여덟 살에 시를 지어 신동이라 소문이 났었고, 세림世林이란 필명으로 활동했으며 고향 영양군의 시인인 오일도의 주선으로 시집도 출간했다.

동생인 조지훈은 "형이 살아 있었더라면 나까지 시를 쓸 필요는 없었는데"하며 무척 안타까워했단다. 조지훈 시인이 형을 따라다니며 영향을 받아 시인이 되었지만 형은 뜻을 펴보지도 못하고 요절했다는 얘기다. 그렇잖았으면 시인 형제가 나왔을 텐데….

전시관을 돌며 여직원이 타준 커피까지 마시고 나왔다. 누군가 베푼 친절과 배려가 이렇게 기분을 좋게 할 수도 있다. 받은 만큼 나도 누군가에게 베풀어야겠다. 그 먼 곳까지 달려갔던 영양 주실마을의 '지훈 문학관'은 두고두고 잊지 못할 것이다. ☆

권정생 동화나라

권정생 동화작가의 유언을 받들어 〈권정생어린이문화재단〉을 설립하고, 남긴 뜻을 세상에 전하고자 폐교를 활용하여 2014년 8월 29일 '권정생 동화나라'가 개관되었다. "권정생 동화나라는 《강아지똥》, 《몽실언니》 등 주옥같은 작품으로 어린이들이 마음껏 꿈꿀 수 있는 평화로운 세상을 노래한 권정생(1937-2007) 선생의 문학과 삶을 기리는 공간이다."

이용안내

관람시간 : 10:00~17:00 ※매주 월요일, 1월1일, 설날, 추석 당일 휴관

주소 경북 안동시 일직면 성남길 119 **문의** 054-858-0808

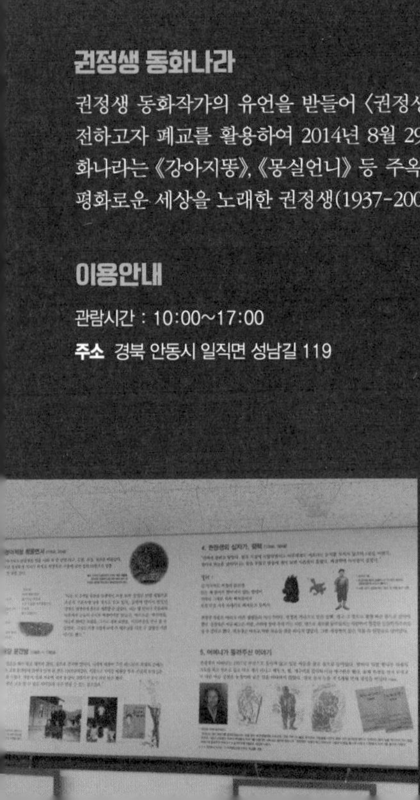

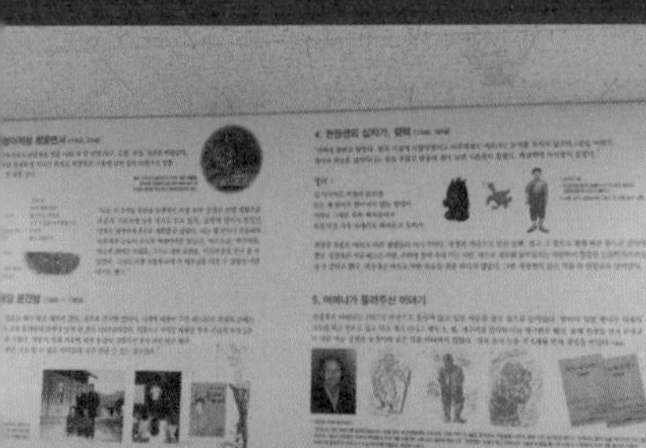

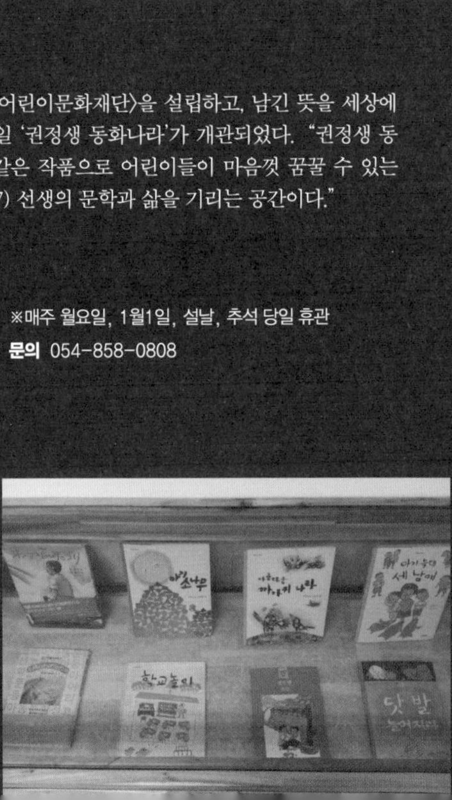

39

안동 폐교에 핀 꿈동산 <권정생 동화나라>

경주에서 '동리목월문학관'을 탐방하고 달려온 곳이 안동의 '권정생 동화나라'다. 좁은 길에 들어설 때만 해도 이런 곳에 뭐가 있을까 했는데 마을 입구에 학교가 보인다. 동네 분들이 모여 쉬고 있는 아름드리 나무를 끼고, 담도 없이 이어진 넓은 운동장이 시원하게 들어온다.

폐교를 활용한 2층 건물에 '권정생 동화나라'라는 글판이 제대로 찾아왔음을 알린다. 운동장 끝에 차를 세우고 나오다 보니 교적비가 보인다. 1964년 개교하여 한때는 번성했을 학교가 45년 만에 문을 닫다니…. 왠지 모를 아픔이 목줄을 타고 내려간다. 비단 이 학교만의 운명은 아닐 것이다. 전국에 폐교가 늘고 있다는 소식이고, 산간벽지의 폐교는 예술인들이 활용하거나 지자체에서 유용하게 활용하고자 기발한 아이디어를 내고 있다는 소식을 종종 듣곤 한다. 어린이들이 떠난 자리에 동화나라가 생긴 것은 다행이고 행운이다. 안동에서 살다 떠나신 권정생 동화작가 덕분이다.

막내에게 권정생 작가를 아느냐고 물으니 어렸을 때 읽었던 돌이네 흰둥이가 누고 간 똥 이야기를 한다. 누구도 거들떠보지 않고 하찮게 봤던 강아지 똥이 민들레를 위해서 기꺼이 거름이 돼준다는 동화가 《강아지 똥》이다.

강아지 똥이 민들레에게 한 말이 큰 울림으로 다가온다. 이 세상에 '쓸

폐교를 개조해 만든 권정생 동화나라는 어린이들에게 꿈을 심어줄 것이다.

모없는 것은 없다'며 본받으라고 하는 것 같다. 짧은 동화에서 깊은 감동을 받는다.

권정생 작가의 작품은 잔잔한 감동을 주기에 지금까지도 어린이 독자들의 사랑을 많이 받고 있나 보다. 새끼들을 위해 희생하는《엄마 까투리》와 어려운 환경에서도 인간성을 잃지 않고 꿋꿋하게 성장해가는《몽실 언니》도 진한 감동을 준다.

'몽실'이는 유년시절의 '복희'를 떠오르게 했다. 그래도 복희는 부모형제가 모두 건강하게 살아 있었고, 먼 훗날 함께 모여 살았으니 몽실이보다 몇 배는 행복했다.

'권정생 동화나라'는 마치 모교를 찾아온 기분이 들게 한다. 학교 원형을 그대로 보존하면서 동화나라로 활용했기 때문이다. 이 학교 졸업생들에게도 마음에 위로가 될 것 같다. 모교에서의 추억도 떠올릴 수 있고.

우리 시대는 학생 수가 너무 많아 분교하는 학교가 많았는데, 지금은 학생이 없어서 빈 교실이 늘어나 언제 폐교될지 모른다 해서 목울대에 통증이 훑고 내려갔나 보다. 모교와 고향이 사라진다는 것은 정신적 지주를 잃어버린 것과 같다.

운동장과 화단, 2층까지 있는 교실이 그대로여서 어린 시절 향수가 고스란히 전해진다. 화단 위에 작가의 대표작《몽실 언니》와《엄마 까투리》를 형상화한 조형물이 있고, 운동장에서 교실로 가는 길은 데크로 만들어 깨끗했지만, 찾아오는 어린이들이 올라가기엔 좀 힘들어 보인다.

현관에서 슬리퍼로 갈아 신고 안으로 들어가니 길다란 복도, 창문, 교실문 등이 낯익어 초등시절이 와락 달려드는 것 같다. 창과 창 사이의 벽면엔 요약된 작가의 생애가 걸려 있고, 창틀 아래에 질서정연하게 전시된 그림들이 보기 좋다.

반대쪽에는 작가의 동화작품집《점득이네》,《짱구네 고추밭 소동》,《사과나무밭 달님》,《권정생 이야기》,《깜둥바가지 아줌마》,《밥데기 죽데기》 등이 여러 유리관에 진열되어 있다. 글 쓰는 작가로서 보니 무척 부럽다. 많지는 않지만 복도 벽면에 걸려있는 작가의 사진은 젊은 시절의 발자취다.

작가의 연보 앞에서 발걸음을 뗄 수가 없었던 것은 작가의 처절한 삶이 그대로 전해왔기 때문이다. 그 시절, 고생 안한 사람이 얼마나 될까마는 유독 가난과 병마에 시달리며 온갖 고생을 하면서도 순수한 마음으로 동화를 썼다는 자체가 위대하지 않은가. 그 모진 경험이 재료가 되어 좋은 작품을 쓸 수 있었으리라. 경험 없이 실감나게 쓰기는 힘들다.

작가는 1937년 8월 18일 일본 도쿄 헌옷장수 집 뒷방에서 5남 2녀 중

전시실 안에 작가가 살았던 단칸방 흙집을 재현해 놓았다.

여섯째로 태어난다. 거리 청소부였던 아버지가 팔려고 쌓아둔 《이솝이야기》, 《그림동화집》, 《행복한 왕자》, 《빨간 양초와 인어》를 보며 일곱 살 때 글자를 익힌다.

광복 이후에 귀국했지만 살 집도 없고, 너무 가난해 온 가족이 모여 살지 못하고 뿔뿔이 흩어져 살다 안동의 일직면 조탑리에서 모여 살게 된다. 일직초등학교 자리에 동화나라가 생긴 이유다.

작가는 16~7세부터 상급학교에 가기 위해 돈을 모으려고 온갖 일을 마다하지 않는다. 나무장수, 고구마 장수, 담배장수, 점원 등 할 수 있는 일은 다하다 20대에 전신 결핵으로 투병생활을 한다.

30세엔 결핵으로 망가진 신장 하나를 떼어내는 대수술을 했다. 의사와 간호사로부터 길면 2년, 짧으면 6개월이라는 선고를 받지만 작가는 성실한 기독교인으로 가족에게 짐이 되느니 죽는 게 낫다고 생각해 죽기를 기도하며 살아간다.

'죽고자 하면 산다'는 말은 성서에도 있고, 임진왜란 때 이순신 장군도 부하들에게 했던 말이다. 죽을 각오로 싸우면 승리할 수 있다는 희망을 심어준 말이다. 그래서인지 작가는 놀랍게도 선고받은 것보다 오래 살았다. 71세인 2007년 5월 17일 돌아가실 때까지 주옥같은 동화를 발표하여 동화작가로 널리 알려진 것이다. 많은 인세로 생활이 넉넉했을 텐데도 단칸방 흙집에서 아주 검소하게 살아 모든 사람들이 그를 가난한 작가로만 기억한다.

전시실로 들어가 보니 역시 작가의 검소한 삶이 그대로 나타나 있다. 문학청년 시절의 편지와 삶, 등단시절의 육필원고와 작품집 《몽실 언니》, 《종지기 아저씨》, 《한티재 하늘1》를 비롯하여 대표작 단편 동화 《강아지 똥》의 한 구절과 표지가 전시되어 있다. 무엇보다도 눈에 띄는 것은 작가가 생전에 살았던 단칸방 흙집이다. 집필실의 도구도 검소함 그 자체다. 아니 작가의 방이라고는 상상이 안가는 작은 방이다.

《한티재 하늘》은 자전적 요소가 있는 소설이란다. 2008년《창비 어린이》 5주년 특집 8월호 '이원수, 이오덕, 권정생 문학의 흐름을 돌아보다'의 대담에서 권정생 작가 출생의 비밀에 관한 이야기가《한티재 하늘1, 2》에 있다고 발표했다. 권정생 작가가 돌아가시기 전에 권오삼 작가에게《한티재 하늘》에 나오는 '이순'이 어머니라며 본인 사후에 이 사실을 밝혀도 괜찮다고 했다는데《한티재 하늘1, 2》를 읽어보니 이순의 고단한 삶이 적나라하게 드러나 있다.

《한티재 하늘1, 2》는 작가의 자전적 요소가 드러나 있지만, 잡초처럼 살다간 민초, 민중들의 고단한 삶을 보여주는 근대사로 평가받고 있다.

"좋은 동화 한 편은 백 번 설교보다 낫다."

작가가 나무판에 새긴 글이 가슴에 스며온다. 앉은뱅이책상, 호롱불, 병으로 만들어 쓴 등불, 옛날 라디오, 필기도구, 책꽂이, 사진, 낡아빠진 작은 상과 안경은 작가가 생전에 사용하던 유품들이다. 흙집 옆에는 개집이 있다.《비나리 달이네 집》의 주인공 집이다. 비료포대를 오려 만든 부채와 바느질감도 보인다.

돌아가시기 2년 전, 세 사람에게 모든 저작물을 관리하여 유언대로 집행해 줄 것을 부탁한 '유언장 1'의 내용이 감동적이다.

내가 쓴 모든 책은 주로 어린이들이 사서 읽는 것이니 여기서 나오는 인세를 어린이에게 돌려주는 것이 마땅할 것이다.

어린이를 위한 '권정생 동화나라'가 생긴 이유이기도 하다.

세 사람을 지정한 '유언집행자'가 이색적이고, 영면하기 두 달 전에 정호경 외국인 신부에게 쓴 '유언장 2'는 마지막 고해 같다. 마지막까지 병마와 씨름하며 고통스러워하던 작가의 아픔이 전달되는 느낌이다.

작가는 남북이 싸우지 않고 통일되어 평화롭게 살기를 희망했고, 들어오는 인세는 굶주리고 있는 북한 어린이, 중동, 아프리카, 그리고 티벳 아이들에게 쓰이길 원한다는 내용이 감동을 준다. 그렇게 한다는 일이 쉽지 않기 때문이다.

가슴이 먹먹하여 밖으로 나왔다. 현관 앞에 데크로 만든 사각 전망대 한가운데에 '통일'이 새겨진 우리나라 지도 조형물이 서 있는 이유와 '권정생어린이문화재단'이 설립된 이유를 알 수 있었다.

작가의 삶을 생각하며 계단으로 내려가는데 '꽃'이란 글자가 노랑, 빨강 꽃을 피운 것처럼 보여 진짜인 줄 알았다. 문학관마다 참신한 발상이 하나씩은 있다. '민들레 잎과 강아지 똥' 모형이 심벌마크처럼 곳곳에 있는 것은 그만큼 대표성이 있기 때문이다.

2014년 8월 28일에 개관했다는 '권정생 동화나라'를 한 바퀴 돌아 나오며 동수필이 아닌 동화를 꿈꾼다. 어린이를 대상으로 글을 쓰면 내 마음도 순수해질 것 같다. ☆

정채봉,《그대 뒷모습》, 제3기획, 1990

정채봉,《초승달과 밤배》, 한국예술사, 1990

최명희,《혼불》 1~10권, 한길사, 1997

권정생,《한티재 하늘 1, 2》, 지식산업사, 1998

최하림,《시인을 찾아서》, 프레스21, 1999

황금찬,《돌아오지 않는 시간의 저편》, 신지성사, 2000

신경림,《신경림의 시인을 찾아서》, 우리교육, 2002

신경림,《신경림의 시인을 찾아서 2》, 우리교육, 2002

오장환,《병든 서울》, 미래사, 2003

신경림,《나는 노래가 되었다》, 창비, 2004

최성수,《선생님과 함께 읽는 신동엽》, 실천문학사, 2004

오영수,《갯마을/은냇골 이야기 외》, 계몽사/종로학원, 2005

김동리 외 19명,《교과서에 나오는 한국단편 34》, 2005

안양문인협회,《안양문학 60년사》, 우인북스, 2008

조태일,《國土》, 창비, 2008

김원철,《梅窓全集》, 부안문화원, 2010

한용운, 《님의 침묵》, 시인생각, 2012
조병화, 《사랑이 가기 전에》, 시인생각, 2013
장석주, 《20세기 한국문학의 탐험 2》, 시공사, 2013
장석주, 《20세기 한국문학의 탐험 3》, 시공사, 2013
당진시대, 〈심훈기념관 설립의 역사〉, 2014
권정생, 《강아지 똥》, 길벗어린이, 2014
한무숙, 《한무숙 대표 소설 1》, 한무숙문학관, 2014
신석정, 《신석정의 작은 시집》, 석정문학관, 2015
장석주, 《20세기 한국문학의 탐험 1》, 시공사, 2015
김수영, 《김수영 전집》, 민음사, 2015
전상국, 《산골나그네》, 연인 M&B, 2016
박양근, 《잊힌 수필, 묻힌 산문》, 수필세계사, 2017
손해일, 《PEN문학》 7·8월호 특집, (사)국제펜클럽한국본부, 2017
류양선, 《윤동주 시인을 기리며》, 창작산맥, 2017

문학관 여행

초판 1쇄 발행 2018년 1월 1일
초판 2쇄 발행 2019년 5월 1일

지은이 김미자
펴낸이 이경희

발행 글로세움
출판등록 제318-2003-00064호(2003.7.2)

주소 서울시 구로구 경인로 445(고척동)
전화 02-323-3694
팩스 070-8620-0740
메일 editor@gloseum.com
홈페이지 www.gloseum.com

ISBN 979-11-86578-46-9 03810